insel taschenbuch 4446

Björg Magnúsdóttir

Nicht ganz mein Typ

BJÖRG MAGNÚSDÓTTIR

NICHT GANZ MEIN TYP

Roman

Aus dem Isländischen von Tina Flecken

INSEL VERLAG

Die Originalausgabe erschien 2013 unter dem Titel *Ekki þessi týpa* bei JPV útgáfa, Reykjavík.

Der Verlag dankt dem The Icelandic Literature Center für die Förderung der Übersetzung:

MIÐSTÖÐ ÍSLENSKRA BÓKMENNTA
ICELANDIC LITERATURE CENTER

Erste Auflage 2016
insel taschenbuch 4446
Deutsche Erstausgabe

Vertrieb durch den Suhrkamp Taschenbuch Verlag
Umschlaggestaltung: ZERO Webeagentur, München
Umschlagabbildungen: FinePic®, München
Satz: Satz-Offizin Hümmer GmbH, Waldbüttelbrunn
Druck: CPI – Ebner & Spiegel, Ulm
Printed in Germany
ISBN 978-3-458-36146-6

NICHT GANZ MEIN TYP

FÜR DICH, OMA BJÖRG

BRYNDÍS

LEIFSGATA. AUF DEM WEG NACH SELFOSS. GEZWUNGENERMASSEN.

Warum mache ich das eigentlich? Warum fahre ich diesen Blödmann nach Selfoss? Kann mir das mal jemand erklären? Nein, das kann keiner. Weil er mich darum gebeten hat? Mich angefleht hat und vor mir auf die Knie gefallen ist? Mal überlegen. Nein. Muss er sich von seiner im Sterben liegenden Mutter verabschieden? Von seiner Oma oder Uroma? Ein Abschied, dramatischer als jede Hollywood-Schmonzette? Heiße Tränen strömen über bleiche Wangen, und ein Gefühl, als würde einem ein Fleischmesser ins offene Herz gerammt? Nein. Geht es um Leben und Tod? Nein, keineswegs. Oder chauffiere ich ihn etwa, weil ich es ihm angeboten habe? Weil ich ganz beiläufig eingeworfen habe, dass ich ihn selbstverständlich kurz fahren könnte? Ja! Genau das habe ich gemacht, nachdem dieser Lackaffe heute Morgen in *meiner* Küche aus *meiner* Tasse getrunken hat. Ich habe ihm diese Gurkerei in die Provinz angeboten. Freiwillig. Mag ich mich nicht? Warum bestrafe ich mich? Hasse ich mich dafür? Ja! Warum übernehme ich dann diese hochnotpeinliche Mission? Ich kann es nicht beantworten. Weil er mir ein großzügiges Benzingeld offeriert hat und ich nichts Besseres zu tun habe? Nein! Weil ein Maschinengewehr gegen eine hervorstehende Vene an meiner linken Schläfe drückt, die kurz vorm Zerplatzen ist? Nein. Weil meine berufliche Zukunft von dieser Fahrt abhängt? Von wegen. Gibt es eine andere logische Erklärung dafür, dass ich meinen Sonntag daran verschwende, den Mann nach Selfoss zu fahren? SELFOSS! Einen quasi Fremden. Der mir noch nicht mal sympathisch ist. Und warum zum Teufel bleibt er so lange im Bad? Schon eine Viertelstunde. Ich mache mir gleich in die Hose, lasse mir aber natürlich nichts anmerken.

»Und, alles in Ordnung?«

Ich versuche, möglichst normal zu klingen. Freundlich und gelassen, obwohl ich mir mit meinem Gutmenschentum, das eher an Gefallsucht erinnert, furchtbar auf die Nerven gehe. Wenn er mich kennen würde, könnte er hören, dass meine Stimme unsicher klingt. Leicht gepresst und mindestens drei Tonlagen höher als unter normalen Umständen, wozu das hier nicht zählt. Verfluchter Mist!

»Äh ... Ich weiß nicht«, dringt es mit halberstickter Stimme aus dem Bad.

Ich spüre, dass irgendetwas nicht so ist, wie es sein sollte. Ein unangenehmer Gedanke beschleicht mich. Kommt dieses Geräusch von der Klobürste? Bitte nicht! Ein eiskaltes Gefühl fährt mir in den Magen. Es schwillt an, durchdringt meinen gesamten Körper, und ich muss mich übergeben. Glaube ich. Falls das Geräusch von der Klobürste kommt, wird dieser Tag noch schlimmer, als er jetzt schon ist.

»Wie meinst du das, du weißt nicht?« Ich stehe jetzt ganz dicht an der Badezimmertür. Das Geräusch kommt eindeutig von der Klobürste.

Ich schaffe das nicht. Resignation überkommt mich, und ich streiche mir die Haare aus dem schwitzig-feuchten Gesicht. Dann wird mir ganz heiß, und ich reiße mir den Pulli vom Leib. Stehe mit dem Pulli im Arm da und bearbeite ihn. Stelle mir vor, dass dieser Typ der Pulli ist und drehe ihm den Hals um.

»Äh, hattet ihr schon mal Probleme beim Abziehen?«

Ich höre, dass er versucht, das ganz normal klingen zu lassen.

»Nee, nicht dass ich wüsste.« Ich warte einen Moment und lasse ihn noch ein bisschen zappeln. »Hast du ein Problem?«

Das sage ich natürlich entgegen besseren Wissens, da man Klothemen in unserer WG mit höchster Vorsicht behandeln und sich genau an die Hausregeln halten muss. Die er offenbar missachtet hat. Toilettengänge nur im Halbstundentakt und nicht zweimal kurz hintereinander abziehen.

»Na ja, nicht wirklich. Ich kann nur nicht abziehen«, sagt er halb lachend.

Ich spüre den verächtlichen Ausdruck in meinem Gesicht. Schade, dass er mich nicht sehen kann. Er sagt das, als sei es überhaupt kein Ding. Höchstens ein bisschen lächerlich. Wo bleibt sein Schamgefühl? Mir ist überhaupt nicht nach Lachen zumute.

Als er endlich die Badezimmertür öffnet, wird mir wieder schmerzlich bewusst, wie mein nächster Fahrgast aussieht. Der zerknitterte Anzug von der Stange schmeichelt ihm ebenso wenig wie das halbzugeknöpfte, rotweinbespritzte Hemd. Die Mitesser der Vergangenheit haben tiefe Löcher in seine Wangen gegraben, und er hat schon ziemlich viele Haare verloren, obwohl er noch keine dreißig ist. Charme gleich null, dafür reichlich Selbstbewusstsein. Das steigt offenbar im Gleichschritt mit dem zunehmenden Alter und der abnehmenden Haarmenge. Er hat ein aufgepumptes Ego, das er sich nicht leisten kann. Nur ist ihm das leider überhaupt nicht bewusst. Das Schlimmste ist allerdings weder seine schlechte Haut, sein Riesenego, die Tatsache, dass er unsere Toilette verstopft hat, noch sein haarloser Kopf, sondern dass ich ihn nach Selfoss fahren muss. Ich möchte nichts mit dem Mann zu tun haben, weder heute noch sonst wann. Der Typ geht mir schon seit langem auf die Nerven, oder vielmehr seine Ansichten zu diversen Themen, die er regelmäßig in seiner Radiosendung herausposaunt oder auf einer vielgelesenen Website verbreitet. Dieses Gewäsch hat Seltenheitswert. Der letzte Beitrag handelte davon, dass der Treibhauseffekt erheblich überschätzt werde, der vorletzte von der Wichtigkeit des Privatautos – oder nein, des »Familienautos« – für jedermann, in dem davor ging es um die Abschaffung von »behinderten Parkplätzen«, wie er Parkplätze für Behinderte nannte. »Die meisten, die auf behinderten Parkplätzen parken, können durchaus laufen, und man sollte ihnen keine Steuergelder in den Arsch schieben.« Das schrieb er wortwörtlich. Außerdem erklärte er seinen Lesern, warum es *normal* sei, dass Frauen niedrigere Gehälter bekommen als Männer, zumindest die Mütter. »Es ist nun mal eine unumstößliche Tatsache, dass Arbeitgeber knapp kalkulieren müssen. Nehmen wir ein einfaches Beispiel: Würden Sie lieber einen Mann einstellen, der ARBEITET, oder eine Frau, die ständig mit den Kindern telefoniert und ihren Sohn zum Fußballtraining und ihre Tochter zur Geigenstunde bringt? Bleibt natürlich noch das Problem mit dem Stillen, denn Frauen, die stillen, machen häufig Pausen bei der Arbeit. Der Mann ARBEITET ausschließlich und stillt nicht andauernd.« Ein weiteres wortwörtliches Beispiel von diesem selbsternannten Guru. Alles ganz logisch. Jedenfalls für ihn.

Es handelt sich also um den klassischen isländischen Dummschwätzer, und ich frage mich, was er in diesem Haus zu suchen hat. Allerdings erinnere ich mich dunkel, dass Regina, meine Mitbewohnerin und beste Freundin seit der Grundschule, heute Morgen in mein Zimmer kam und sagte, sie gehe jetzt zur Arbeit, aber da sei *ein Mann* in ihrem Zimmer, um den ich mich eventuell kümmern müsse. Ich wäre nie auf die Idee gekommen, dass dieser Mann, der soeben unser Badezimmer verlässt, Marinó Hermann höchstpersönlich ist.

»Du kannst ja mal versuchen abzuziehen, wenn du von unserem Road Trip zurück bist«, sagt er.

Wenn ich mit ihm chatten würde, hätte er garantiert ein Smiley hinter »Road Trip« gesetzt. In Gedanken schnauze ich ihn an, kann mich aber jetzt konkret zu keiner Reaktion durchringen. Was soll man dazu sagen? Unglaublich, wie die Tatsache, dass er unser Klo verstopft hat, auf einmal zu meinem Problem geworden ist. Mit dem ich mich herumschlagen muss. Was für ein Schwachkopf ist der Typ eigentlich? Warum sage ich nichts? Ich stehe einfach nur steif da.

»Kannst du das nicht machen?«, entgegne ich leise, dabei wäre ich gerne viel resoluter.

»Nee, ich hab schon alles probiert.«

Er wird langsam unverschämt.

»Ist ja nicht mein Problem, dass euer Klo kaputt ist!«

Der Mann ist offensichtlich leicht erregbar, und ich will ihn so schnell wie möglich loswerden.

»Okay«, sage ich knapp, bekomme deshalb aber sofort Gewissensbisse. »Sollen wir dann mal los?« Meine Stimme wird wieder butterweich.

»Ich warte ja nur auf dich«, erwidert er schroff.

Ich frage mich, wie er diese dummdreiste Frechheit besitzen und dabei auch noch so taktlos sein kann. Jetzt wäre der perfekte Moment, ihm eine zu knallen.

REGINA

HAUPTFILIALE DER BANK. SIEHT MAN ES MIR AN?

Ich wusste, dass es sich lohnen würde, auszugehen, auch wenn ich heute diese Unterlagen fertigstellen muss. Attacke! Und der Fisch ist im Netz! Als hätte ich geahnt, dass er kommen würde. Wobei ich auch lange genug in Clubs rumgehangen und auf ihn gewartet habe. Nächtelang – möglichst unauffällig – suchend über die Tanzfläche geschaut und mir fast einen Halswirbel ausgerenkt habe, wenn ich meinte, ihn zu sehen, immer wieder enttäuscht wegen der vielen Doppelgänger, die der Mann hat. Bis gestern. Ein wohliges Gefühl durchfährt mich, wenn ich daran zurückdenke. Er ist so souverän. Von sich überzeugt. Ein Mann, der weiß, was er will. Es kribbelt in meinem Bauch und ein Stückchen tiefer. Ich kann zufrieden mit mir sein, scheißegal, dass ich heute arbeiten muss. Es ist schon fast peinlich, wie oft ich die Vorgeschichte im Geiste rekapituliere. Irgendwie hat es gefluppt. Ich bestellte gerade zwei Schnäpse, als mir jemand auf die Schulter tippte und fragte, ob ich ihm ein Bier mitbringen könne. Ein großes Carlsberg. Er. Mein Anmachspruch war zwar ziemlich dämlich, aber was spielt das jetzt für eine Rolle? Immerhin hat er bei mir übernachtet.

»Sag bloß, du hast gestern einen draufgemacht?« Der neugierige Tonfall lässt mich aufblicken.

Zum ersten Mal seit Monaten finde ich es nicht nervig, dass diese unausstehliche Kollegin versucht, mich in ein Gespräch zu verwickeln. Sie ist perfekt und erinnert an die Streberin, die Reese Witherspoon in *Election* gespielt hat. Stöckelt auf Absätzen herum, die der Durchschnittsgröße eines dreijährigen Kindes entsprechen. Äußerst eloquent und sehr forsch. Die Haare zu einem hohen Pferdeschwanz am Hinterkopf festgetackert, der wie ein Wasserfall hinabfließt. Überall Haarklammern, um alles an seinem Platz zu halten, bis auf den Pferdeschwanz-Wasserfall, der ein bisschen unordentlich hinabwallen darf. Ihre Verpflegung bewahrt sie in Tupperdosen oder Gefrierbeuteln mit Reißverschluss auf. Meistens mit weißen Aufklebern mit Inhaltsbeschreibungen versehen. Ich mache keine Witze. Gerne Öko-Reispampe, vermutlich Gras aus dem eigenen Garten und zerrupfte Wurzeln von irgendwas Lebendigem, über das ich nicht nachdenken möchte. Kurzum die abstoßendste Mischung von Essen, oder besser gesagt Nahrung, die ich je gesehen habe. Sie wärmt das Zeug immer in der Teeküche in der Mikrowelle auf und martert uns mit einem Geruch, der an feuchte Erde in Asien erinnert. Ich war zwar noch nie da, kann mir aber vorstellen, dass es in einer finsteren Gasse auf einem schwülen Straßenmarkt in Bangkok genauso riecht. Ihr Kleidungsstil ist abscheulich, gebügelte Blüschen in XS und darüber potthässliche bunte Westen. Immer Westen. Wer trägt denn heutzutage noch Westen? Grauenhaft. Heute hat sie eine blassrosa Bluse und eine lila Häkelweste an. Wozu gibt es Westen? Ihre schützen jedenfalls nicht vor Wind und Wetter, jedenfalls nicht diese locker gehäkelten. Sie bestellt das Zeug garantiert bei irgendeinem Onlineshop in England, wo bekanntermaßen die schlecht gekleidetsten Menschen der Welt wohnen. Das Allerschlimmste ist jedoch die *Victoria's Secret Love Spell*-Plörre, mit der sie sich immer einsprüht. Auf der Arbeit. Sie begnügt sich nicht mit ein paar Tröpfchen am Morgen, sondern besprüht sich ständig mit dem Zeug. Das Härteste ist, wenn sie ihre asiatische Feuchterde mampft und sich gleichzeitig einsprüht. Dann streikt meine Nase. Einmal hat sie sogar mich angesprüht. Ganz schön eklig.

Wir standen im Aufzug und mussten zu einem Meeting. Plötzlich kriegt sie Panik, wühlt in ihrer Tasche, und ich dachte noch, sie nimmt ein Beruhigungsmittel gegen Klaustrophobie. Aber nein, sie holt ein Plastikfläschchen mit dieser rosafarbenen Plörre heraus. Und sprüht wild drauf los. Ich stehe ahnungslos hinter ihr und kriege das Zeug direkt ins Auge. Ich hätte sie am liebsten umgebracht. Seit diesem Vorfall bemüht sie sich, den Verbrauch einzuschränken, wenn sie mich sieht. Aber ich rieche es. Permanent. Ob sie am Wochenende immer hier ist?

»Sieht man mir das etwa an?«, entgegne ich grinsend.

Ich verstecke mich hinter meinem Sarkasmus und will nicht zu viel durchblicken lassen. Zumindest nicht sofort. Dabei brenne ich darauf, es jemandem zu erzählen. Sie registriert meine stumme Aufforderung und fragt weiter.

»Nein, aber du hast noch die Schminke von gestern drauf«, erklärt sie, als hätte sie eine großartige Entdeckung in Astrophysik gemacht.

Das fällt ihr natürlich auf. Ich schnappe mir mein Handy und versuche, mich in der Rückseite zu spiegeln. Das ist zwar nicht unbedingt eine effektive Methode, um sein Aussehen zu checken, gibt aber immerhin eine Ahnung vom Gesamteindruck. Merkt sie, wie aufgekratzt ich wegen der Geschichte bin? Zugegebenermaßen bin ich überall mit Wimperntusche verschmiert. Aber wen interessiert das? Um solche Kleinigkeiten kann ich mich nun wirklich nicht kümmern.

»Und?«

Eine unbezähmbare Neugier brodelt in der Frage, die aus ihrem Mund durch den Raum schießt. Jetzt ist der richtige Moment, um die kleine, perfekte Reese Witherspoon ein bisschen leiden zu lassen. Ich fixiere sie eindringlich, hebe teilnahmslos die Augenbrauen und tue so, als wollte ich mich abwenden und weiterarbeiten. Ich spüre, wie sie zusammensackt. Mann, ist die neugierig!

»Sieht man mir *das* auch an?«, sage ich mit Betonung an der richtigen Stelle. Wir lachen beide über das Offensichtliche: Ich bin mit einem Typen nach Hause gegangen.

»Kenne ich ihn?«

Blitzschnell schwingt sie sich auf meinen Schreibtisch und kommt mir unangenehm nah. Die locker gehäkelte Weste ist nur zehn Zentimeter von mir entfernt, und ich kann einen hauchdünnen roten Glitzerfaden darin erkennen. Das ist das hässlichste Kleidungsstück, das ich je gesehen habe.

»Na ja, weiß nicht so genau«, antworte ich beiläufig.

»Ist er Banker?«

Anscheinend hat sie eine sorgfältig vorbereitete Frageliste in ihre Hirnrinde einprogrammiert. Ich wette darauf, dass unsere Reese gut in *Actionary* ist. Vor allem aber gut organisiert. Eine gut organisierte Raterin.

»Ja, aber nicht bei uns.«

Ich behalte erst mal für mich, dass er eine ziemlich bekannte Radiosendung moderiert und regelmäßig Beiträge im Internet schreibt.

»Oh, là, là!«

Ihre Zunge rotiert in ihrem Mund, und man kann ihr ansehen, dass dieses Fragespiel sie geradezu erregt. »Was ist denn eigentlich passiert?« Ihre Augen sind weit aufgerissen, und sie wartet auf eine Antwort, die ich hinauszögere. »Komm, erzähl schon!« Ich höre einen Hauch von Verzweiflung in ihrer Stimme, und gebe schließlich klein bei.

»Ich war gestern in der Stadt und stehe so an der Bar. Da kommt er und bittet mich, ihm ein Bier mitzubringen. Und ich teste eine altbewährte Masche und sage zu ihm: ›Wow, du bist echt ein heißer Typ.‹ Und er hat bei mir übernachtet.«

Ich mache ein Siegeszeichen, flüstere »Treffer!« und kriege einen Lachanfall. Unsere Reese stimmt nicht mit ein.

»Machst du Witze? Funktioniert das etwa?« Sie strahlt Verachtung aus. So schnell kann sich die Stimmung ändern.

»Was?«, blaffe ich zurück.

»Dieser Anmachspruch. Der ist total lächerlich.«

»Na ja, ist doch egal, immerhin ist er bei mir zu Hause gelandet.«

Ich gehe sofort in Verteidigungsposition und spreche mindestens doppelt so schnell wie vorher. Sie ist bestimmt der Typ, der erst mit einem Mann ausgeht, wenn sie fünf Jahre lang am 14. Februar, oder wann auch immer dieser dämliche Liebesfeiertag ist, eine Valentinskarte von ihm bekommen hat.

»Meine Güte!«, sagt sie und schnappt nach Luft.

»Ich verstehe nicht, warum dieser Anmachspruch schlechter sein soll als irgendein anderer«, behaupte ich im Brustton der Überzeugung.

»Es geht nicht um schlechter«, beeilt sie sich zu sagen. Sie wechselt die Tonlage und wird eindringlich. »Aber ich persönlich würde einem Mann, der so was zu mir sagt, eine runterhauen.«

»Wäre es dir lieber, wenn er das Schildchen an deinem Pulloverkragen rauszieht und sagt: ›Wusste ich doch! *Made in Heaven*‹?«

Jetzt ist es endlich so weit, dass Reese losprustet. Ich betrachte sie, wie sie mit übergeschlagenen Beinen auf meinem Schreibtisch sitzt, in ihrer locker gehäkelten Weste mit dem Glitzerfaden, und sich vor Lachen krümmt. Es ist Sonntag, und sie ist total aufgebrezelt. Warum macht sie das nur? Dabei ist sie gar nicht so unattraktiv. Sie streicht sich über die Augen und tupft die Tränen ab. Ganz vorsichtig, um das perfekte Augen-Make-up nicht zu ruinieren. Ich beschließe, der Anmach-

Diskussion den letzten Schliff zu geben. »Oder der Typ, der auf eine riesengroße Mädchenrunde zugeht und fragt: ›Seid ihr etwa alleine hier, Mädels?‹« Sie kichert schon los, bevor ich den Satz beendet habe. Wirklich leicht, Leute wie sie zum Lachen zu bringen.

»Habe ich jetzt überall Wimperntusche?«, fragt sie schließlich japsend.

»Nein.«

Wie immer funktioniert es hervorragend, durch das Deklamieren von blöden Anmachsprüchen das Thema zu wechseln.

»Und was hast du heute Morgen mit ihm gemacht?«

Sie ist schon ganz rot im Gesicht, und ihre Nerven sind bis zum Zerreißen gespannt. Es ist doch nicht normal, wie sie auf die Sache anspringt. Mir schießt durch den Kopf, dass ich gar nicht weiß, ob sie jemals etwas mit einem Mann hatte. Sie wohnt alleine. Ohne Katze, müsste aber eigentlich eine haben.

»Ich habe ihn in meiner Wohnung gelassen. Meine Mitbewohnerin regelt das. Die kennt sich mit so was aus.«

Ich sehe ihr an, dass sie gerne noch etwas sagen würde, und warte einen Moment, aber es kommt nichts.

BRYNDÍS

HAUPTVERKEHRSSTRASSE HRINGBRAUT. ER IST EIN IDIOT.

»Aber das kannst du doch nicht von allen ausländischen Mitbürgern behaupten!«

Ich vermeide es, den Mann auf dem Beifahrersitz anzuschauen. Meine Hände umkrallen das Lenkrad. Marinó Hermann schafft es erstaunlich schnell, mich auf die Palme zu bringen. In meinem Kopf dreht sich alles. Ich kann mich wirklich nicht erinnern, schon mal mit so einem Schwachkopf geredet zu haben.

»Doch«, sagt er herablassend, und ich sehe seinen Gesichtsausdruck vor mir, obwohl ich den Blick nicht von der Straße abwende. Ich atme tief ein und versuche, mich zu entspannen. Bis zehn zu zählen. Was mir schwerfällt.

»Selbst wenn *irgendein* Pole in Island so was macht, kannst du das nicht verallgemeinern.« Er lässt mich nicht ausreden.

»Warum nicht? Wie soll ich mir denn sonst ein Urteil bilden?« Seine Stimme ist etwas lauter geworden.

»Musst du unbedingt eine ganze Gruppe von Menschen verurteilen, weil du über einen von ihnen irgendwelche Geschichten gehört hast?«

Warum ist das isländische Herbstwetter eigentlich so schrecklich? Alles grau und nass. Er lacht höhnisch, und ich mache weiter.

»Du willst ja wohl auch nicht mit den isländischen Wirtschaftswikingern in England in einen Topf geschmissen werden, oder?« Ich rede viel zu laut. Bin viel zu aufgebracht. Die Sache überfordert mich.

»Das ist etwas anderes.« Er redet mit mir, als hielte er

mich für blöde, und macht eine kurze Pause, bevor er weiterspricht. »Ein Kollege von mir hat bei diesen Leuten eingekauft.«

Obwohl ich immer noch nicht nach rechts schaue, sehe ich aus dem Augenwinkel, dass er eine andere Position einnimmt. Er verschränkt die Arme vor dem Brustkorb, lehnt sich zurück und stellt die Rückenlehne noch weiter nach hinten.

»Sorry, aber das erscheint mir wirklich sehr unwahrscheinlich. Du behauptest, ich könnte einfach ein paar exklusive Luxusartikel auf eine Einkaufsliste schreiben und sie einem Typen geben, der die Sachen dann klaut und mir für die Hälfte dessen, was sie im Laden kosten, verkauft?«

»Das ist kein Service für jedermann.«

Er redet mit mir wie mit einem kleinen Kind, das dumme Fragen stellt. Der Mann ist unerträglich. Ich verstehe immer noch nicht, wie er in meinem Wagen landen konnte.

»Und was hat dieser angebliche Kollege gekauft?«

»Na, Kaviar zum Beispiel. Luxusartikel eben.«

»Und wo wurde der geklaut?«

»Im Hagkaup-Supermarkt in Garðabær.«

»Aha«, sage ich, als würde es mich nicht interessieren. Er redet weiter, und seine Stimme wird dabei immer lauter und aufgebrachter.

»Diese Leute kommen mit der vielen Freiheit hier in Island nicht klar. Sie flippen aus, klauen alles, was nicht niet- und nagelfest ist, und missbrauchen unser Sozialsystem.«

»Könntest du bitte aufhören, über ›diese Leute‹ zu reden. Das ist total abwertend. Du beschreibst das kriminelle Verhalten einzelner, nicht ganzer Gesellschaftsgruppen.«

Er hält den Mund. Stille. Ich werde nichts mehr sagen. Ich halte das aus. Gleichgewicht des Schreckens. Jetzt kommt es darauf an, was er als Nächstes sagt. Wenn er weiterlabert, gehe ich ihm womöglich an die Gurgel. Aber er schaltet einen Gang zurück.

»Und? Wohnt ihr beiden Prinzessinnen schon lange zusammen?«

Seine Stimme ist weich geworden und trieft vor Selbstvertrauen. Ich höre zum ersten Mal einen Ton heraus, bei dem ich mir vorstellen kann, dass er auf Frauen anziehend wirkt. Aber ich kann es nicht fassen, dass er Regina und mich Prinzessinnen genannt hat. Das ist einfach too much. Ich lasse ein paar Sekunden verstreichen und schaue weiter starr auf die Straße. Lockere meinen Griff ums Lenkrad ein wenig.

»Ungefähr ein halbes Jahr.«

Ich bringe es nicht fertig, ihm die Gegenfrage nach seinen häuslichen Verhältnissen zu stellen, weil ich keine Lust habe, in ein Fettnäpfchen zu treten. Es ist nämlich ziemlich wahrscheinlich, dass er bei seinen Eltern wohnt. Wer würde denn freiwillig eine Wohnung in Selfoss mieten?

»Sollen wir kurz anhalten und was essen? Ich lade dich ein«, schlägt er großspurig vor.

Ich kann den Typen nicht ausstehen. Ein rassistischer Sprücheklopfer, der mit seinen hirnrissigen Ansichten viel zu viel Einfluss hat. Na ja, Einfluss? Doch, mit dieser Radiosendung und diesen dämlichen Internetbeiträgen. Und jetzt hat Marinó Hermann auch noch Hunger. Nach den nächtlichen Leibesübungen. Bin ich froh, dass ich davon nicht aufgewacht bin.

»Tja, gute Frage.«

Hoffentlich merkt er, dass ich nicht mehr Zeit als unbedingt nötig mit ihm verbringen will. Meine zögerliche Reaktion soll ihm signalisieren, dass ich keineswegs darauf erpicht bin, anzuhalten. Er merkt es nicht.

»Ich hab Bock auf was richtig Fettiges. Wie immer nach *solchen* Nächten.«

Über welche Nächte spricht der Mann? Ich will mir die Antwort lieber nicht ausmalen, zumal meine Schulfreundin wohl eine ziemlich wichtige Rolle darin gespielt hat.

»Warst du schon mal in dem neuen Hamburger-Laden da hinten ... wie heißt die Straße noch mal? Direkt beim Einkaufszentrum Glæsibær.«

»Grensásvegur?«, entgegne ich automatisch. Immer, wenn die Leute versuchen, sich an den Straßennamen zu erinnern, erwähnen sie das Einkaufszentrum.

»Ja!«

»Nee, welchen Laden meinst du?«

»Ich glaube, er heißt *Burger – mit Stil*.«

Ich lache, ohne es zu wollen. Wer gibt einem isländischen Hamburger-Laden denn bitte einen solchen Namen?

»Falls es den Laden wirklich gibt, wird da garantiert Geldwäsche betrieben«, rutscht es mir heraus. Keine Reaktion vom Beifahrersitz. Ob er einen Kater hat?

»Eigentlich hab ich keinen großen Hunger, kannst du dir nicht an der Tankstelle was zum Mitnehmen holen?«

»Sag mal, bist du immer so unfreundlich?«

Seine Schleimerei schlägt abrupt in Empörung um. Damit habe ich nicht gerechnet.

»Äh, nein ... nein, ich wollte nicht ...«

Marinó Hermann ist sichtlich genervt und läuft zu Hochtouren auf.

»Ich hab dich nur gefragt, ob du was essen willst, und dich nicht in ein Fünfsterne-Restaurant eingeladen«, motzt er. »Ich habe nicht vor, dich anzubaggern, falls du das denkst. Wo ich doch gerade erst mit deiner Freundin geschlafen habe! Zweimal!«

Dabei reckt er zwei Finger in die Luft und zeigt damit auf mich. Ich sehe sie aus dem Augenwinkel. Wurstfinger mit bis zur Nagelhaut abgekauten Fingernägeln. Auf den Fingern wachsen dunkle Haare. Auf jedem ungefähr 8-10.

INGA

IM VORORT GRAFARHOLT. ABRECHNUNG.
EINE VON VIELEN.

»Und die findest du bequem?«

Regina befummelt meine neuen Schuhe. Sie hält den Pfennigabsatz, der ungefähr sechs Zentimeter hoch ist, zwischen den Fingerspitzen.

»Ja«, lüge ich.

»Inga! Echt jetzt?«

»Ja, für *solche* Schuhe sind sie sehr bequem.«

»Du meinst, die bequemsten aus dem Sortiment der unbequemen Schuhe sind im Vergleich zu dem ganzen anderen Mist richtig bequem?« Regina lacht los. Ich lache mit, obwohl ich das nicht witzig finde.

»Ja, das sind schließlich Schuhe fürs Büro. Ich kann ja wohl selbst entscheiden, was ich anziehe.«

»Jetzt bleib mal locker. Ich sage ja gar nichts. Ich sehe diesen Schuhen nur an, dass sie furchtbar unbequem sind.«

Sie begutachtet die Schuhe und dreht sie in den Händen. Es wäre mir lieber, sie würde sie nicht anfassen. Meine alte Schulfreundin, die ich allerdings in letzter Zeit nicht besonders oft getroffen habe, mosert weiter.

»Echt witzig, dass du es nicht zugeben willst. Ich möchte ja nur wissen, warum du ausgerechnet die gekauft hast.«

»Ich finde sie superschick.«

Das ist einer der Gründe, warum ich Regina nicht mehr jeden Tag anrufe, so wie früher, als wir jünger waren. Sie ist viel zu direkt und kennt mich zu gut. Meine Kommilitoninnen aus dem Jurastudium verstehen wenigstens, dass man im Büro unbedingt solche Schuhe tragen muss, auch wenn ihre Gesellschaft nicht so unterhaltsam ist wie die von Regina.

»Aber die sind total unbequem!«

»Nein.«

»Doch!«

Regina zieht ihre ausgeleierten Socken aus, die mal schwarz waren, und quetscht sich in meine neuen, glänzenden *Christian Louboutin*-Stöckelschuhe. Ich muss mich schwer beherrschen. Sie humpelt ein paar Schritte durchs Wohnzimmer und jammert vor »Schmerzen«. Am liebsten würde ich ihr die Schuhe von den Schweißfüßen reißen und in den sicheren Schutz des braunen Pappkartons zurücklegen.

»Inga! Das ist doch ein Witz! Was machst du, wenn dich jemand überfällt? Wenn dich einer mit einem Messer verfolgt, kommst du nicht weit. Todschick, oder?«

Sie blinzelt mir zu. Manchmal ist sie unerträglich.

»Wie kommst du denn jetzt darauf?«

»Na, du bist doch Anwältin. Wird man da nicht ständig überfallen?«

Ich antworte nicht. Als sie die Schuhe wieder auszieht, springe ich auf und greife nach ihnen. Vielleicht ein bisschen zu schnell.

»Ich habe keine Lust mehr, darüber zu reden, du hast doch keine Ahnung von Mode. Und jetzt erzähl mir endlich von diesem Typen!«, verlange ich streng.

»Ach nö, ich will die Geschichte nicht zweimal erzählen. Lass uns auf Bryndís warten. Wo bleibt die eigentlich?«

»Moment mal, ihr wohnt doch zusammen, oder?«, entgegne ich ziemlich scharf. Ich kann unpünktliche Menschen nicht ausstehen. Isländer sind darin besonders schlimm. Immer ein paar Minuten zu spät. Man weiß schon, dass alles fünf Minuten später anfängt als angekündigt.

»Tja, ich weiß auch nicht, wo die sich rumtreibt. Ich bin direkt von der Arbeit hergekommen. Musste für Mittwoch noch was fertigstellen. Ich hab heute noch nichts von ihr gehört, aber sie wusste ja, dass wir uns treffen wollten. Sie ist bestimmt noch mit Marinó zu Hause.« Beim letzten Satz grinst sie breit.

»Moment mal? Heißt er so?«

»Jepp.«

»Marinó? Und weiter?«

»Marinó Hermann.« Ein selbstgefälliges Lächeln zieht sich über Reginas Gesicht.

»Meinst du etwa den Radiotypen?«

»Jepp.«

»Den Blogger?«

»Jepp.«

Ich weiß ja nicht, ob es klug ist, sich mit dieser landesbekannten Persönlichkeit einzulassen. Würde ich wahrscheinlich nicht tun. Aber es geht mich ja nichts an, mit wem Regina die Nacht verbringt. Immer wenn meine alleinstehenden Freundinnen von ihrem Liebesleben erzählen, habe ich den krankhaften Drang, auch Single zu sein. Wobei der Drang noch größer wäre, wenn ich nicht einen Freund hätte, der mich für die schönste und beste Frau auf der ganzen Welt hält.

»Aber was hat Bryndís mit dem zu tun?«

»Ich bin gestern mit ihm nach Hause gegangen. Beziehungsweise … er mit mir.« Regina wirkt ziemlich zufrieden mit dem Verlauf der Nacht.

»Und warum hast du mir das noch nicht erzählt? Du sitzt hier seit zwanzig Minuten und machst dich über meine Schuhe lustig«, sage ich und spüre, dass ich rot anlaufe.

»Du hast ja nicht gefragt!«, erwidert Regina gespielt beleidigt.

»Man sollte seinen besten Freundinnen nicht die neusten Neuigkeiten aus der Nase ziehen müssen.«

»Stimmt.« Sie verdreht die Augen. »Aber du rufst uns ja auch nicht jeden Tag an.«

Regina hat recht. Seit es uns nach der Schule in unterschiedliche Richtungen verschlagen hat, ist unser Kontakt nicht mehr so eng. Was völlig normal ist. Trotzdem werden wir vier immer beste Freundinnen sein, selbst wenn wir nicht täglich miteinander sprechen. Außer Regina und Bryndís natürlich, denn die wohnen zusammen in der Innenstadt. Regina ist als Letzte zu unserer Clique gestoßen. Sie wuchs im Örtchen Rif auf der Halbinsel Snæfellsnes auf, bis ihre Eltern sich trennten und sie mit ihrem Vater nach Reykjavík ins Hlíðar-Viertel zog. Seit sie in der fünften Klasse auf unsere Schule kam, waren wir vier unzertrennlich. In den letzten Jahren hatte ich dann eher andere – passendere – Gesellschaft. Ich bücke mich abrupt, um ein langes Haar vom Boden zu pflücken, und sehe sofort, dass es von Regina ist. Statt das Haar aufzuheben, nehme ich eine Fluse vom Sofa und werfe sie aus dem Fenster.

»Du kennst ihn also?« Das Blitzen in Reginas Augen ist ein untrügliches Zeichen, dass sie verknallt ist. Sie macht es sich auf dem Sofa bequem.

»Nein. Oder doch. Ich sehe seinen Namen ab und zu im Internet. Diese Radiosendungen höre ich mir nicht unbedingt an«, antworte ich schnell. »Falsche Zielgruppe.«

Sie grinst noch mehr. Eindeutig verknallt. Plötzlich verändert sich ihr Gesichtsausdruck.

»Hey, da fällt mir was ein! Ich hab den Schwiegervater gestern beim Feiern gesehen!«

»Schwiegervater? Welchen Schwiegervater?«, frage ich scharf und ziemlich neugierig.

»Deinen«, antwortet Regina, als müsste ich wissen, um wen es sich handelt.

»Meinen Schwiegervater!? Jetzt werd doch mal deutlicher!«

»Deinen Schwiegervater Jóhann! Der hatte gut getankt. So gegen vier, fünf Uhr«, entgegnet sie lachend.

»Was?«

»Ja!«

»Echt?«

»Ja!«

»Das kann nicht sein. Unmöglich.«

»Wieso unmöglich? Ich sage doch, dass ich ihn gesehen habe! Und deine Schwiegermutter war nicht dabei.«

»Nein?«

»Nein, er war mit ein paar Mädels unterwegs.«

»Was?«

»Ja, wahrscheinlich seine Studentinnen oder so, unterrichtet er nicht Jura?«

»Doch.«

Ich kann meine Verwunderung nicht verbergen. Es ist höchst merkwürdig, dass mein zukünftiger Schwiegervater nachts mit seinen Studentinnen feiern geht. Das muss ein Missverständnis sein.

In diesem Moment drückt jemand gegen die unverschlossene Haustür, und ich höre, wie sie aufgestoßen und dann mit voller Wucht wieder zugeschlagen wird. Ich springe auf und zupfe auf dem Weg in den Flur mein Kaschmirtop zurecht. Bryndís, die Dritte aus unserer unzertrennlichen Viererbande, ist eingetroffen.

»Du siehst aus, als wärst du gerade deinem eigenen Mausoleum entstiegen.«

Ich finde mich witzig, aber Bryndís reagiert nicht. Ich kann gerade noch ihren Schal auffangen, bevor er auf den Boden fällt. Regina und Bryndís sind so unordentlich! Ich kann das nicht ausstehen. Bryndís ist zerzaust, mürrisch und hektisch. Als wäre sie stinksauer. Was sie auch ist.

»Möglicherweise, weil ich den schrecklichsten Tag meines Lebens hinter mir habe!«, schreit sie fast. »Ist Regina da?«

»Ja, ich bin hier. Hast du mit Marinó Hermann geknutscht?«, ulkt Regina.

»Regina, ich bringe dich um! Auf der Stelle!«, brüllt Bryndís durchs ganze Wohnzimmer und lässt sich möglichst weit von Regina entfernt auf einen Stuhl plumpsen, den ich gerade neu habe polstern lassen. In total abgefahrenem Türkisblau. Schweineteuer. Sie bemerken es natürlich genauso wenig wie alles andere in unserem Haus. Es wird totenstill, und die WG-Genossinnen starren sich durchs Wohnzimmer hinweg an. Ich hole Bryndís ein Glas Wasser. Niemand sagt etwas.

»Was ist denn eigentlich passiert?«, durchbreche ich die Stille. Niemand antwortet mir. Regina zuckt mit den Achseln. »Wollt ihr überhaupt nichts erzählen?«

Die beiden Frauen starren sich immer noch an, und keine macht Anstalten, die Sache zu erläutern. Ein Teil von mir freut sich darüber, dass die Beziehung zwischen meinen Schulfreundinnen nicht immer reibungslos verläuft, seit sie zusammengezogen sind. Wenn sie von ihrem gemeinsamen Leben erzählen, das aus der Ferne furchtbar aufregend wirkt, fühle ich mich manchmal außen vor. Auf der anderen Seite des Zauns ist das Gras immer grüner. Ich bin fast schadenfroh, wenn ich sehe, dass Bryndís wütend auf Regina ist.

»Mädels, nun erzählt schon!«, dränge ich, setze mich zu Regina aufs Sofa, schlage die Beine übereinander und streiche über ihr Hosenbein. Jetzt geht es endlich los, und ich werde mir bald ein Bild davon machen können, wie der Sonntag abgelaufen ist.

»Regina!«, sagt Bryndís, als wäre ihre Freundin ein siebenjähriges Kind, das eine teure Ming-Vase in dreizehntausend Stücke zerbrochen hat.

»Ja?«

»Was für einen Schwachkopf hast du da angeschleppt?« Bryndís betont jedes Wort und spricht ganz langsam. »So was ist doch nicht normal!«

Ich kann kaum erwarten, wie es weitergeht. Das ist besser als Kino.

»Wovon sprichst du?«, regt Regina sich sofort auf.

»Marinó Hermann! Klingelt da was bei dem Namen? Neben dem Wörterbucheintrag für das Wort ›Arschloch‹ ist ein Foto von ihm abgebildet. Spinnst du? Hattest du Drogen genommen?« Regina tut mir richtig leid, denn es ist wirklich nicht schön, Bryndís zum Opfer zu fallen, wenn sie in dieser Stimmung ist.

»Jetzt mach aber mal 'nen Punkt. Hier spinnt niemand außer dir! Warum spielst du dich plötzlich als Richterin über mein Leben auf und sagst mir, wen ich mit nach Hause bringen darf?« Die Worte sprudeln nur so aus Regina heraus.

Wo ist mein Popcorn?

»Ich bin ja auch noch nicht fertig«, sagt Bryndís mit halbgeschlossenen Augen. Ich sehe, dass ihre Lider zittern. Sie macht eine Kunstpause, bevor sie mit theatralischen Gesten fortfährt. Es ist göttlich, den beiden beim Streiten zuzuschauen.

»Erstens hat dieses Ekel unser Klo verstopft. Und zweitens ist er erst gegangen, nachdem ich angeboten habe, ihn zu fahren! Regina, weißt du, wo Marinó Hermann wohnt?« Bryndís wird immer lauter.

»Äh, warte mal, wohnt er nicht in Selfoss?«, werfe ich ein.

Meines Wissens tritt der Mann überwiegend als Sprachrohr für Selfoss in Erscheinung, sobald die Kleinstadt in den Medien auftaucht.

»Woher weißt du das denn?«, fragt Regina und schaut mich verwirrt an. Ich zucke beiläufig mit den Schultern und ändere die Beinstellung.

»Stimmt genau, Inga.«

Ich weiß, dass Bryndís, auch wenn sie wirklich sauer auf den Typen ist, großen Spaß an der Geschichte hat.

»Warum hast du ihn denn nach Hause gefahren? Hat er dir Benzingeld gezahlt?«, amüsiert sich Regina über Bryndís' Gutherzigkeit.

»Du hast dich bestimmt auf Stundenbasis bezahlen lassen, oder?«, sage ich. Regina lacht über meinen Witz und ergänzt: »Hast du ihm eine Rechnung ausgestellt?« Wir fangen beide an zu kichern.

Bryndís hat die Arme fest vor der Brust verschränkt und verzieht keine Miene.

»Nein! Er hat kein Benzingeld gezahlt, dieser unverschämte Rüpel!«

»Hast du ihn denn danach gefragt, Bryndís?«

Regina trifft genau ins Schwarze. Wir wissen beide, dass Bryndís niemals Geld für eine solche Gefälligkeit verlangen würde. Sie regt sich zwar immer furchtbar auf, wenn jemand nicht nach ihrer Pfeife tanzt, würde es ihm aber nie direkt sagen.

»Ich weiß genau, wie armselig das klingt, aber ich hab es nicht fertiggebracht«, gibt Bryndís plötzlich ganz kleinlaut zu.

»Hast du dich etwa den ganzen Tag mit ihm rumgeschlagen?«, frage ich mitleidig.

Dies ist ein weiteres Beispiel für eine Sache, die meinen Jura-Freundinnen niemals passieren würde. Keine von uns würde sich aufopfern, den Lover einer Mitbewohnerin nach Selfoss zu fahren, ohne sich dafür bezahlen zu lassen!

»Ja! Wisst ihr, wie lange man mit einem normalen PKW nach Selfoss unterwegs ist?« Bryndís nimmt wieder Fahrt auf und ist immer noch wütend.

»Vielleicht vierzig …«

»Okay. Und was glaubst du, wie lange man bis Selfoss braucht, wenn das Auto unterwegs eine Panne hat? Was übrigens der Grund dafür ist, dass ich jetzt den Bus nehmen musste.«

»Du willst uns doch wohl nicht erzählen, dass Bizzy schlappgemacht hat?«, wirft Regina amüsiert ein.

Wir nennen Bryndís' Wagen Bizzy. Er ist gelb und schwarz. Wie eine Biene. Eine fleißige Biene. *Busy* eben.

»O Gott, ich fasse es nicht«, sage ich ernst und denke an die Millionen Male, die Bryndís' Yaris schon kaputt war. Sie grinst.

»Und es war echt anstrengend. Wir waren natürlich über *nichts* einer Meinung.«

»Tja, genau wie ihr beide!«, sage ich, und wir müssen alle lachen.

»Und noch was«, regt sich Bryndís weiter auf. »Er hat mich, beziehungsweise uns, Prinzessinnen genannt!«

»Nein!« Ich pruste los. »Wenn es ein Wort gibt, das ich niemals für euch verwenden würde – dann ist es Prinzessinnen.«

»Tja, das unterscheidet dich von Marinó Hermann!« Bryndís schaut mich grinsend an.

Die beiden als Prinzessinnen zu bezeichnen ist wirklich das Letzte, das einem in diesem Moment einfallen würde. Regina sitzt zusammengesunken auf dem Sofa, in einem schwarzen, unförmigen Blazer und einer ebensolchen Hose, mit Schminke von gestern im Gesicht, das dunkle, leicht fettige

Haar zu einem wirren Knoten hochgesteckt und mit einem Kissen mit aufgestickten kleinen Hündchen im Arm. Bryndís sitzt steif mit verschränkten Armen auf meinem frisch gepolsterten, türkisblauen Stuhl. Sie trägt Jeans, ein langes, weites T-Shirt und eine militärgrüne Jacke, die ich sie schon mehrmals gebeten habe, wegzuschmeißen. Ihre dunkelblonden Haare sind zu einem unordentlichen, struppigen Pferdschwanz gebunden. Ich weiß, dass ich heute Abend ihre Haare vom Boden fegen muss.

»Sag mal, für was hält der Mann sich eigentlich? Auf dem Weg aus der Stadt war er total eingeschnappt und hat bis weit hinter die Stadtgrenze kein Wort mehr gesagt.«

»Ist dein Autoradio immer noch kaputt?«

»Ja.«

»Ihr habt euch also fast die ganze Zeit angeschwiegen?«, frage ich nur, um mir die Situation in Bryndís' Schrottkarre bildlich vor Augen zu führen. Meine Frage löst bei Regina einen weiteren Lachanfall aus.

»Warum war er denn eingeschnappt?«, stößt sie zwischen den Lachsalven hervor.

»Du willst wissen, warum?«, entgegnet Bryndís auf ihre theatralische Art. »Weil ich mich geweigert habe, bei *Burger – mit Stil* einen Hamburger zu essen!«

»Meine Güte«, seufze ich. Warum bin ich eigentlich manchmal so muttihaft?

»Ein widerwärtiger Laden. Ich würde mir da noch nicht mal die Hände waschen. Er war jedenfalls total beleidigt!«

Ich spüre, dass Regina die Sache unangenehm ist. Mir wäre es auch unangenehm, wenn mein Lover Bryndís am nächsten Tag in irgendeinen Schmierschuppen einladen würde. Und ich ein paar Stunden später von ihr durch den Fleischwolf gedreht würde.

»Findest du ihn denn nicht heiß?«, fragt Regina, und ich versuche herauszuhören, ob ihre Stimme verzweifelt klingt. Beim Thema Männer ist sie nicht gerade die Selbstsicherste.

»Heiß! Das einzig Heiße an ihm sind die Flammen der Hölle, in denen er verbrennen wird, wenn sich sein Dasein auf der Erde dem Ende zuneigt. Was hoffentlich bald ist. Wirklich, Regina, falls du vorhast, weiterhin Kontakt zu diesem Mann zu halten, werde ich alles, ALLES tun, was in meiner Macht steht, um dich zu entmündigen.«

»Na, na …«, sage ich, während Regina bei dieser Ankündigung ihrer Mitbewohnerin rot anläuft.

»Der Mann ist eine menschliche Tragödie auf zwei Beinen!«, zetert Bryndís. Das ist nichts Neues. Während unserer jahrelangen Freundschaft haben wir schon oft miterlebt, wie sie alle möglichen Ereignisse überdramatisiert. Das Komische ist nur, dass sie diese aufgedrehte Seite an sich sonst niemandem zeigt.

»Du hast dich also minimal über den Typen aufgeregt?«

Wir prusten alle los. Bis Regina schließlich zugibt, dass sie schon seit längerem ein bisschen in Marinó Hermann verknallt ist.

»Ach, Mädels. Ich finde ihn echt süß. Er hat einfach Charakter.«

»Findest du ihn immer noch süß, seit du weißt, dass er bei seinen Eltern in Selfoss wohnt und uns Prinzessinnen nennt?«

»Bryndís, darf ich dir trotz allem eine Frage stellen. Hattest du auf dem Weg nach Selfoss dasselbe an wie jetzt?«, erwidert Regina.

»Was meinst du?«

»Hast du in diesem T-Shirt vom Frauenlauf 1994 mit meinem Lover eine Spritztour nach Selfoss gemacht?«

»Und in dieser schauderhaften Jacke, die ich dich wiederholt gebeten habe, wegzuschmeißen …?« Ich kann den Satz nicht zu Ende bringen.

»Ja! Und ich bin stolz darauf. Unter uns gesagt, hatte ich auch noch die graue, ausgewaschene Jogginghose mit dem ausgeleierten Gummibund an, die wahrscheinlich im selben Jahr hergestellt wurde wie das T-Shirt vom Frauenlauf. Wisst ihr, wie egal mir das ist?«

»Daran zweifle ich keine Sekunde«, sage ich wahrheitsgemäß.

»Noch was zu deinem nicht-zukünftigen Ehemann, Regina …«, sagt Bryndís mit provozierender Stimme.

»Was?«, entgegnet Regina wie aus der Pistole geschossen.

»Er hat abartige Ansichten über Gleichberechtigung, das weißt du doch bestimmt, oder?«

»Ach, ging eure Unterhaltung so weit?«

Ich kann mich nur darüber wundern, wie Bryndís es immer wieder schafft, jedes Gespräch auf das Thema Gleichberechtigung zu bringen.

»Irgendwann fing er an, über die Bischöfin zu reden. Und wisst ihr was? Er hält es für eine Absurdität, und damit zitiere ich ihn, dass eine Frau Bischöfin der isländischen Staatskirche ist.« Bryndís grinst triumphierend.

Regina ist weniger amüsiert, weil sie weiß, dass es für einen Mann, der etwas gegen Karrierefrauen hat, schwer wird, ihre Freundinnen von sich zu überzeugen.

»Und hatte er dafür irgendwelche Argumente?«, frage ich halb lachend.

»Ja, und die waren höchst interessant. Er sagte, es sei wissenschaftlich erwiesen, dass Frauen sich tief im Inneren wünschen, Hausfrauen zu sein und Kinder großzuziehen.« Sie lacht schallend.

»Ach du Scheiße!« Ich bin ehrlich geschockt.

»Allerdings!«, sagt Bryndís ironisch. »Ich habe ihn nach genaueren Quellen für diese Behauptung gefragt, und er meinte, er würde mir einen Link zu einem Artikel schicken.«

Wieder wird es ganz still.

»Bryndís?«, sage ich ernst.

»Ja.«

»Bitte leite die Mail an uns weiter. Falls Marinó Hermann recht hat, ziehe ich in Betracht, meinen Job als Anwältin an den Nagel zu hängen und mich bei nächster Gelegenheit schwängern zu lassen.« Wir lachen alle.

Bryndís löst ihr Haargummi und schleudert den Kopf nach vorne. Es passiert, was ich mir schon ausgemalt habe: Sie schüttelt ihre Haare mit den Fingern auf. Dabei fallen mindestens drei einzelne Haare auf meinen Wohnzimmerboden. Ich starre auf die herunterschwebenden Haare. Eine halbe Ewigkeit vergeht, bis sie den Boden erreicht haben. Als sie landen, höre ich den Aufprall in meinem Kopf. Die Mädels merken nichts. Natürlich nicht. Ein unkontrollierbarer Drang, den Besen zu holen, überkommt mich. Ich bebe innerlich. Rede im Geiste ganz ruhig auf mich ein und befehle mir, zu warten, bis die Mädels weg sind, bevor ich die Haare wegfege. Zum Glück gelingt es mir, mich zu beherrschen.

»Habt ihr heute die Meldung über diesen Gestörten in Amerika gesehen?«, fragt Bryndís, während sie sich einen neuen Pferdeschwanz bindet. Ich brauche ein paar Sekunden, um wieder zu mir zu kommen.

»Da gibt's ja wohl mehrere«, wirft Regina ein, die angefangen hat, an ihren Fingernägeln zu kauen.

»Da hat sich so ein Typ von den Republikanern oder der Tea-Party-Bewegung über Vergewaltigungen geäußert.«

»Ja!« Ich weiß sofort, wovon sie redet.

»Nein, was hat er gesagt?«, fragt Regina.

»Er will Abtreibungen bei Frauen, die vergewaltigt wurden, gesetzlich verbieten lassen. Er geht nämlich davon aus, dass eine Frau, die ›wirklich‹ vergewaltigt wurde, auf keinen Fall schwanger wird. Ihr Körper würde die Befruchtung des Eis verhindern, das hätten irgendwelche Wissenschaftler bewiesen.«

»Was für ein Schwachsinn.«

»Also darf eine Frau, die nach einer Vergewaltigung schwanger wird, nicht abtreiben, weil sie laut diesem Typen gar nicht vergewaltigt wurde?«, fragt Regina.

»Ja, er zitiert irgendwelche Ärzte, die das behaupten.«

»Na ja«, entgegnet Regina gereizt. »Diese Vergewaltigungsdebatte ist schon oft sehr speziell …«

»Wir kennen deine Meinung, Regina«, bremst sie Bryndís.

»Ist ja klar, dass die Beweisführung bei einer Straftat, die meist im Dunkeln hinter verschlossenen Türen und zwischen Personen stattfindet, deren Urteilsvermögen durch Alkohol oder Drogen getrübt ist, nicht ganz einfach ist«, erkläre ich, und Bryndís stimmt mir sofort zu. »Das ist natürlich etwas ganz anderes als bei einem Mordfall, wo du eine Leiche als Beweis für ein Verbrechen hast und dich darauf berufen kannst. Bei manchen Vergewaltigungen gibt es keine Beweise, vor allem nicht, wenn das Opfer stillhält und sich nicht traut, sich zu wehren.«

»Aber es ist doch wohl das Mindeste, dass man deutlich nein sagt und sich wehrt, wenn man vergewaltigt wird«, erwidert Regina aufgebracht.

»Das wäre natürlich am besten. Untersuchungen haben aber gezeigt, dass es immer Opfer gibt, die einfach stillhalten oder betäubt wurden. Deshalb kann man auch nicht ausschließen, dass eine Frau, die aus irgendwelchen Gründen nicht nein gesagt hat, vergewaltigt wurde.«

»Am besten man sagt laut und deutlich ja, oder?«, wirft Bryndís grinsend ein.

»Gib mir ein Ja!«, albert Regina.

»Glaubst du, du könntest mit solchen Fällen arbeiten?«, fragt Bryndís mich dann mit ernstem Gesicht.

»Ja«, antworte ich prompt, denn darüber habe ich bereits nachgedacht. Ich möchte Richterin beim Obersten Gerichtshof werden und weiß, dass ich dort auch mit Vergewaltigungsfällen zu tun haben werde.

»Aber noch mal zurück zu diesem Tea-Party-Typen, der bereitet doch nur den Weg für seine Parteigenossen.«

»Was meinst du?«, fragt Regina.

»Na ja, das ist ein klassischer Schachzug. Einer vertritt eine völlig schwachsinnige Theorie, behauptet irgendeinen Unsinn und bringt alle gegen sich auf. Aber wenn so extreme Standpunkte an die Öffentlichkeit kommen, wirken andere plötzlich weniger extrem.«

»Richtig, das gibt es natürlich bei allen Parteien«, stimmt Bryndís mir zu.

»Unter uns gesagt, glaube ich manchmal, dass die Feministinnen und die Jungen Konservativen diese Masche auch anwenden. Ihr wisst schon, eine extreme Position einnehmen, die Grenzen austesten, um etwas gemäßigteren Leuten den Weg zu bahnen.«

»Wie kannst du die Feministinnen und die Jungen Konservativen in einen Topf werfen?«, ruft Regina entsetzt und macht ein so pikiertes Gesicht, dass wir laut losprusten. Was sie nicht davon abhält, fortzufahren.

»Apropos Feministinnen, es ist doch bescheuert, dass die sich so über diese rosa und blauen Halstücher aufregen, die irgendeine Versicherung letztens allen sechsjährigen Kindern geschenkt hat. Das geht doch völlig in die falsche Richtung. Die sollten doch keine Energie an so was verschwenden.«

»Du musst keine Feministin sein, wenn du möchtest, dass deine kleine Tochter auch mit blauen oder grünen Sachen spielen darf«, sagt Bryndís mit ruhiger Stimme.

»Das ist mir durchaus bewusst. Aber die Feministinnen regen sich darüber auf!«

»Es gibt auch sehr viele normale Leute, die das für absurd halten.«

»Den Feminismus?«

»Nein, Regina«, sagt Bryndís und lacht über Reginas absichtliches Missverständnis. »Dass amerikanische Spielzeugfirmen festlegen, mit welchen Farben isländische Kinder zu spielen haben. Und dass Mädchenspielzeug immer mit Vater-Mutter-Kind-Spielen und klapperdürren Zahnstocherpuppen zu tun hat, während man sich mit Jungsspielzeug so richtig austoben kann.«

»Jetzt pauschalisierst du aber!«

»Im Ernst, so ist es doch. Guck dir mal die Spielzeugprospekte an. Alles total geschlechterbezogen. Dagegen sind definitiv nicht nur Feministinnen. Und diese Halstücher – warum bekommen die Mädchen rosafarbene und die Jungs blaue? Wer hat das entschieden?«

»Ich weiß nicht, diese Diskussion ist doch absurd. Es gibt jede Menge Marktforschungsstudien über die Lieblingsfarben von Mädchen und Jungen. Und Mädchen wollen immer rosa und Barbiepuppen und Jungs blau und Autos«, sagt Regina.

»Dann ist das eben eine Frage von Angebot und Nachfrage. Die Nachfrage wäre bestimmt anders, wenn das Angebot anders wäre. Und die Produzenten nicht so krankhaft an überholten Rollenmustern festhalten würden.«

»Ich weiß nicht.«

»Sind wir uns denn darüber einig, dass man die Vielfalt fördern und diese permanente Gleichschaltung beenden sollte?«

»Ich finde trotzdem, und hoffentlich beleidige ich dich damit nicht, Bryndís, dass die Feministinnen bei *diesem Thema* ruhig mal eine Pause einlegen könnten.«

»Hört, hört!«, tönt Bryndís grinsend.

»Genau bei solchen Themen, bei denen sich anscheinend alle einig sind, von wegen Vielfalt fördern und Horizont erweitern, genau da müssten mal andere das Wort anführen. Auf überholte Rollenmuster hinweisen, deren Überwindung allen guttäte. Wie cool wäre es zum Beispiel, wenn die Freimaurer oder irgendein Männerbund mal thematisieren würden, wie dämlich es ist, Mädchen immer zu sagen, sie sollen brav und süß sein? Genauso dämlich, wie Jungen zu sagen, sie dürfen laut und frech sein. Versteht ihr? Es ist extrem wichtig, *wer* die Dinge ausspricht.«

INGA

GRAFARHOLT. ALLEINE.

Als ich die Haustür schließe und die beiden in Reginas Auto steigen sehe, fühle ich mich einsam. Am liebsten würde ich mitfahren. Es wird langweilig sein, für längere Zeit alleine in diesem Reihenhaus in Grafarholt zu wohnen. Trotzdem verstehe ich nicht ganz, warum ich mich so leer fühle, wenn ich die beiden gemeinsam wegfahren sehe. Sie verhalten sich wie entscheidungsunfähige Teenies im Partyrausch. Verirrte Schäflein, die am Wochenende durch die Clubs ziehen und sich noch nicht mit den grundlegenden Dingen des Lebens auseinandergesetzt haben. Sie wissen noch nicht einmal richtig, wo sie beruflich hinwollen! Ich habe die wichtigen Fragen in meinem Leben geklärt. Was nicht unbedingt einfach ist. Aber notwendig. Ich habe eine feste Beziehung zu einem fast perfekten Mann, der perfekt zu mir passt. Bin zufrieden in der Kanzlei, und er ist zufrieden in seiner. Unsere Kollegen und Chefs sind sehr nett, alles gute Leute. Wir wohnen nicht weit von der Haupteinfallstraße in die Innenstadt. Er schenkt mir Klamotten von *Sævar Karl* zum Geburtstag und Flugtickets zu Weihnachten oder wenn ich einen besonders schweren Fall hatte. Am Wochenende bestellen wir uns in einem Café Toast mit Orangenmarmelade und doppelten Soja-Latte und lesen *GQ*, die *Vogue* und den *Economist*. Was ist daran falsch? Das ist genau das, worauf alle romantischen Komödien hinauslaufen! Vielleicht hatten wir nicht die perfekte Vorgeschichte für eine Liebesbeziehung, aber wenn man bedenkt, dass neunzig Prozent der isländischen Ehen bei einem Megabesäufnis in einer verschwitzten Kneipe um vier Uhr nachts ihren Anfang nehmen, ist unsere Geschichte auch nicht weiter tragisch. Nämlich genau so, nur dass es erst 19 Uhr war und wir im Bus saßen, auf dem Heimweg von einer Studienfahrt. Ich weiß noch, wie er mich fragte, ob der Platz neben mir frei sei, und wir uns dann über alles Mögliche unterhielten. Am Ende des Tages landeten wir im Bett. So war es, und so ist es, und das ist überhaupt nicht schlimm!

Warum fühle ich mich dann so? Als gäbe es tief in meinem Herzen einen Raum, der leer ist. Und nicht leer sein sollte. Ich verstehe nicht, warum. Mir fehlt nichts. Mein Leben ist genau so, wie ich es immer haben wollte. Verpasse ich etwas? Möchte ich wirklich zu Regina ins Auto steigen und mit den beiden in die Leifsgata fahren, in eine heruntergekommene Mietswohnung, in der man vor lauter Dreck noch nicht einmal auf Zehenspitzen herumlaufen kann? Mit einer Einrichtung aus dem tiefsten Mittelalter und einem viel zu engen Bad, in dem zu allem Überfluss der Lover vom letzten Wochenende das Klo verstopft hat?

Es muss daran liegen, dass Nói nicht zu Hause ist. Wenn er hier wäre, wäre alles anders. Wir würden eine DVD schauen, und er würde mir durchs Haar streichen, bis ich all diese deprimierenden Gedanken los wäre. Dabei fällt mir ein, dass ich im Frühjahr in Portugal manchmal dasselbe Gefühl hatte, obwohl ich den ganzen Tag mit ihm zusammen war. Dieses Gefühl von Leere – obwohl ich alles habe. Aber hey, ich bin glücklich. Jedenfalls siebzig bis achtzig Prozent der Zeit. Warum habe ich Bryndís und Regina eigentlich nicht erzählt, dass Nói bei seinen Eltern ist? Bin ich zu stolz? Sollte ich als Entwicklungshelferin nach Afrika gehen, um den Sinn des Lebens wiederzuentdecken? Und was war das eigentlich für eine Bemerkung über meinen Schwiegervater? Das ist völlig undenkbar. Regina muss sich verguckt haben.

Inga, reiß dich zusammen! Du darfst keine Schwächen zulassen. Dir keine Blöße geben. Ich habe die Worte meiner Mutter noch genau im Ohr. Werde ich etwa wie sie? Eine stolze Frau, die alles, was nicht salonfähig ist, für immer und ewig unter den Teppich kehrt?

Das Piepen einer SMS unterbricht meine Gedanken. Mein Liebster: *Stinklangweilig in Arnarnes. Wie läuft's bei dir? Ich vermisse dich, Süße.*

Ich muss den Mädels von Nóis Beinbruch erzählen. Immerhin sind sie meine ältesten und besten Freundinnen, auch wenn wir nicht mehr täglich Kontakt haben. Ich werde vorschlagen, dass wir uns im Lauf der Woche treffen, wenn Tinna aus New York zurück ist, und ihnen alles erzählen. Wie führe ich mich eigentlich auf? Ich renne wie eine Vollidiotin ziellos durch die Wohnung, habe schon achtzehnmal den Boden gefegt und sehne mich danach, in einem winzigen Loch in der Leifsgata zu wohnen, wo ständig jemand gegen die saubere Wäsche pinkelt, die man zum Trocknen rausgehängt hat. Oder sollte ich vielleicht einfach bald schwanger werden? Ein Kind würde die Leere bestimmt ausfüllen.

BRYNDÍS

LEIFSGATA. HEISSER PRINZ AM START.

Ich kann einfach nicht so weitermachen, dass ich den Leuten ständig Gefallen tue. Was habe ich eigentlich an mir, das die Leute dazu animiert, mit schmutzigen Schuhen auf mir herumzutrampeln? Dafür bin ich doch gar nicht der Typ! Ich habe mich immer für zuvorkommend und freundlich gehalten. Und dann kommt so ein Depp wie Marinó Hermann und nutzt meine Gutmütigkeit aus. Dabei hat er mich ja um nichts gebeten. Ich lande immer in diesen unmöglichen Situationen, weil ich nicht nein sagen kann. Was hätte ich zum Beispiel heute machen sollen? Regina hatte mich gebeten, mich um den Mann zu kümmern, aber schließlich ist er erwachsen! Ich hätte ihm nicht anbieten dürfen, ihn zu fahren, hätte nicht so nett sein und einfach nein sagen sollen.

»Schläfst du schon?«, höre ich Regina durch die Wohnung flüstern.

»Nein«, rufe ich hellwach zurück.

»Er hat eine SMS geschickt …« Sie zögert und lauscht, ob ich etwas sage.

»Okay, lass hören!«

»Hi, Prinzessin. Hier ist der heiße Prinz. Willst du dich diese Woche mit mir treffen?«

Meine Lippen verziehen sich zu einem angeekelten Lächeln, oder vielmehr Grinsen. Damit bringt er das Fass zum Überlaufen, wobei es heute schon mehrmals kurz davor war.

»Hat er wirklich ›heißer Prinz‹ geschrieben?«, frage ich behutsam. Stille.

»Ja.«

Ich pruste los und höre, wie sich Regina in ihrem Zimmer vor Lachen kringelt. Es klingt so, als würde sie ziemlich kräftig mit den Füßen auf die Bettdecke trommeln. Was mich an eine Frage erinnert.

»Hast du das Bettzeug gewechselt?«

»Ja.«

»Heißt das, er darf nicht noch mal bei dir übernachten?«, frage ich vorsichtig. Ich habe ihm gegenüber, und auch ihr gegenüber, langsam ein schlechtes Gewissen.

»Im Moment habe ich jedenfalls nicht das Bedürfnis ...« Regina scheint in gutem Gleichgewicht zu sein. »... dass er noch mal herkommt.«

»Ist das meine Schuld? Ich war ihm gegenüber vorhin vielleicht ein bisschen ungerecht.«

Ich halte die Luft an und warte auf eine Antwort. Sie lässt auf sich warten.

»Bryndís?«, fragt Regina völlig relaxt.

»Ja?«

Ich bin ziemlich angespannt. Regina müsste eigentlich wissen, wie wichtig sie mir ist, und es war wirklich nicht besonders nett von mir, über ihren Lover herzuziehen. Aber das ist alles nur ein Spiel. Ich hoffe, sie weiß das. Sie weiß es.

»Du bist nicht der Mittelpunkt der Welt.« Ich bin sprachlos. »Es dreht sich nicht alles nur um dich.«

Damit hat sie es geschafft, mir allen Wind aus den Segeln zu nehmen. Ich schweige ein paar Sekunden und muss dann wieder lachen. Regina lacht auch.

»Stimmt! Antwortest du auf die SMS?«

»Nein«, sagt Regina entschlossen.

»Finde ich super.« Ich betone das Wort »super« und höre Regina kichern. Wieder Stille.

»Regina?«, frage ich ruhig und ziemlich leise. »Hast du die Schuhe des heißen Prinzen gesehen?«

»Was meinst du?«, entgegnet sie hastig, offenbar nicht auf die Frage vorbereitet.

»Du weißt ja, dass mir Männerschuhe egal sind. Ich finde sie alle gleich hässlich. Aber du weißt auch, dass Schuhe viel über Männer aussagen«, mache ich sie neugierig.

»Was für Schuhe hatte er denn an?«

»Solche Lackschuhe mit hoher, gerundeter Vorderkappe. Da hätte vorne locker noch ein Tischtennisball reingepasst.«

»Sie waren also hässlich?«, fragt sie schnell.

»Jepp.« Es wird wieder still, und ich überlege, ob Regina es schon bereut. »Wie war er?«, frage ich dann.

»Im Bett?«

»Hm.«

»Gut, bis auf eine komische Sache ...«

»Ja?«

»Also, er hat mich ganz fest in den großen Zeh gebissen. Bis er geblutet hat. Das habe ich aber erst heute Morgen begriffen. Dass er geblutet hat.«

Ich springe auf und stürze in Reginas Zimmer.

»Was?«, frage ich und schaue in ihr grinsendes Gesicht.

»Ja!«

»Echt?«

»Jaaa!«

»Und das erzählst du mir erst jetzt?« Ich fange an zu lachen.

»Du hast mich ja bisher nicht danach gefragt«, antwortet Regina mit ironischem Gesichtsausdruck.

»Nee, klar. Das tue ich hiermit. Aber sag mal, das ist ja total strange.«

»Ja, finde ich auch!« Regina lacht laut auf.

»Wie ist das denn passiert?«

»Erst hat er ein bisschen geknabbert und geleckt, und dann packt er auf einmal meinen Fuß und beißt mir in den großen Zeh. Total fest!«

»Nee!«

»Doch. Und eine Viertelstunde später packt er noch mal denselben Fuß und nimmt die Ferse in den Mund …«

»Nein!«

»Doch!«

»Nein!«

»Und beißt zu!«

Ich schüttele mich vor Lachen und lasse mich auf Reginas Bett fallen. Sie klebt gerade ein Pflaster auf ihren großen Zeh und zeigt mir die Stelle, an der sich Bissspuren abzeichnen.

»Das ist ja der Hammer. Und was hast du gemacht?«

»Vor Schmerzen geschrien natürlich.«

»Unglaublich, dass ich davon nicht aufgewacht bin!«

Reginas Laptop piept. Jemand will mit ihr chatten. Wir tauschen einen Blick, und ich bin ein bisschen gestresst.

»Das ist Inga«, sagt sie.

»Und?«

»Sie fragt, ob wir uns alle am Donnerstag treffen sollen. Dann ist Tinna aus New York zurück.«

»Wahnsinn. Sie will wieder Kontakt zu uns haben! Was die Jura-Tussis wohl dazu sagen?«

»Gute Frage.«

»Klar, ich bin dabei. Richte ihr aus, dass ich komme.«

»Sie fragt, ob wir noch mal zu ihr an den Arsch der Welt kommen wollen. Es gibt Kaffee und Kuchen«, erklärt Regina.

»Das hat sie geschrieben? Passt aber gar nicht zu unserer perfekten Anwältin.«

»Nee, das war ein Witz. Sie nennt es immer noch Grafarholt.«

»Okay, gut.«

»So, jetzt habe ich meine Wunden verarztet und gehe ins Bett.«

»Ja, klar. Ich auch. Gute Nacht. Äh, Regina? Warte mal.« Ich stehe im Türrahmen und schaue sie an. »Du weißt doch, dass du mir wichtig bist?«

Es war nicht leicht, das zu sagen. Aber notwendig. Ich bekomme keine Antwort. Aber ein strahlendes Lächeln.

REGINA

LEIFSGATA. WARTEN.

Typisch, dass ich nicht schlafen kann. Ich habe das Bett frisch bezogen, schaue zwei Folgen von *Prison Break* und surfe eine Ewigkeit im Internet. Lese alle Artikel von Marinó Hermann. Okay, er ist kein Gandhi, das gebe ich zu. Möglicherweise positioniert er sich aber auch absichtlich am rechten Rand. Und inszeniert sich natürlich in den Medien. Manchmal darf man die Dinge ja ruhig beim Namen nennen. Wir leben schließlich nicht in einer perfekten Welt. Ganz im Gegenteil. Es war ein Fehler von ihm, mir so schnell eine SMS zu schicken. Was sagt das über Männer, wenn sie einen schon am nächsten Tag ansimsen? Dass sie Interesse haben. Eine schöne Bestätigung für mich. Aber er weiß natürlich nicht, dass ich so funktioniere wie der Markt – je geringer das Angebot, desto größer die Nachfrage. Und schon am nächsten Tag eine SMS zu bekommen ist natürlich ein gutes Angebot, was für ihn leider eine geringere Nachfrage meinerseits nach seinem Interesse bedeutet. Es darf nicht zu leicht sein. Allerdings auch nicht zu kompliziert. Am besten erst mal nicht zu viel daran denken. Mal sehen, was die Woche so bringt. Die Präsentation am Mittwoch hat Vorrang. Eine echte Ehre, sie vor dem Vorstand der Bank halten zu dürfen. Ich bin ein bisschen nervös. Heißt das, ich habe keinen Ehrgeiz? Doch. Ich habe Ehrgeiz. Ziemlich viel sogar. Eigentlich müsste ich hundemüde sein. Und wer schickt mir da soeben an einem Sonntagabend um zwanzig nach eins noch eine SMS?

MarinoHermann: *???*

Okay, der Mann hat's verbockt. Er hat mich vor gut zwei

Stunden angesimst und wollte ein Date. Steht er etwa vor meinem Haus und weiß, dass ich nicht schlafe, seine erste Nachricht gelesen habe und ihn ignoriere? Das ist übertrieben. Aber auch schmeichelhaft, so begehrt zu sein, dass ein bekannter Mann aus Selfoss es kaum erwarten kann, dass ich ihm schriftlich antworte, ob ich ihn wiedersehen möchte. Ich weiß nicht, was ich antworten soll. Eigentlich bin ich es mir schuldig, es darauf ankommen zu lassen. Jetzt, wo ich ihn an der Angel habe. Scheiß auf Bryndís' Meinung. Soll ich ihm sagen, dass ich ihn diese Woche treffen will? Ich könnte zumindest ein kostenloses Essen dabei rausschlagen und ihm anschließend sagen, ich hätte auf der Arbeit furchtbar viel zu tun. Schließlich ist es ja nicht so, dass ich mich vor Männern kaum noch retten kann. Und diesbezüglich wird auch garantiert nichts passieren, bevor ich mich das nächste Mal betrinke. Zum Teufel mit der isländischen Dating-Kultur, diesem abgekarteten Spiel. Die Sauferei nimmt mich in letzter Zeit körperlich und psychisch ganz schön mit. Ich brauche länger, um mich zu erholen, komme an den Tagen danach nicht richtig in die Gänge und ernähre mich viel zu ungesund. Aber diese Opfer muss man bringen! Und hier ist jemand, der mich treffen möchte, ohne dass ich dafür bis tief in die Nacht meine Leber ruinieren muss. Auf den ich zudem schon seit längerem ein Auge geworfen habe. Ich werde nicht sofort antworten, sondern noch ein paar Tage warten. Entsprechend dem Gesetz von Angebot und Nachfrage.

REGINA

HAUPTFILIALE DER BANK.
DIE KUNST DER KONVERSATION IST NICHT JEDERMANNS SACHE.

»Das hast du gut gemacht.«

»Danke.«

Ich würde lügen, wenn ich behaupten würde, dass ich nicht mit einem Lob gerechnet hätte.

»Wirklich gut.«

»Vielen Dank.«

»Ja, ja«, sagt er.

Warum ist der Mann so ein Langweiler? Wie er schon neben mir steht, die Hände tief in den Hosentaschen vergraben. Er starrt mich an, ohne noch etwas hinzuzufügen. Soll ich etwas sagen? Ich habe keinen blassen Schimmer, was das sein könnte. Und warum kommt er einem immer einen halben Schritt zu nah? Immer zehn, zwanzig Zentimeter zu weit in den persönlichen Bereich, weshalb ich riechen kann, dass er sich in der Kantine mit Krabben in süßsaurer Soße vollgestopft hat. Und wie er aussieht! Irgendwie putzig. Trägt ein buntgestreiftes Hemd und eine Hose, die etwas zu kurz ist. Immer etwas zu kurze Hosen. Dabei handelt es sich nur um zwei Zentimeter. Findet er das schick, oder hat er sich verpflichtet, die alten Hosen seines Bruders aufzutragen, der ein paar Zentimeter größer ist als er? Der Mann gehört zur mittleren Führungsebene der Bank und sollte sich vernünftige Kleidung leisten können. Ich versuche mich zu erinnern, ob er verheiratet ist. Das Einzige, was ich weiß, ist, dass er einen großen Hund hat, der mehr wie ein Wolf aussieht. Schon komisch, dass ich nichts über ihn weiß, obwohl er seit drei Jahren mein Chef ist. Aber er ist ja auch nicht sehr gesprächig.

»Du hast bestimmt lange daran gearbeitet, oder?«, fragt er.

»Lange? An dieser siebzigseitigen Präsentation?«

Ich kann den Sarkasmus in meiner Stimme nicht kontrollieren, immerhin habe ich letzten Monat kaum etwas anderes gemacht, als mich auf diesen Tag vorzubereiten.

»Ja, hat schon länger gedauert, aber ich konnte natürlich an meiner Untersuchung ansetzen«, füge ich hinzu.

»Ja.«

»Hm. Ganz schön warm geworden.«

»Ja, stimmt.«

Was soll man mit solchen Leuten anfangen? Warum geht er nicht einfach, wenn er nichts mehr zu sagen hat?

»Am Wochenende soll es aufreißen.«

»Wen aufreißen?«, entgegne ich vorlauter, als ich eigentlich wollte.

»Nein, das Wetter!«

Ob er Hobbymeteorologe ist? Ich dachte, die gäbe es nur an Orten, wo man weder Internetverbindung noch Fernsehempfang hat.

»Ja, klar, das Wetter, wie dumm von mir.«

Ich bin froh, als ich Reese Witherspoon in unsere Richtung kommen sehe. Wie immer mit ihrer kleinen, hässlichen Handtasche mit den Strasssteinchen. Garantiert unecht. Darin bewahrt sie bestimmt das Nötigste auf, um sich frisch zu machen. Sie ist in ihre *Love Spell*-Wolke gehüllt, die wie Zuckerwatte in Disney World riecht. Damit kommt meine Nase einfach nicht klar. Mir wird übel.

»Herzlichen Glückwunsch, meine Süße«, säuselt sie.

Ich sehe, dass sie Anstalten macht, mich zu küssen, und mir wird ganz heiß. Sie schmatzt mir einen Kuss ins Gesicht.

Ich kann es nicht ausstehen, wenn sie das macht. Bei anderen allerdings auch nicht. Ich kenne kaum etwas Unangenehmeres, als wenn mich Leute, die ich nicht gut kenne, küssen oder liebevoll berühren. Berührungsphobie, könnte man sagen. Wobei ich vielmehr glaube, dass es eine innere Abwehrhaltung gegenüber Menschen ist, die mir nicht zu nah kommen sollen. Immer diese Umarmungen! Kann mir mal jemand erklären, woher das kommt? Dieses südeuropäische Getue, sich ständig zu küssen und zu knuddeln und sich gegenseitig Spucke ins Gesicht zu drücken. Was bringt das? Nichts als erhöhte Ansteckungsgefahr. Und Affektiertheit. Ich kann das nicht ausstehen. Und warum nennt sie mich Süße? Um mich vor unserem Chef kleinzumachen? Um ihre Überlegenheit zu demonstrieren? Ich bin die unsüßeste Person in der ganzen Bank. Ich hasse Stofftiere, ertrage keine Blumen in meiner Nähe und würde keine vertrockneten Blätter abzupfen, selbst wenn man mir ein Vermögen dafür böte, ich kann diese ganzen Smileys nicht ausstehen, mit denen die Leute ihre Mails zupflastern, und besitze nur schwarze, graue und weiße Klamotten. Furchtbar, diese niedlichen Gardinenkleidchen, die alle Frauen jetzt tragen. Lieber lasse ich mich bei lebendigem Leib häuten, als so ein unförmiges Ungetüm anzuziehen. Das sind doch Lappen, oder eher Zelte, in denen eine fünfköpfige Familie wohnen könnte! Ich hasse Kleider, kann Rüschen, Schleifen, Ringellöckchen, Röcke, Gefühlsduselei und Konfirmationsfeste nicht ausstehen. Süß ist weit davon entfernt, ein Wort zu sein, das mich beschreibt. Reese nimmt mich am Arm und zieht mich von unserem Chef weg.

»Ich sage dir, Regina, alle reden darüber.«

Bei dem ekelhaften Zuckergeruch, den sie ausströmt, komme ich ins Schwanken. Offenbar hat sie sich ausgiebig eingesprüht.

»Worüber?« Ich komme wieder zu mir und versuche, durch den Mund einzuatmen.

»Dass du mit einem Banker nach Hause gegangen bist.«

Meine Augen weiten sich, und ich frage mich, ob meine liebe Kollegin wirklich eine so falsche Schlange ist. Ich habe niemandem auf der Arbeit von meinem nächtlichen Besuch erzählt, außer ihr. Allerdings ohne auch nur den Hauch eines schlechten Gewissens, ihr vorgelogen zu haben, er arbeite in einer Bank.

»Nee, Quatsch, du Doofi. Wie toll die Präsentation war. Ich habe gehört, wie Ingo gesagt hat: Wer ist diese Regina eigentlich?«

Der Ton in Reeses Stimme deutet darauf hin, dass Ingo entweder sehr große Stücke auf mich hält oder dass sie auf eine Schauspielschule gehört. Ich bin immer noch in der Defensive.

»Wenn das ein Witz sein soll, ist er überhaupt nicht lustig.«

»Das ist kein Witz. Du hast den Direktor schwer beeindruckt.«

»Ach, wie schön«, sage ich ironisch.

»Ja, es könnte tatsächlich schön sein. Aber du weißt ja, dass du mich mitnehmen musst, wenn du befördert wirst.«

Sie beendet den Satz mit einem Zwinkern. Einem verschwörerischen Zwinkern. Erst jetzt bemerke ich, dass sie hauchdünnen, grünen Eyeliner trägt. In ihrer Welt sind der Geschmacklosigkeit wirklich keine Grenzen gesetzt! Der Augenblick friert für den Bruchteil einer Sekunde ein. Sie macht keine Witze! Endlich wird mir klar, warum ich auf einmal so furchtbar süß bin. Sie hält mich für ihre Eintrittskarte zum Aufstieg in der Bank.

»Klar, das ist das Erste, was ich mache, wenn ich befördert werde. Dich zu fragen, ob du mitkommen willst.«

Sie registriert meinen Sarkasmus und macht sich von mir los. Ich muss gestehen, dass ich erleichtert bin. Offenbar habe ich sie beleidigt.

»Halt deinen Hochmut im Zaum! Er könnte dich noch zu Fall bringen«, sagt sie, während sie davonstolziert.

Ich habe ein mulmiges Gefühl, weil ich ihr von meinem Abenteuer mit Marinó Hermann erzählt habe. Habe ich ihr eigentlich gesagt, wie er heißt? Vielleicht ist sie eine Psychopathin, die versucht, mir alles zu verderben. Die kleine, hässliche Reese in ihrem XS-Hosenanzug eilt in den großen Saal, wo nach der Vorstandssitzung Schnittchen und Wein gereicht werden. Um beides macht sie einen großen Bogen, da sie sich bereits selbstgepflückte Kräuter zugeführt hat. Ihre hohen Absätze knallen auf den Marmorboden, als wollten sie ihn misshandeln. Heute hat sie sich selbst übertroffen und trägt eine rote Lederweste unter ihrem schwarzen Jackett. Die Frau ist wirklich unglaublich! Als ich mich gerade unter die Leute mischen will, kommt mein Chef. Schon wieder. Immer noch mit den Händen in den Hosentaschen.

»Also dann.«

Inzwischen bin ich der Meinung, meine einzige Möglichkeit, mit dem Mann klarzukommen, ist, ihm Beistand zu leisten. Als würde ich dafür bezahlt.

»Ja, ja«, sage ich langsam, nur um irgendetwas zu sagen.

»Kommst du morgen?«, fragt er gedehnt, als würde er sich in meiner Nähe unwohl fühlen. Er wippt von einem Fuß auf den anderen.

»Wieso? Ist morgen frei?«, frage ich hastig. Worauf will der Mann hinaus?

»Nein, das war nur so daher gesagt.« Er wippt auf dem linken Fuß. Macht er Gleichgewichtsübungen, oder was soll das?

»Ach so.« Schweigen.

»Du hast bestimmt ziemlich lange an dieser Präsentation gearbeitet, oder?«

Ah! Jetzt verstehe ich. Er möchte mir wegen meines Einsatzes und meiner guten Leistung freigeben, kriegt es aber nicht auf die Reihe.

»Ja. Darüber sprachen wir ja bereits.«

»Stimmt, Regina, stimmt. Also kommst du morgen?«

»Ja, ich komme morgen! Ich nehme mir nur frei, wenn es offiziell ist«, antworte ich schnell.

»Ja, verstehe.« Schweigen.

Es wäre verdammt unangenehm, mit ihm im Aufzug steckenzubleiben. Er sagt nie seine Meinung, lässt sich unglaublich leicht um den Finger wickeln und ist unfähig zum Smalltalk. Wie kommt ein Mann wie Friðfinnur Ólafsson ins mittlere Management einer der größten Banken des Landes? Ich fische mein Handy aus der Tasche. Es ist langsam an der Zeit, dem heißen Prinz aus Selfoss zu antworten.

Ja, schreibe ich und drücke auf Senden.

INGA

IM VORORT GRAFARHOLT. JETZT REDE ICH.

»Das sage ich ja gar nicht!«

»Was sagst du denn dann?«, herrscht Regina Bryndís an.

»Ich weise lediglich darauf hin, dass es absurd ist, zu glauben, man dürfe alles über andere sagen, solange man es anschließend als Gag bezeichnet.«

»Warum darf man sich nicht über schräge Dinge lustig machen, nur weil es ein paar Leute gibt, die den Humor nicht verstehen?«

»Weil wir in einer Gemeinschaft leben, Regina«, antwortet Bryndís entrüstet. »Wer diesen Humor versteht, kann solche Witze ja in seinen eigenen vier Wänden erzählen, wenn er das dringende Bedürfnis hat. Nimm zum Beispiel Witze über Kinderschänder. Der Klassiker ist ja die Verbindung zu Priestern. Dürfen solche Witze samstagabends in Talkshows im Fernsehen erzählt werden?«

»Wenn sie lustig sind, warum nicht?«

»Das meinst du doch nicht ernst, Regina?« Tinna, die bisher ruhig dagesessen und auf ihrem iPhone herumgetippt hat, mischt sich in die Diskussion ein.

»Doch.«

Bryndís ist total empört über ihre Mitbewohnerin. Tinna offenbar auch, obwohl sie sich bisher zurückgehalten hat. Wahrscheinlich passierte in ihrem Telefon gerade etwas Interessanteres.

»Na gut, Mädels. Ich meine ja nicht unbedingt Kinderschänder. Aber wenn man sich zum Beispiel über Lesben und Schwule lustig macht«, versucht Regina einzulenken.

»Ach so, über Minderheiten mit besserer Lobby darf man also ruhig Witze machen?«, stößt Tinna hervor, während sie ihr Handy genau neben die rote *Iittala*-Vase auf den Glastisch knallt. Ich hätte es ja etwas weiter weg gelegt.

»Ich empfinde es nun mal als Einschränkung meiner Freiheit, wenn ich keine Schwulenwitze erzählen darf, ohne dass sofort alle ausflippen. Oder Witze über Einwanderer und so. Das ist einfach lustig! Wenn ich im Iran leben würde, wäre es mir scheißegal, wenn da jemand Witze über Isländer macht. Als ich in Oslo war, haben mir auch ständig Leute angeboten, mein Bier zu bezahlen, weil wir Isländer nach dem Bankencrash so arm waren.«

»Das ist ja nun wirklich was anderes.«

»Warum denn?«, echauffiert sich Regina, die ziemlich in Bedrängnis geraten ist, wie häufig in dieser Runde.

»Witze über arrogante Isländer zu machen, die es gewohnt sind, auf allen Top-Ten-Listen an oberster Stelle zu stehen, oder Witze über Minderheiten, beispielsweise aus Kriegsregionen, ist einfach nicht dasselbe.«

»Warum denn nicht? Man kann nie auf sämtliche Unterschiede zwischen den Nationen Rücksicht nehmen. Und entschuldige mal, wir waren um 1900 eines der ärmsten Länder Europas. Deshalb dürfen – und müssen – wir uns mit anderen Ländern und Völkern vergleichen. Wir haben schließlich lange und hart für unseren Erfolg gearbeitet.«

»Regina, ich glaube, Bryndís meint, dass man sich nicht über Schwächere lustig machen soll, stimmt's, Bryndís?«, sagt Tinna.

»Ja, auf gewisse Weise schon. Wer gesellschaftlich gut gestellt ist, kann viel leichter über sich selber lachen. Außerdem sind rassistische Witze und Gags über dumme Frauen, die nicht Autofahren können, zwar lustig gemeint, haben aber immer einen Beigeschmack. Wenn genug Witze über dumme Frauen oder hässliche Lesben erzählt werden, dringen diese Vorstellungen automatisch ins Unterbewusstsein, bilden Stereotypen und werden zu Vorurteilen.«

»Okay. Ich verstehe, was du meinst, aber ich bin anderer Ansicht. Ich will weiter Schwulenwitze oder Witze über Schwarze erzählen dürfen. Das ist mein gutes Recht.«

Bei Reginas letztem Satz lacht Tinna entgeistert auf.

»Na gut, Regina, dann mach das. Du kannst dich auch gleich als Präsidentin der Vorurteilsvereinigung oder des Vereins zur Aufrechterhaltung von Klischees zur Wahl stellen lassen.«

»Jetzt fang doch nicht gleich an zu heulen.«

»Ich fange nicht an zu heulen. Ich kann es nur mal wieder nicht fassen, dass du so abwegige Meinungen hast!«, entgegnet Tinna.

»Das könnte ich auch über dich sagen!«, kontert Regina lachend. Plötzlich sind alle still.

»Aber Regina, wenn du das Recht hast, öffentlich erniedrigende Witze über Minderheiten zu erzählen, dann habe ich auch das Recht, mir diesen Scheiß nicht anhören zu müssen.« Tinna bleibt ganz ruhig. Im Gegensatz zu Bryndís.

»Es ist ja schließlich nicht verboten, Witze über Homosexuelle zu machen. Inga, da stimmst du mir doch bestimmt zu, oder?«, wendet sich Regina an mich.

»Nein, nein, es ist nicht verboten, das sagt ja niemand. Aber sollten wir uns nicht wenigstens in der Öffentlichkeit rücksichtsvoll verhalten?«

»Ach, ich hab keine Lust mehr, darüber zu diskutieren.« Regina nimmt ein Kissen mit der schnörkeligen Aufschrift *Trautes Heim, Glück allein* und drückt es an sich. Die Rückseite aus knallgrünem Samt schmiegt sich an ihren Bauch.

»Ja, klar, Regina. Wir verstehen gut, dass es anstrengend ist, darüber zu diskutieren«, kommentiert Bryndís ironisch. »Aber nur um das zu Ende zu bringen, ich bin morgen Abend nicht zu Hause. Du kannst das Gründungstreffen des Vorurteilsvereins gerne in der Leifsgata abhalten und dich über homosexuelle Kinderschänder oder sonst was lustig machen.« Sie lacht, und Tinna grinst breit. Stille tritt ein. Ich ergreife die Gelegenheit, drehe mich zu Tinna und wechsle das Thema.

»Wie war's eigentlich in New York?« Tinna lässt sich nicht lange bitten.

»Mädels, es ist so weit!«, erklärt sie feixend. Sie ist unerträglich hübsch. Warum steht ihr immer alles so gut? Ich bin davon überzeugt, dass ich in dieser Hose mit hoher Taille und freiem Bauch völlig idiotisch aussähe. Aber ich habe ja auch keinen Knackarsch!

»Was genau ist so weit?«, fragt Bryndís skeptisch und kaut an ihren Fingernägeln.

»Mein Zukünftiger, Leute, er ist da.« Tinna senkt sachte den Kopf wie eine schüchterne Geisha. »Er war mit mir auf dieser New-York-Reise, und ich glaube, er ist ein Volltreffer.«

»Hast du die Ministerialdirektorin schon angerufen?«, fragt Regina grinsend.

»Nein, mit der muss ich noch reden.« Tinna lächelt selig und schaut uns abwechselnd an.

Dann liefert sie uns strahlend die Beschreibung des perfekten Ehemanns. Tinna hat in New York bestimmt noch ein bisschen Herbstsonne abbekommen. Ihr langes schwarzes Haar glänzt, und dieser schräge Pony steht ihr unheimlich gut. Tinna ist neben mir die Einzige von uns, die Wert auf eine vernünftige Frisur legt. Eigentlich ist sie noch fanatischer als ich, aber wir würden beide nicht in ein Schwimmbad gehen, in dem es keine Haartrockner gibt. Regina und Bryndís haben damit kein Problem, aber mit denen kann man sowieso nicht ins Schwimmbad gehen, sie werden immer so ungeduldig, wenn sie auf Tinna und mich warten müssen. Wir sitzen wieder bei mir im Wohnzimmer. Es gibt Tee und Macarons von *Ladurée*. Nói harrt immer noch mit gebrochenem Bein bei seinen Eltern aus, und ich werde den Mädels gleich erzählen, was passiert ist.

»Er ist dunkelhaarig und hat riesengroße, eisblaue Augen. Ich wusste gar nicht, dass es so was gibt!«, erzählt Tinna euphorisch.

»Was unterscheidet eisblaue Augen denn von blauen Augen?«, fragt Regina.

»Jetzt hör schon auf, Regina«, antwortet Tinna lachend. »Eisblaue Augen eben, ganz hellblau.«

Regina starrt sie mit fragendem Gesichtsausdruck an. Es ist witzig, Tinna und Regina zusammen zu sehen. Ich glaube, es gibt keine unterschiedlicheren Menschen als die beiden. Sie wären sich garantiert nie begegnet oder Freundinnen geworden, wenn wir nicht alle in der Grundschule in einer Klasse gelandet wären. Dasselbe gilt für Regina und mich, und eigentlich auch für Bryndís und mich. Tinna und ich hätten uns bestimmt auch auf dem Gymnasium angefreundet.

»Ist er denn auch geistig auf der Höhe, der Herr Eisblau, oder ist das nebensächlich?« Bryndís knabbert an ihrem Daumen, sodass man sie kaum verstehen kann.

»Ach Bryndís, sei doch nicht gleich eifersüchtig! Euch kann man echt nichts erzählen!«

»Ich bin nicht eifersüchtig, ich freue mich für dich. Von tiefstem Herzen. Er ist bestimmt sehr charmant. Wie heißt er?«

»Gauti«, antwortet Tinna verträumt und lächelt verzückt. Ich bin mir sicher, dass sie im Geiste schon das Hochzeitskleid vor sich sieht, das sie tragen wird, wenn sie zum Altar schreitet, wo Gauti auf sie wartet. Mit dunklen Haaren und eisblauen Augen.

»Hast du ein Foto von ihm?«

Tinna nimmt das Handy vom Tisch und wischt schnell über ihre Fotos. Wir halten alle die Luft an, als wir den Mann sehen. Er ist wahnsinnig attraktiv, das lässt sich nicht leugnen.

»Ist der nicht Model? Er kommt mir irgendwie bekannt vor.«

»Doch«, antwortet Tinna mit unverhohlenem Stolz. »Er hat zum Beispiel viel für *66° North* gemodelt.«

»Wow!«, sage ich und weiß sofort, wer der Mann ist.

»Okay, und was hatte er auf dieser Reise zu suchen? Was hast du da noch mal gemacht?«, wirft Regina ein, während wir uns nebeneinander quetschen, um Gauti auf dem Display zu begutachten. Als Bankerin hat sie keine Ahnung von »alternativen« Jobs, wie sie Tinnas Arbeit im Nationalmuseum nennt.

»Das war für ein Museumsprojekt. Jedes isländische Museum schickt einen Repräsentanten. Ich wurde fürs Nationalmuseum ausgewählt, da kam sonst kaum jemand in Frage.« Sie lacht. Und ist unverschämt hübsch dabei. »Gauti arbeitet im Designmuseum in Garðabær.«

»Ihr seid also auf Staatskosten nach New York geflogen? Ich kann nur hoffen, dass ihr in einem Fünf-Sterne-Hotel abgestiegen seid.« Reginas Stimme trieft vor Sarkasmus. Manchmal bin ich ganz ihrer Meinung. Aber nicht immer.

»Sei doch still, du Zahlenfreak. Es hat ja nicht jeder Lust, sich den ganzen Tag mit Excel-Tabellen zu beschäftigen. Soweit ich weiß, wurde dein Arbeitsplatz mit *meinen* Steuergeldern gerettet, als Island pleite war. Da ist es nur gerecht, dass der Staat mir zum Ausgleich eine Auslandsreise spendiert«, entgegnet Tinna prompt.

»Ja, okay, objektiv betrachtet schon!«, tönt Regina und

wartet einen Moment, bevor sie weiterspricht. »Eigentlich begann das alles mit zweitklassigen Krediten in den USA, lange bevor die Krise hierher ...«

Bryndís fängt an zu gähnen, und Tinna wirft Regina einen Blick zu, der sie veranlasst, ihr Referat über die Ursachen des isländischen Finanzcrashs sofort zu beenden. Wir mussten schon oft genug ihren Erläuterungen über den Vorlauf der isländischen Krise lauschen.

»Tinna, erzähl mehr über den Mann«, sage ich gespannt.

»Okay. Er ist wie gesagt Produktdesigner, und wir treffen uns diese Woche!«

»Er ist also Produktdesigner und arbeitet im Designmuseum in Garðabær. Klingeln bei dir da nicht die Glocken?« Ein höhnischer Ton hat sich in Reginas Stimme geschlichen.

»Was meinst du?«, fragt Tinna verwirrt und dreht sich hastig zu Regina.

»Willst du damit sagen, dass er schwul ist?« Bryndís verteidigt natürlich sofort Männer, die in einem Designmuseum arbeiten.

»Nein, nicht direkt, ich wollte nur darauf hinweisen, dass das vielleicht nicht das Allermännlichste ist.«

»Du spinnst doch«, entgegnet Bryndís herablassend. »Was soll denn unmännlich daran sein, in einem Designmuseum zu arbeiten?«

Bryndís liebt es, mit Regina zu diskutieren. Wieder empfinde ich Genugtuung, die WG-Genossinnen miteinander streiten zu sehen. Das Thema Gleichberechtigung ist ein Quell unendlicher Diskussionen zwischen den beiden. Natürlich sind wir alle Feministinnen – das heißt, wir sind uns darüber bewusst, dass es immer noch zahlreiche Ungerechtigkeiten in der Gesellschaft gibt –, aber Regina findet das Wort unpassend und weigert sich, sich als Feministin zu bezeichnen.

»Du weißt doch, was das für Männer sind. So feinsinnige Typen, die sich mit geschmackvollen Dingen umgeben.« Regina lacht über ihren eigenen Kommentar. Ihre Meinung ist in der Minderheit, was sie genau weiß.

»Und was ist daran so lustig?« Unglaublich, wie schnell Tinna ein todernstes Gesicht aufsetzen kann.

»Ach, du weißt schon. Diese Männer in Lackschuhen mit Absätzen, die irgendeine grandiose Ausstellung auf die Beine stellen.« Regina gestikuliert theatralisch und merkt nicht, was sie damit auslöst. Tinnas Gesicht ist wie versteinert. Sind das Tränen?

»Verstehe«, entgegnet Bryndís frostig. »Dir sind verschwitzte Handwerkertypen lieber, die anderer Leute Klos verstopfen. Ist dir das männlich genug?« Die Stimmung im Wohnzimmer schlägt abrupt um. Tinna kämpft mit den Tränen, unglaublich, wie sie die auf Knopfdruck produzieren kann.

»Mädels, hört auf«, sage ich behutsam. Ich möchte nicht, dass unser Treffen so endet.

»Ach, die Frau Anwältin!«, ruft Bryndís, die anscheinend immer noch nicht genug hat.

»Es hat überhaupt nichts mit meinem Beruf zu tun, dass ich mich mit meinen Schulfreundinnen treffen will, ohne dass wir uns über die dämlichsten Sachen streiten«, sage ich entschieden. Tinna lächelt mir zu, aber Bryndís spricht aufgebracht weiter.

»Regina, antworte! Warum ist es besser, mit einem Mann zusammen zu sein, der sich nicht für schöne Dinge interessiert, nicht begreift, wozu Ordnung gut ist, und keinen Sinn für Ästhetik hat? Was ist daran männlicher?«

»Ach, komm schon, das war ein Scherz, okay? Ich habe nur darauf hingewiesen, dass dieser Gauti einen frauentypischen Job hat.«

»Ist dir noch nicht aufgefallen, dass an den isländischen Universitäten Frauen in der Mehrzahl sind und dass sie arbeiten können, wo sie wollen?« Bryndís ist jetzt richtig in Fahrt und ergötzt sich an ihren unanfechtbaren Argumenten.

»Ich sage ja nur, dass das total feminin ist! Sorry, aber das ist meine Meinung«, erwidert Regina und läuft rot an.

»Na und? Ist das ein Problem? Warum muss bei dir immer alles weiblich oder männlich sein?«, zischt Tinna sie mit feuerroten Augen an.

»Nein, nein«, lenkt Regina ein und tritt den Rückzug an. »Wie Bryndís richtig bemerkt hat, habe ich ein Date mit einem Mann, dem es völlig egal ist, wenn er fremde Klos verstopft. Das ist zum Beispiel furchtbar unweiblich.«

»Und eklig! Warum hast du ein Date mit ihm?«, fragt Tinna, die zum Glück doch nicht anfängt zu heulen.

»Du hast ein Date mit ihm? Ich dachte, du wolltest es canceln!« Ihre Mitbewohnerin verfügt anscheinend nicht über die neusten Informationen. Regina grinst verschmitzt.

»Wer ist dieser Mann?«, fragt Tinna, und Regina grinst weiter.

»Tinna, sie trifft sich mit dem ›Radiostar‹ Marinó Hermann, der bei so ziemlich allen Themen schlimmste Ansichten vertritt. Und die teilt er auch gnadenlos allen mit. Im Internet«, erzählt Bryndís.

»Klar weiß ich, wer das ist. Der hat in einem Blog gefordert, dass der Staat das Nationalmuseum schließen soll.« Tinna lacht laut und fügt hinzu: »Ist der nicht bei den Jungen Konservativen?«

»Da hätte Regina bestimmt nichts dagegen«, werfe ich ein. Regina grinst und zwinkert mir verschwörerisch zu, denn sie ist treue Parteianhängerin.

Ich habe immer darauf geachtet, nicht mit Parteipolitik in

Berührung zu kommen, weil ich eine Karriere beim Obersten Gerichtshof anstrebe. Parteiarbeit könnte die Glaubwürdigkeit gefährden. Tinna sagt immer, die isländischen Parteien seien alle gleich schlecht. Das hat sie bestimmt von ihrer Mutter, der Ministerialdirektorin, die während ihrer gut dreißigjährigen Laufbahn in isländischen Ministerien schon so einiges erlebt hat. Bryndís hat beim letzten Mal die Sozialdemokraten oder die Links-Grünen gewählt. Sie ist ein bisschen wie Tinna, bei Diskussionen immer auf der Seite der »Guten«, will sich aber politisch nicht engagieren.

»Und der hat euer Klo verstopft?« Tinna hat ihre gute Laune wiedergefunden und brennt darauf, die Geschichte zu hören.

»Ja. Und weißt du, wer es geputzt hat? Weder er noch Regina!«, antwortet Bryndís.

»Ihr könnt wirklich nerven. Ich treffe mich mit ihm, wann ich will, genauso wie Tinna sich mit diesem Typen mit den eisblauen Augen trifft, der im Designmuseum arbeitet, okay?«

»Stopp. Da wir das jetzt geklärt haben, muss ich euch auch etwas erzählen«, werfe ich ein.

Die Mädels spüren den Ernst in meiner Stimme und schauen mich an.

»Ich kann euch das nicht länger verheimlichen.«

Ich setze mich auf und richte meinen Hosenbund, der genau wie die Hose aus beigefarbenem Leinen ist. Nehme mit der linken Hand eine Haarsträhne, drehe sie ein paar Mal um den Finger, lasse sie dann wieder los und spiele nervös an den sündhaft teuren Ringen an meinen Fingern herum.

»Hat er dich verlassen?«, fragt Tinna mit dramatischer Stimme. Wenn sie in einem Land geboren wäre, in dem man mit Seifenopern berühmt werden kann, wäre ihr Leben bestimmt anders verlaufen.

»Nein!«, antworte ich entsetzt. »Er würde mich niemals verlassen.« Ich bin sofort sauer über Tinnas Kommentar. Glaubt sie wirklich, dass Nói und ich uns getrennt haben?

»Außerdem läuft unsere Beziehung super.« Ich lache nervös. »Das solltet ihr eigentlich wissen.«

Bryndís gähnt, greift dann nach der Schale mit den Macarons und nimmt sich ein grünes. Ich sehe, wie ihr Krümel aus dem Mund fallen, und frage mich, warum sie sich keine Serviette genommen hat.

»Warum gähnst du?«, sage ich mit meiner Amtsgericht-Stimme.

»Ich werde immer so sentimental, wenn ich dich über deine perfekte Beziehung reden höre. Dann besteht ja vielleicht doch noch Hoffnung für mich … und alle anderen Singles im Land«, antwortet sie mit vollem Mund. Ein weiterer Grund, warum ich lieber täglich die Jura-Mädels anrufe. Die würden so was nie machen.

»Machst du dich über mich lustig?« Ich spüre, dass ich rot anlaufe.

»Nein! Jetzt erzähl schon weiter!«

Bei Bryndís weiß ich nie genau, woran ich bin. Immer diese Andeutungen. Das war früher anders. Oder vielleicht habe ich es nur nicht gemerkt. Sie spricht die Dinge nicht direkt aus wie Regina oder Tinna. Typisch, dass sie gähnt, nur weil ich sage, dass Nóis und meine Beziehung gut läuft. Aber so ist es ja auch! Soll ich so tun, als wäre ich todunglücklich, damit sie mir zuhört?

»Herzlichen Dank, Bryndís. Ich hoffe, du kannst dich wach halten.« Ich zögere kurz. »Ach, wisst ihr, eigentlich habe ich gar keine Lust, es euch zu erzählen.«

»Inga! Okay, vielleicht war das ein bisschen gemein von mir. Aber das war nur, weil du uns ständig erzählst, wie perfekt alles bei dir und Nói ist. Wenn alles so super ist, wie du sagst, warum musst du es dann ständig betonen? Du musst uns nicht davon überzeugen. Oder willst du dich selbst davon überzeugen?«

Bryndís kann ganz schön biestig sein.

»Inga, jetzt stell dich nicht an und erzähl schon.« Regina meint es ernst. »Wir wollen die Geschichte hören. Und Bryndís hat vielleicht nicht ganz unrecht. Wenn man glücklich ist, ist man einfach glücklich, Punkt. Stellt euch vor, ich würde ständig auf Facebook posten: *Der beste Tag meines Lebens, ich liebe meinen Freund über alles*.«

Als wir uns vorstellen, dass Regina so etwas postet, müssen wir alle lachen. Sie ist eher der Typ, der gar nichts postet (sprich: nur spioniert) oder todlangweilige Bank-News und Artikel teilt, in denen die Links-Grünen kritisiert werden und die keine von uns liest.

»Solche Posts habe ich aber schon bei dir gesehen, Inga«, sagt Tinna und schaut mich eindringlich an.

»Ja, vielleicht einmal im Jahr, wenn Nói mir irgendwas Großes schenkt. Findet ihr das lächerlich?« Ich gerate immer mehr ins Schwimmen.

»Ich erinnere nur an das Bild von dem Blumenstrauß letztens, die *Miu Miu*-Schuhe zu deinem Geburtstag. Hm … ein Foto von der Spülmaschine, die er eingeräumt hatte, als du von der Arbeit nach Hause kamst. Das war alles in den letzten drei, vier Monaten.«

Warum würde ich Bryndís am liebsten umbringen, als sie das sagt? Es hört sich so an, als hätte sie sich ziemlich viele Gedanken darüber gemacht. Unglaublich, dass sie das alles gesehen hat, ohne irgendwas davon zu liken.

»Mädels, lasst uns damit aufhören. Inga kann tun und lassen, was sie möchte. Ich poste ja auch immer Selfies. Aber natürlich nur, damit die digitale Gemeinde sich an meiner Schönheit erfreuen kann.«

Alle lachen über Tinnas Kommentar.

»Jetzt erzähl uns endlich, was passiert ist, Inga!«

Es gibt kein Entkommen. Zumal ich mir ja auch vorgenommen hatte, das Thema anzusprechen.

»Wir waren letztes Wochenende im Ferienhaus in Vík.« Ich halte kurz inne. »Habt ihr euch gar nicht gewundert, dass Nói nicht zu Hause ist, auch nicht letzten Sonntag, als ihr hier wart?«

»Nein, Inga, ich frage mich nie, wo Nói gerade ist, weil ich mich einfach nur freue, euch drei zu sehen«, sagt Tinna und lächelt uns zuckersüß an.

»Na, gut. Also, er hat sich das Bein gebrochen.« Alle schauen mich erwartungsvoll an, und ich überlege, wie ich am besten weitermache.

»Warum hast du das noch nicht auf Facebook gepostet?«, fragt Bryndís schließlich grinsend.

»Bryndís!«

»*Bester Lover Islands hat Beinbruch. Trauriges Smiley.*« Bryndís und Regina lachen.

»Und?« Tinna wirft mir einen aufmunternden Blick zu, und ich bemühe mich, Bryndís' Kommentar zu ignorieren.

»Tja, und er wird von seiner Mutter gepflegt, die ist ja Krankenschwester.«

»Okay, und das ist so schrecklich, weil …?« Schon wieder Bryndís.

»Es haben sich schon öfter Leute das Bein gebrochen, Inga«, springt Regina ihr bei.

»Ja, aber ihr wisst nicht, wie es passiert ist«, antworte ich empört. »Wir sind also in diesem Ferienhaus, das ist todschick. Das coolste Sommerhaus, das ich je gesehen habe. Überall Granitfliesen, die Küche aus Marmor, bestimmt zwanzig verschiedene Duschköpfe, eine sündhaft teure Musikanlage, Gasgrill und so weiter.«

»Und wem gehört es?«

»Seinen Eltern natürlich.« Ich höre einen Hauch von Gereiztheit in meiner Stimme.

»Cool.«

»Ja, total abgefahren. Tja, wir gehen also ins Bett, und da lief dann natürlich was, ihr wisst schon.«

»Aha!«, sagt Regina leise und blinzelt mir zu.

Ich hätte nicht geglaubt, dass es mir so schwerfallen würde, es zu erzählen. Wobei ich schon immer Schwierigkeiten hatte, offen über Sex zu reden.

»Ihr schlaft also miteinander?«

»Ja, wir sind gerade mittendrin. Aber da gibt es kein großes Ehebett, sondern zwei Betten nebeneinander, worüber wir uns natürlich keine Gedanken gemacht haben. Nói ist oben, und dann will er sein linkes Bein ...«

Ich mache eine Pause und überlege, wie ich das erklären soll. Mir ist ganz schön warm geworden. Meine Strickjacke schnürt mich ein, aber es wäre total peinlich, sie ausgerechnet jetzt aufzuknöpfen. Die Mädels starren mich an. Ich hole tief Luft und fummele weiter an meinen Ringen herum, obwohl ich mir im Geiste befehle, damit aufzuhören. Wahrscheinlich bin ich schon ganz rot am Dekolleté und am Hals. Gut, dass die Jacke bis obenhin zugeknöpft ist.

»Ich weiß nicht genau, wie ... aber er tritt plötzlich mit voller Wucht genau zwischen die beiden Betten.«

Alle schauen mich fragend an. Warum erzähle ich das eigentlich? Ich spüre, dass ich knallrot im Gesicht bin.

»Die rutschten natürlich auseinander ...«, fahre ich fort. »Und er rutscht mit. Zwischen die Betten. Ich weiß nicht, ob das Bett ungewöhnlich hoch war, jedenfalls hat er es geschafft, sich dabei das Bein zu brechen!«

Alle starren mich irritiert an.

»Und er war komplett nackt?« Tinna macht ein sehr ernstes Gesicht.

»Ja, natürlich war er nackt. Bis auf die Socken vielleicht«, antworte ich hastig.

»Socken!?«, fragt Tinna entsetzt.

»Ja, ich weiß nicht mehr genau.«

»Nói schläft mit dir – in Socken?« Warum ist es ausgerechnet Bryndís, die das fragt?

»Ist das denn so wichtig? Er hat sich das Bein gebrochen und muss sechs Wochen lang einen Gips tragen!«

»Sechs Wochen? Sorry, aber das ist das Witzigste, das ich seit langem gehört habe!« Regina schlägt sich die Hand vor den Mund, ich höre ihr unterdrücktes Kichern, und die anderen stimmen mit ein.

»Das ist nicht lustig! Seine Mutter dreht total am Rad und besteht darauf, ihn zu pflegen!«

Mir ist inzwischen kochend heiß. Die Mädels amüsieren sich köstlich.

»Und er wohnt in seinem alten Zimmer draußen in Arnarnes.«

Ich versuche, ihnen den Ernst der Lage begreiflich zu machen, aber sie lachen einfach weiter.

»Na gut, Inga, ich verstehe noch nicht ganz, wie das passieren konnte. Er war also gerade bei der Sache und ist dann plötzlich zwischen die Betten gerutscht? So war es doch, oder?« Regina macht ein nachdenkliches Gesicht, als versuche sie sich die Situation bildlich vorzustellen.

»Nicht ganz.« Mein Gesicht läuft wieder feuerrot an.

»Wie denn dann?«

»Na ja, er hatte mich gerade mit diesem Zeug eingeschmiert.«

»Zeug?«, fragen alle gleichzeitig.

»Ja.«

»Was für ein Zeug? Lass dir doch nicht jedes Wort aus der Nase ziehen!«

»So ein Massageöl. Und alles war total glitschig …«

Wie erniedrigend, das zu erzählen. Warum habe ich nur damit angefangen?

»Und was hast du gemacht?«, fragt Tinna und starrt mich an.

»Ich musste natürlich erst mal duschen, weil ich voller Öl war«, antworte ich wahrheitsgemäß.

»Hast du ihn zwischen den Betten liegenlassen?«

»Na ja, er konnte schon noch selber aufstehen.«

»Ich stelle mir das gerade vor …«, sagt Tinna sehr ernst, und dann prusten alle los.

»Findet ihr das so lustig?« Ich verziehe keine Miene.

»Ja!«, grölen alle zurück.

»Und jetzt ist er also im Hotel Mama?«

»Wie seid ihr denn in die Stadt gekommen?«

»Erinnere mich nicht daran! Die einzigen Klamotten, in die er reinkam, waren eine Jogginghose und ein T-Shirt. Er konnte nicht unter die Dusche, deshalb musste ich ihn mit einem nassen Handtuch abwischen.«

»Puh …«

»Er roch tierisch nach Massageöl, und ich habe versucht, ihn zu überreden, erst nach Hause zu fahren, aber nein. Es war Samstagnacht um halb drei. Das ist doch nicht normal, oder?« Als ich mich das sagen höre, weiß ich die Antwort. Natürlich ist das weit davon entfernt, normal zu sein.

»O Gott«, sagt Regina schockiert.

»Ich hab seine Mutter auf der Heimfahrt durchs Telefon gehört. Nói stellt die Lautstärke ja immer so hoch.«

Ich höre mich furchtbar verbittert an. Was ich vielleicht auch bin.

»Und was hat sie gesagt?«

Die Mädels sind neugierig. Sie waren schon immer neugierig auf die Millionärsfamilie. So wie alle.

»Ich warte draußen auf dem Bürgersteig auf dich, dann hat Inga keine Umstände, blablabla. Als wäre sie überglücklich, wieder mit ihrem geliebten Sohn vereint zu sein. Ich glaube, sie kann mich nicht leiden.«

»Aber dich kann doch jeder gut leiden.«

»Na ja«, sage ich, während ich schnell Bryndís' Macaronskrümel vom Boden aufhebe. »Aber es fühlt sich wirklich so an, als würde sie mich als Konkurrentin ansehen. Sie ist total happy! Jetzt kann sie endlich wieder mit ihrem einzigen Sohn zusammen sein und ihn sechs Wochen lang bemuttern. Wahrscheinlich bricht sie ihm noch mal das Bein, damit sie ihn bis Silvester hüten kann!« Es fühlt sich richtig gut an, die angestaute Wut auf meine Schwiegermutter loszuwerden.

»Und wie geht es dir damit?« Die Frage kommt natürlich von Tinna. Sie kann von uns allen am besten über Gefühle reden.

»Ich weiß nicht. Es ist schon ein bisschen komisch, dass er lieber bei seiner Mutter sein will als bei mir.«

»Hast du ihn seitdem gar nicht mehr gesehen?«

»Nein, ich habe keine Lust, hinzufahren. Ich ertrage die Frau nicht«, antworte ich brüsk.

»Das verstehe ich sehr gut. Aber Nói ist schon ein bisschen speziell, was das betrifft, oder? Hat er wirklich ein so enges Verhältnis zu seiner Mutter? Wobei ich das ganz gut nachvollziehen kann«, meint Tinna.

»Deine und seine Mutter sind völlig verschieden«, sage ich aus tiefster Überzeugung. »Aber sie verstehen sich schon gut. Was natürlich toll ist.«

Ich möchte nicht, dass die Mädels wissen, wie oft ich über meine Schwiegermutter herziehe, aber es fällt mir schwer, mich zu beherrschen. In meinem Inneren brodelt viel zu viel Unausgesprochenes und unterdrückte Wut.

»Sie mischt sich ständig in alles ein und behandelt Nói respektlos, und er merkt es noch nicht mal! Als wir gerade frisch zusammen waren und bei ihnen wohnten, kam sie immer in unser Schlafzimmer, um uns zu wecken. Sie wusste genau, dass ich einen Wecker habe, kam aber immer rein, um die Vorhänge aufzuziehen«, sprudelt es aus mir heraus, ohne dass ich es kontrollieren kann. Die Mädels reagieren verständnisvoll, wie immer, wenn ich es mir ausnahmsweise mal erlaube, ihnen von meinen Problemen zu erzählen.

»Ja, das weiß ich noch«, sagt Bryndís.

»Immer um Punkt halb acht, man hätte den Wecker nach ihr stellen können.«

»Hast du nie die Tür abgeschlossen?«, fragt Regina.

»Doch, einmal.«

»Stimmt, und da hat sie geklopft, oder?«

»Ja, und eifersüchtig gefragt, was wir eigentlich *machen* würden?«

»Ach ja, und Nói ist aufgesprungen und hat ihr die Tür aufgemacht, um zu beweisen, dass in ihrem Haus nichts Unchristliches passiert.«

»Genau«, sage ich trocken. Während ich das alles laut ausspreche, merke ich, dass es so nicht weitergehen kann.

»Findet Nói das denn nicht nervig?«

»Nein«, antworte ich hastig und spüre, dass meine Augen anfangen zu brennen. »Es ist ihm egal!«

Ich muss aufpassen, dass ich nicht anfange zu heulen. Ich darf mir keine Blöße geben.

»Sag ihm einfach, er soll sich zwischen seiner Mutter und dir entscheiden«, schlägt Regina energisch vor.

»Nein.« Ich warte einen Moment. »Ich weiß genau, für wen er sich entscheiden würde.«

Die Mädels lächeln und glauben zu wissen, für wen er sich entscheiden würde, aber ich habe das Gefühl, dass er mich seiner Mutter niemals vorziehen würde. Ich muss Geduld mit ihm haben, das predigt mir meine Mutter immer. Er ist ein toller Mann mit einer einflussreichen Familie im Hintergrund, und er ist natürlich nicht bereit, den Kontakt zu ihr abzubrechen und auf ihre Unterstützung zu verzichten.

»Aber sie behandeln dich doch gut, oder?« Tinna versucht wie immer, die positiven Seiten zu sehen.

»Hat dein Schwiegervater nicht den Schlitten da draußen mit deinen Initialen auf dem Nummernschild bezahlt?«, sagt Bryndís sarkastisch.

»Doch, natürlich tun sie das, sein Vater hat mir die Stelle in der Kanzlei besorgt. Und Nóis Stelle auch. Eigentlich läuft alles prima. Wir haben ja auch schon einiges erreicht, mit ihrer Hilfe natürlich. Ich kann mich wirklich nicht beschweren. Ich vermisse ihn nur.«

»Bleibt er denn wirklich sechs Wochen lang bei seiner Mutter?«

»Ja, ich glaube schon. Sie hat natürlich nichts Besseres zu tun, als ihn den ganzen Tag zu verwöhnen.«

»Arbeitet sie nicht mehr?«

»Nein.«

»Aber sie ist noch nicht in Rente, oder?«

»Sie ist jedenfalls alt genug, um vom Geld ihres Ehemannes zu leben.«

»Hat sie keine Hobbys?«

»Doch! Das Geld ihres Mannes ausgeben«, sage ich mit tonloser Stimme.

»Inga, ich kann gerne hier bei dir bleiben, wenn du möchtest. Ich habe ein Auto und komme problemlos von hier runter in die Stadt«, schlägt Tinna vor.

»Nein danke, es geht schon.« Ich hole tief Luft und versuche, alles abzuschütteln. Dann frage ich Tinna: »Und wie war's in New York? Erzähl doch mal von der Reise!« Die Mädels merken, dass ich nicht länger über das Thema reden will. Ich habe panische Angst, in Tränen auszubrechen, wenn ich diese Seite meines Lebens genauer beleuchte. Tinna nimmt den Faden auf und fängt an zu erzählen.

»Es war total super. Und es kam mir natürlich sehr gelegen, dass diese Museumstanten alle so altbacken sind. Ich war definitiv die Coolste.«

Niemand im Raum bezweifelt, dass sie die Wahrheit sagt. Sie war schon immer die Coolste.

»Waren denn noch mehr interessante Typen dabei, oder nur dieser Gauti?«, fragt Regina, die den Produktdesigner aus dem Designmuseum noch nicht vergessen hat.

»Nee, er war der einzig Interessante.«

»Ihr konntet euch bestimmt stundenlang über schöne Dinge unterhalten, oder?«

»Regina, ich weiß genau, worauf du hinauswillst. Ja, er ist auf skandinavisches Design spezialisiert, was gut zu meinem Fachgebiet passt. Er ist superintelligent, und es macht Spaß, sich mit ihm zu unterhalten. Und er ist immer schick angezogen.«

»Klingt toll!«, sage ich und versuche, mich ehrlich für sie zu freuen.

»Wo trefft ihr euch?«

»Im Sushi Samba!«, antwortet Tinna.

»Und du, Regina? Wo triffst du dich mit dem Typen aus Selfoss?«, wirft Bryndís ein.

»Das verabreden wir noch.«

»Du schickst ihm also eine SMS, wenn du genug intus hast?«

»Wahrscheinlich schon. Oder haben Sie eine bessere Idee, Frau Schlaumeier?«

»Nein, nicht wirklich. Ich empfehle dir allerdings, ihn vor Mitternacht anzusimsen«, antwortet Bryndís knapp.

»Um Gottes willen, Mädels! Ist das immer so in der Leifsgata?«, fragt Tinna.

»Nee, nicht wenn Bryndís allen den Gefallen tut, einen depressiven Anfall zu haben.«

»Ihr könnt echt anstrengend sein«, sagt Tinna lachend.

»Ich habe nur gefragt, ob Regina vorhat, ihre gute alte Methode anzuwenden, die darin besteht, tierisch viel zu saufen, bevor sie sich traut, einen Vertreter des anderen Geschlechts anzusprechen«, stänkert Bryndís.

»Ach, komm schon, fang lieber mal bei dir selber an«, kontert Regina prompt.

»Hört auf! Ihr habt doch beide euer Päckchen zu tragen und hattet es nicht leicht im Leben.«

»Ich muss Tinna zustimmen. Ihr seid unerträglich.«

Ich höre, wie die Worte über meine Lippen kommen. Spüre, wie sie durchs Wohnzimmer fliegen und zu den anderen dringen. Es vergeht eine Ewigkeit. Ich weiß, dass ich das so sagen soll. Genau so. Mitgefühl zeigen. Nett sein. Ihr Verhalten kritisieren. Dabei fühle ich mich immer so gut, wenn sie miteinander streiten! Dieses Gefühl zerreißt mich, weil ich weiß, dass es nicht richtig ist. Ich sollte lieber vermitteln wie Tinna. Was ich auch tue. Aber es ist nicht ehrlich. Sie wissen nicht, dass es mich wahnsinnig reizt, wenn sie zu Feindinnen werden. Dann bin ich nämlich nicht die Einzige, die unzufrieden ist.

TINNA

IM NATIONALMUSEUM. MAMA IST WIE EINE SCHWESTER.

»Hallo, meine süße Mama!«

»Wie geht's dir?«

Mama und ich sprechen mindestens einmal täglich miteinander. Oder noch öfter. Ich kann es schon gar nicht mehr zählen. Ich erzähle ihr alles, und das war schon immer so. Sie ist der wichtigste Mensch in meinem Leben. War immer meine größte Stütze. Ein Vorbild. Und kein kleines.

»Ja, danke. Es war total super. New York ist der Hammer!«

Ich bin noch ganz aufgeregt wegen der Reise.

»Nein, fängt morgen wieder an. Und wie läuft's bei dir?«

»Echt? Dann hast du ja alle Hände voll zu tun! Und alle machen Druck auf euch, oder?«

»Ein gefundenes Fressen für die Boulevardpresse. Ist da sonst noch jemand hinterher?«

»Das geht schnell wieder vorbei. Das wissen wir ja.«

»Ja, ja, absolut. Lass dich nicht stressen. Dafür gibt es überhaupt keinen Grund. Du bist ja nicht für alle Personalentscheidungen bei euch verantwortlich.«

»Hahaha, aber die Journalisten wissen ja nicht, dass du die Schattenministerin bist.«

Ich spreche schnell, und Mama antwortet schnell. Wir haben dasselbe Tempo im Leben, denken ähnlich und können die Sätze der anderen immer ergänzen. Eigentlich bin ich ein Verlängerungsstück von ihr. Dabei sind wir unglaublich verschieden. Sie ist kalt, und ich bin warm. Ihre nächste Frage überrascht mich nicht, da sie ein großes, geradezu fanatisches

Interesse daran hat, dass ich einen Ehemann finde. Und dann bis ans Ende meines Lebens glücklich bin.

»Doch, einer vielleicht.« Ich will sie ein bisschen ärgern und merke, wie die Antwort sie auf die Folter spannt. Lasse sie noch ein wenig zappeln, damit sie die wichtigsten Fragen stellen kann.

»Isländer.«

»Im Designmuseum in Garðabær.«

»Architektur. Innenarchitektur.«

»Skandinavisches Design.«

Mama ist schon genauso aufgeregt wie ich und kommentiert meine Antworten atemlos. Sie fragt immer nach den Händen.

»Ja, gepflegt.«

»Ja, blaue Augen, ziemlich kräftig, aber trotzdem schlank, du weißt schon, oder?«

Bei Mama muss immer alles gut aussehen. Ich würde nicht so weit gehen zu sagen, sie sei oberflächlich, aber ein bisschen vielleicht schon. Alle Männer, mit denen ich mich treffe, müssen attraktiv sein. Sie will in jeder Hinsicht nur das Beste für mich. Stellt hohe Anforderungen an alle, die Zeit mit ihrer einzigen Tochter verbringen dürfen.

»Tja, ich weiß nicht.«

»Maaaama!«

»Jaaa, er hat mich zum Essen eingeladen!« Wir kreischen im Chor, und mir wird ganz warm ums Herz.

»Morgen.«

»Ja, versprochen. Ja, okay. Wann fährst du?«

»Ich schick dir eine SMS.«

»Love you too. Gute Reise.«

Ich verstehe ja, dass meine Mutter, die Ministerialdirektorin, ein unverhohlenes Interesse an meinem Liebesleben hat, besonders daran, dass ich einen vernünftigen Ehemann finde. Natürlich finde ich es gut, wie sie sich um mich kümmert. Das finden alle. Sie selber glaubt nicht an die Männer. Hält sie allesamt für bemitleidenswerte Geschöpfe und deckt ihren Bedarf an zwischengeschlechtlichen Beziehungen durch mich ab. Versteckt sich hinter wahnwitzigen Arbeitszeiten im Ministerium, das sie perfekt leitet. Die Eiskönigin im Wirtschaftsministerium lässt niemanden an sich ran. Ich bin mir todsicher, dass es jede Menge Männer gibt, die sie anbaggern. Aber sie schlägt sie sofort weg wie einen Baseball mit einem massiven Stahlschläger. »Man muss einen guten Schutzmechanismus haben«, sagt sie immer scherzend, eingepfercht hinter ihrer privaten chinesischen Mauer, die meines Wissens nur mein Vater überwunden hat. Womöglich nur einmal. Wer weiß. Nach isländischer Sitte wird darüber nie gesprochen. Schon ein bisschen traurig, dass es ihr Lebensmotto ist, einen perfekten Schutzmechanismus zu haben. Dann erlebt man auch nichts Spannendes. Sie fühlt sich sicher in ihrer geschäftigen Welt mit der Arbeit an erster, zweiter und vierhundertneununddreißigster Stelle. Ihre Welt ist randvoll mit Politik, Intrigen, Medien, Frauen in schwarzen Kostümen und Männern in schwarzen Anzügen. Alle, und zwar beide Geschlechter, tragen weiße Hemden. Und sie ist natürlich unheimlich gut in ihrem Job. Dennoch gibt es etwas an ihrem Lebensstil, das nicht so verlockend ist. Jedenfalls nicht für mich. 14- bis 18-stündige Arbeitstage, tagtäglich, immer. Aber sie muss sich ja auch nicht um eine große Familie kümmern. Ihre Eltern sind tot, kein Ehemann, kein Lebensgefährte. Nur ich. Natürlich jede Menge einflussreiche und attraktive Freundinnen. Gut möglich, dass mein leiblicher Vater ihr das Herz gebrochen hat und heftig darauf herumgetrampelt ist, deshalb achtet sie darauf, dass ihr das nie wieder passiert. Sie möchte nie darüber reden. Schon seltsam, dass sie eine so offene, gefühlsbetonte Tochter großgezogen hat! Es hat mich nie gestört, dass ich meinen Vater nicht kenne. Ich weiß noch nicht einmal, ob er wirklich so heißt, wie man mir erzählt hat. Das spielt keine Rolle. Es stört mich nicht. Mama reicht mir, und ich reiche ihr. Es könnte allerdings ein bisschen schwierig werden, wenn sie in Rente geht. Aber bis dahin sind es noch gut zwanzig Jahre.

REGINA

HAUPTFILIALE DER BANK. INTERNETCHAT.

Inga Briem: Na, meine Liebe! Triffst du dich morgen Abend mit dem Superblogger?

Regina: Jepp …

Inga Briem: Wieder wie beim letzten Mal?

Regina: weiß man nie … M)

Regina: ups, ich meinte ;)

Inga Briem: Wo wollt ihr hin?

Regina: weißnich

Inga Briem: Echt spannend, mit dir auf FB zu chatten!

Regina: sorry, muss was fertig machen

Regina: Now I'm all yours. Surfe die letzte Stunde nuuur im Internet!

Inga Briem: hehe cool

Regina: Was macht du am WE?

Inga Briem: Muss mal in Arnarnes vorbeischauen.

Inga Briem: Hab überhaupt keinen Bock.

Regina: scheiße

Inga Briem: mal sehen

Regina: Meinst du, er riecht noch nach Massageöl?

Inga Briem: hehehe

Regina: eingeölt und startbereit …

Inga Briem: Dann sag ich seiner Mutter: hau ab! Wir müssen noch beenden, was wir im Ferienhaus begonnen haben, bevor er sich das Bein gebrochen hat.

Inga Briem: Schön wär's!

Regina: dieser Verkehr muss noch zum Hohepunkt gebracht werden

Regina: Höhepunkt meine ich
Regina: !!!

Ich bekomme fast einen Herzinfarkt, als mich plötzlich eine Hand an der Schulter berührt.

»Regina?«

Ich reiße die Kopfhörer weg und starre in das Gesicht von Friðfinnur, meinem Chef. Wer weiß, wie lange er schon hinter mir gestanden und unseren Chat über den bevorstehenden Geschlechtsverkehr meiner Freundin mitgelesen hat.

»Ja«, röchele ich und versuche, den Bildschirm, so gut es geht, mit meinem Oberkörper zu verdecken.

Ich spüre, wie ich knallrot anlaufe und sich womöglich sogar Schweißtropfen auf meiner Stirn bilden.

»Du hast mich nicht gehört. Und ich … ich wollte dein Gespräch mit Inga Briem wirklich nicht lesen.«

Nein! Das kann doch nicht wahr sein! Es ist ihm peinlich! Verständlicherweise. Hat er das gerade wirklich gesagt? Er hat Ingas Namen gesehen und gelesen, was wir geschrieben haben. Hat der Mann eigentlich irgendwas im Hirn? Für den muss man wirklich einen Schadensbericht ausfüllen, und zwar auf der Stelle! Friðfinnur hat also alles gesehen. ALLES! Einatmen, ausatmen. Bloß nicht auf die Schweißflecken konzentrieren, die sich an allen Poren meines Körpers bilden. Ich spüre, wie mein Gesicht noch röter wird. Falls das überhaupt möglich ist. Keine besonders angenehme Situation. Und warum steht er so verdammt nah bei mir? Kennt er keinen Diskretionsabstand? Wie schamlos von ihm. Sein Bäuchlein unter dem quer gestreiften Hemd berührt fast meine Nase. Wir sind beide abartig rot im Gesicht. Jetzt weiß er, dass ich ständig auf der Arbeit Dinge tue, die ich eigentlich zu Hause machen sollte. Großartig. Bin ich froh, dass heute Freitag ist!

»Entschuldige bitte, Regina.« Der Mann ist mir wirklich unangenehm nah.

»Tja, da kann man nichts machen«, entgegne ich mit erstickter Stimme und kriege einen heftigen Schweißausbruch. Pelle mich aus meinem schwarzen Jackett, was mir ohne größere Zwischenfälle gelingt.

»Ich wollte dich nicht ausspionieren, ich habe das nur aus Versehen gesehen ...«

Jetzt entschuldigt er sich auch noch hundertmal! Am liebsten würde ich ihn anschreien. Einfach aufstehen, ihm in die Augen schauen und losbrüllen. Und dann gehen. Aber ich mache es natürlich nicht. Bin viel zu höflich.

»Tja, da kann man nichts machen«, sage ich noch einmal mit gepresster Stimme.

»Tut mir leid. Du konntest nichts hören, und ich ...«

Ich begreife nicht, warum er das auch noch thematisiert. Es ist nun mal geschehen. Ich versuche, meinen Frust über mich selbst und über Friðfinnurs peinliche Reaktion zu verbergen. Aus dem Kopfhörer höre ich, dass ich weitere Nachrichten bekomme. Sehe, dass Friðfinnur es auch hört, jedenfalls starrt er wie hypnotisiert auf meinen Bildschirm. Warum geht er nicht endlich? Im Geiste brülle ich ihn weiter an, er soll sich verpissen, aber er merkt es nicht. Er merkt nie was, dieser Schwachkopf! Blitzschnell drehe ich mich wieder zum Bildschirm und sehe zu meinem Entsetzen, dass Inga immer noch über ihren bevorstehenden Geschlechtsverkehr mit Nói quasselt. Das ist zu viel für mich. Ich springe auf und klappe hastig den Laptop zu. Ich packe mein Jackett, aber es hat sich am Stuhl verheddert, ich zerre daran und spüre, wie eine Naht reißt. Zerre weiter. Das Jackett hängt am Stuhl fest. Das ist doch zum Mäusemelken! Ich werfe Friðfinnur einen kurzen Blick zu. Er starrt zurück. Mit einem Gesicht wie ein waidwundes Reh, und ich verstehe überhaupt nicht, warum. Ich ziehe noch fester. Kämpfe mit dem Kleidungsstück. Höre, wie die Naht weiter reißt. Ich begreife nicht, woran das Jackett festhängt, will mich jetzt auch nicht damit beschäftigen und stürze aus dem Raum. Das Letzte, was Friðfinnur zum schnellen Takt meiner Schritte sagt, ist: Schönes Wochenende.

TINNA

EIN RESTAURANT IN DER INNENSTADT. DATE.

Ich bin total happy, mit Gauti in diesem Restaurant zu sitzen. Er ist einer der ganz wenigen, die alle Kriterien erfüllen, und ich weiß, dass Mama derselben Meinung wäre. Was mich daran erinnert, dass ich meine SMS checken muss, sobald sie gelandet ist. Ich schenke ihm ein strahlendes Lächeln und stoße mit ihm an.

»Bist du dir sicher, dass du keinen Alkohol möchtest?«

Er schaut mich fragend an. Natürlich ist er wie alle Männer und will mich unbedingt abfüllen!

»Ich trinke doch nicht, weißt du nicht mehr?«, sage ich und höre, dass meine Stimme sehr hoch klingt.

»Stimmt ja, entschuldige bitte.«

Er trägt ein helles Jeanshemd. Eine schwarze, enge Cordhose mit einem braunen Gürtel in haargenau demselben Farbton wie seine Schuhe. Schuhe und Gürtel in derselben Farbe. Zehn Punkte. Alles in allem tadellos gekleidet. Das dunkle Haar mit Wasser zurückgekämmt. Die eisblauen Augen passen hervorragend zu seinem Hemd – Augen und Hemd kommunizieren miteinander. Ein doppelter Blitzeinschlag aus dem hohen Norden. Dem eisblauen Norden. Und er weiß, wie verdammt attraktiv er ist.

»Hast du auch so viel zu tun, seit wir wieder hier sind?«

Die Beleuchtung in dem Restaurant schmeichelt ihm unheimlich.

»Ja, allerdings. Da ist man nur mal kurz weg ...«, sage ich betont belustigt darüber, wie unentbehrlich ich im Museum bin.

»Woran arbeitest du gerade?«

Er weiß, wie man ein Gespräch in Gang hält. Gut. Er schaut mir in die Augen und weicht meinem Blick nicht aus. Ebenfalls gut.

»Ich bin ja Ausstellungsleiterin und begleite immer alle Ausstellungen vom Konzept bis zur Durchführung. Wobei wir natürlich im Team arbeiten. Zurzeit konzipieren wir eine Internet-Ausstellung, um zu zeigen, wie sich die Technik im Bereich Computer, Websites und Internetkommunikation entwickelt hat. Sehr spannend. Wird wahrscheinlich sehr plastisch. Es ist ja noch gar nicht lange her, seit alle diese Riesen-PCs hatten. Das zeigen wir alles. Ich lade dich zur Eröffnung ein.« Ich zwinkere ihm zu. Doppeldeutig.

»Aha, cool!« Er ist ehrlich interessiert. Das spüre ich.

»Außerdem übernehme ich noch Stylist Jobs. Am Sonntag ist ein Riesen-Fotoshooting für das Cover von *Neues Leben*.«

»Oh, là, là. Darfst du verraten, wer aufs Cover kommt?« Entweder findet er das wirklich spannend, oder er ist ein wahnsinnig guter Schauspieler.

»Nein«, sage ich routiniert. Grinse. Halte Augenkontakt.

»Klingt nach einem tollen Job«, entgegnet er und trinkt einen großen Schluck.

»Ja, es gefällt mir ziemlich gut. Ich kann meine ganze Kreativität ausleben.«

»Davon hast du ja reichlich!«

Während er das sagt, schaut er mir direkt in die Augen. Ich nehme das Kompliment an wie ein echter Profi und bemühe mich, nicht rot zu werden. Es ist schön, ihm in die Augen zu schauen. Sie signalisieren mir, dass aus uns etwas werden könnte.

»Aber man darf natürlich nicht aufhören zu träumen.«

Ich habe dieses Gespräch schon oft mit mir selbst geführt – was ich machen möchte, worin ich gut bin und so weiter. Das Einzige, was ich zurzeit weiß, ist, dass mir meine jetzige Arbeit Spaß macht, dass ich mich dort wohl fühle und so lange bleiben werde, bis sich mein Gefühl dazu ändert. Ich habe keine Lust, mir allzu große Gedanken darüber zu machen, wo ich später mal landen werde. Das Wichtigste ist, dass es Spaß macht. Und die Arbeit macht Spaß, und es macht Spaß, mit diesem Mann mit den eisblauen Augen essen zu gehen.

»Und wovon träumt Tinna?«

Er schaut mir immer noch tief in die Augen. Ich wüsste gerne, was er jetzt denkt.

»So allerlei, kann ich dir sagen!«

Lass ihn nicht so schnell an dich heran, klingen mir die Worte meiner Mutter in den Ohren. Man muss die Leute auf Abstand halten, bis man genau weiß, woran man bei ihnen ist. Außerdem steigert das die Spannung. Ich halte ihn bei der Stange, ohne die Karten auf den Tisch zu legen.

»Und bei dir? Woran arbeitest du gerade?«

Gauti unterbricht den Augenkontakt, blickt hinunter auf den Tisch und setzt sich in Positur. Anscheinend will er die Frage ausführlich beantworten.

»An einer Ausstellung mit einem finnischen Designer. Ein echter ›zeitgenössischer Künstler‹«, sagt er und tippt die Anführungszeichen mit den Fingern in die Luft, was lustig aussieht. »Ich kümmere mich um die Ausstellung von A-Z. Von der Konzeption bis zur Durchführung.«

Er verändert sich, wenn er über seine Arbeit spricht. Gestikuliert viel und ist ganz bei der Sache.

»Spannend!«

Das finde ich wirklich. Schön, wenn die Leute sich für das, was sie machen, begeistern.

»Echt verrückt«, sagt er mit ernstem Unterton. »Ich verfolge diesen Typen schon sehr lange, und im Grunde war es meine Idee, ihn herzuholen. Was allerdings bedeutet, dass ich ihn auch beherbergen muss und so weiter. Aber was tut man nicht alles für die Kunst!«

Nach dem letzten Wort macht er eine schnelle Bewegung mit der rechten Hand, als wolle er das Wort Kunst besonders betonen. Wir lachen beide dezent. Ein kulturmäßiges Lachen. Kurze Stille.

»Du wohnst doch mit deiner Schwester zusammen, oder?«, frage ich, mich erinnernd.

»Ja.« Seine Fröhlichkeit ist plötzlich wie weggewischt. Er streicht sich über die Stirn und sagt: »Dieses Monster! Schlampige Frauen gehen mir so was von auf die Nerven.«

Es ist still, während Gautis Augen hektisch hin- und herhuschen. Offenbar denkt er nach.

»Schlampige Männer allerdings auch«, sagt er in einem anderen Ton. »Sie spült nie ihre Pfanne, wirft nie alte Lebensmittel weg. Heute Morgen habe ich ekelhaftes rohes Rindfleisch im Kühlschrank gefunden, das vor sieben Monaten abgelaufen war. Ich hatte schon überlegt, warum es in der Wohnung so abartig riecht. Diese Frau ist eine totale Schlampe!«

»Igitt, wirklich?«, sage ich mit einem Lächeln, aber auch nachdenklich. Es irritiert mich, dass er beim ersten Date über seine Schwester herzieht. Sie muss ihm wahnsinnig auf die Nerven gehen.

»Sie trägt ständig kurze Sporthosen und Fußball-Schlappen. Ohne Socken. Und hat immer mindestens einen blauen Zehennagel, der kurz davor ist, abzufallen. Sie sammelt alle Nägel, die sie verliert, und bewahrt sie in einer Kiste in ihrem Zimmer auf. Und findet das völlig normal! Frauen sollten wirklich kein Fußball spielen.«

Beim letzten Satz zucke ich zusammen.

»Wie meinst du das?«, frage ich in ernsterem Ton als vorher.

»Na ja, ich finde, Frauen machen eine bessere Figur beim Tanzen oder beim Beachvolleyball oder so«, stößt er hervor. Mir ist nicht klar, ob das ein Witz sein soll, und ich frage nach.

»Das ist natürlich nicht so ernst gemeint. Aber ich begeistere mich auch nicht besonders für Männerfußball. Diese Kraftprotze! Fußball macht die Leute so massig und muskulös«, antwortet er grinsend.

Witz hin oder her, das ist der erste Punkt, über den ich bei Gauti stolpere.

»Aber Muskeln sind nun mal eine direkte Folge von Fitnesstraining und Sport«, sage ich etwas distanzierter und habe das Gefühl, dass mir das Gespräch entgleitet.

»Ja, schon, aber das war ja auch nur ein Witz.« Womöglich hat er soeben seine Chance verwirkt. Mal sehen, wie sich das weiter entwickelt. Gauti trinkt wieder einen großen Schluck.

»Wie heißt sie noch mal?«, frage ich, um das Gespräch in Gang zu halten, das zum ersten Mal ins Stocken geraten ist. »Deine Schwester?«

»Sigríður Sólveig. Und weil sie weiß, dass ich eine echte Zehennagel-Phobie habe, zeigt sie mir ihre möglichst oft. Wir sitzen zum Beispiel gerade beim Essen, da knallt sie ihren Fuß auf den Tisch und zeigt mir, wie locker der Nagel an ihrem großen Zeh ist, weil irgendeine Hardcore-Lesbe aus dem gegnerischen Team sie gefoult hat!«

Gauti macht eine wegwerfende Geste mit der linken Hand, um seine Missbilligung zu unterstreichen. Ich denke bei mir, dass ich diese Sigríður Sólveig unbedingt mal kennenlernen möchte.

»Eine unglaubliche Schlampe.«

Ich komme mir vor wie in einem Theaterstück. Wer spricht denn so über seine kleine Schwester?

Er beugt sich über den Tisch und starrt mir in die Augen. Ich gefriere bei seinem gletscherkalten Blick, und es gefällt mir.

REGINA

LEIFSGATA. KLUG, OHNE ES ZU WISSEN.

Als ich von der Arbeit nach Hause komme, genehmige ich mir sofort ein Bier. Erstens hat mir die letzte Stunde ganz schön zugesetzt, und zweitens weiß ich, dass Marinó Hermann sich bald bei mir melden wird. Ich muss meine Gedanken in Alkohol ertränken, um die Arbeit zu vergessen. Jetzt ist Wochenende. Und ich habe frei.

»Du bist ja schon am Bechern.«

Bryndís steht plötzlich in der Küche, ohne dass ich sie bemerkt habe. Ihr Job-Outfit steht ihr supergut. Sie trägt zwar nur selten ein Kostüm, sieht aber immer viel besser aus als ich, mit gut geschnittenen Jacketts und schicken Jeans. Dazu immer toller Schmuck.

»Du glaubst nicht, was mir passiert ist!«

Ich setze Bryndís ausführlich über mein peinliches Erlebnis in der Bank in Kenntnis, was sie sehr amüsiert.

»Gibt's was Neues von dieser unerträglichen Kollegin? Hat sie sich eingemischt?«

»Meinst du die *Victoria's Secret*-Duftpuppe?« Bryndís nickt.

»Die ist genauso durchgeknallt wie immer.« Bryndís lacht immer über Reese Witherspoon. »Bist du schon lange zu Hause?«, frage ich.

»Nein, ich bin nur ein paar Minuten vor dir gekommen. Hab mit den Mädels aus dem Ministerium im Café Paris noch was getrunken.«

»Ach nee!« Ich nehme einen großen Schluck und spüre, wie der Alkohol durch meine Adern strömt. Ein gutes Gefühl. Ein bisschen zu gut.

»Es war einfach schön, noch einmal die letzte Herbstsonne zu genießen.« Bryndís holt sich ein Bier aus dem Kühlschrank und setzt sich an den Küchentisch.

»Haben wir denn heute Abend noch was vor, Regina?«, fragt sie und betont das Wörtchen »wir«.

»Ja, ja, der heiße Prinz«, antworte ich lachend.

»Soll ich euch heute Nacht die Wohnung überlassen?«, fragt sie breit grinsend.

»Nein, nicht nötig.«

Dabei habe ich natürlich darüber nachgedacht. Klar rechne ich damit, den Mann wieder mit nach Hause zu nehmen, falls die Sache weitergeht. Schließlich haben wir sowieso schon alles vom anderen gesehen.

»Wo trefft ihr euch denn?«, fragt Bryndís völlig relaxed mit ihrem Bier am Küchentisch. Sie hat Musik aufgelegt.

»Hallo? Ich hab dir doch schon hundertmal gesagt, dass wir uns später ansimsen!«

Echt nervig, dass sie ständig darauf herumreitet, ich könne nicht mit dem Mann sprechen, ohne vorher etwas getrunken zu haben.

»Ja, klar. Deshalb trinkst du ja auch schon tagsüber.«

Andere Leute verstehen unsere Art der Kommunikation nicht, die hauptsächlich darin besteht, uns gegenseitig fertigzumachen. Dadurch demonstrieren wir unsere Zuneigung. Wir lieben es, einander zu hassen. Oder uns zumindest nicht leiden zu können.

»Was machst du denn heute Abend?«, entgegne ich, um meine Gereiztheit zu überspielen.

Dabei gehe ich mir vor allem selbst auf die Nerven. Ich hätte ja gar nichts dagegen, mit allen möglichen Typen zu flirten. Ich kann es nur einfach nicht. Ich kann mich nicht überwinden und war Männern gegenüber schon immer schüchtern. Ich kann nie zugeben, dass ich verknallt bin, bevor etwas passiert ist. Und oft auch erst, nachdem die Chance vertan ist. Habe ich Angst vor Ablehnung? Wahrscheinlich, obwohl ich das niemals zugeben würde. Schüchternheit ist nicht dasselbe wie Angst. Oder? Die Schüchternheit schwindet natürlich im Gleichtakt zu meinem steigenden Alkoholpegel. Ganz schön schwierig.

»Ich weiß noch nicht genau. Die Literaturwissenschaftler treffen sich, aber auf die habe ich keine Lust.«

»Nein?«, frage ich, obwohl ich die Antwort kenne. Es macht mir Spaß, ihr zuzuhören, wenn sie über ihre ehemaligen Kommilitonen herzieht.

»Du weißt doch, wie die sind. Immer bierernst und jammerig, wenn sie über ihre Lieblingsbücher und -autoren reden, die natürlich alle längst tot sind. Dann suhlen sie sich im Weltschmerz, klagen darüber, dass es keine talentierten Menschen mehr gibt, dass die Besten nie einen guten Job kriegen, weil alles von der Reichen-Mafia bestimmt wird, und dass die Menschheit bald in ihrem eigenen Gesülze ersticken und aussterben wird und blablabla«, sprudelt es aus Bryndís heraus. »Du weißt schon, die üblichen Verdächtigen! Keiner hat einen festen Job, alle wollen Gedichte herausbringen, die sie bisher höchstens selber ausgedruckt und an irgendeinen Laternenpfahl geklebt haben.«

Bryndís ist schon ganz außer Atem und wird immer lauter. »Auf die hab ich echt keinen Bock! Die sollen sich mal zusammenreißen und den Arsch hochkriegen! Ständig dieses Rumgehänge, aber immer noch genug Energie, um drei Tage lang Party zu machen.«

»Bist du dir sicher, dass sie nicht auch über dich herziehen, wenn du nicht dabei bist?«, frage ich mehr zum Spaß.

»Ganz bestimmt, Regina. Aber sie spielen das Spielchen

trotzdem weiter, laden mich ein und werfen mir dann vor, ich würde für die Kapitalisten arbeiten. Die öden mich echt an.« Bryndís macht eine kurze Pause. »Ich begreife nicht, was für Ziele diese Leute haben. Sie leben alle vom Staat, haben kaum Kohle für Essen, wohnen bei ihren Eltern im Keller oder bei irgendwelchen reichen Tanten, die sich ihrer erbarmen, und warten darauf, entdeckt zu werden, obwohl sie nichts dafür tun. Stehen morgens nicht auf und kommen vielleicht mal aus dem Bett, wenn ich schon sechs Stunden gearbeitet habe. Was soll daran toll sein? Sie sind noch nicht mal intelligent.«

Ich genieße ihre dramatischen Beschreibungen der Literaturwissenschafts-Clique. Bei diesem Thema sind wir ganz einer Meinung. Bryndís hat ihr Studium in Rekordzeit durchgezogen und sich anschließend direkt für den Masterstudiengang in Internationaler Politik eingeschrieben. Sie ist wahnsinnig klug, weiß es aber nicht. Jedenfalls glaube ich nicht, dass sie es weiß, aber sie ahnt es vielleicht. Mit meiner überdurchschnittlichen Intelligenz weiß ich hingegen, wie klug sie ist, weil ich oft in die Klemme gerate, wenn ich mich mit ihr streite. Sie kann so gut argumentieren, dass ich immer das Gefühl habe, die Böse zu sein. Sie kennt sich mit allem aus, ist sehr belesen und arbeitet in diesem Ministerium. Ihr Problem ist nur ihre Abwehrhaltung. Sie ist ein typisches Alkoholikerkind, was ich weiß, weil sie meine älteste Freundin ist. Dabei spricht sie nie darüber. Man kann mit Bryndís nicht darüber reden, sie ist perfekt darin, das Thema zu wechseln, obwohl Inga, Tinna und ich manchmal versuchen, es anzusprechen. Dann kommt sie immer auf etwas anderes. Zieht zum Beispiel über völlig unwichtige Leute her. Sie will nicht im Mittelpunkt stehen, will nicht über sich reden, über ihre Probleme und ihre Zukunft. Sie fühlt sich unwohl, wenn es um sie geht. Dabei drängt sie sich ziemlich in den Vordergrund, wenn es darum geht, andere niederzumachen. Sie kritisiert uns ständig, beschwert sich über uns und hält uns unsere Fehler vor, obwohl sie vielleicht selbst nicht die Allerglücklichste ist. Ich glaube zum Beispiel, dass sie gar nicht so gerne im Außenministerium arbeitet. Das merke ich daran, wie sie über ihren Job spricht. Wie alle auf ihr herumtrampeln, ihr zu viel Arbeit aufbürden, ihr unsinnige Anweisungen geben, dass sie nicht genug Geld bekommt und so weiter. Ich versuche natürlich, ihr klarzumachen, dass sie mehr Gehalt verlangen soll. Ich musste ja auch um das Gehalt kämpfen, das ich jetzt habe. Von nichts kommt nichts. Wenn man weiß, wie viel man wert ist, und seinem Chef das auch zeigt, ist es gar nicht so schwierig. Wenn ich Arbeitgeberin wäre, würde ich Bryndís auch Tag und Nacht für einen Sklavenlohn schuften lassen. Nichts ist umsonst. Dabei arbeitet sie ja im Ministerium, da läuft alles nach Tarif. Aber trotzdem. Wenn es da wirklich so schlimm ist, soll sie aufhören. Man muss sich die Dinge erkämpfen. Wenn ich versuche, mit ihr über ihren Vater zu reden, geht sie direkt in Abwehrhaltung. Und die kann ganz schön aggressiv sein.

»Okay, was soll ich anziehen?«, frage ich und zwinge mich aus meinem Gedankentief.

»Du meinst, ob du ein schwarzes oder ein graues Oberteil zu dem schwarzen Jackett und der schwarzen Hose anziehen sollst?«

Ich lache über Bryndís' Bemerkung. Sie selbst trägt flache Schuhe, eine enge Jeans und ein schwarzes T-Shirt. Ich glaube, sie will ein hellgraues, tailliertes Jackett darüber anziehen. Ihre Haare sind wie immer zu einem lockeren Knoten hochgesteckt. Das gefällt mir. Wir sind beide nicht der Typ, der sich stundenlang die Haare föhnt, glättet oder mit dem Lockenstab bearbeitet. Ich hätte wahrscheinlich ziemliche Schwierigkeiten, so ein Gerät überhaupt zu bedienen. Bryndís hat einen legeren Stil. Sie ist unglaublich hübsch, trägt coole Klamotten und sieht dabei so aus, als hätte sie sich nach dem Aufwachen einfach irgendwas übergeworfen. Was sie wahrscheinlich auch getan hat.

TINNA

EIN RESTAURANT IN DER INNENSTADT.
IMMER NOCH DATE.

In diesem Moment kommt der Kellner. Gauti kann es kaum erwarten zu bestellen.

»Guten Abend.«

Er wirkt zehn Kilo leichter und zwei Jahre jünger, als er endlich aufhört, über seine kleine Schwester, gequetschte Zehennägel und Fußball zu reden.

»Welche kleinen Gerichte können Sie empfehlen? Ich bin nicht besonders hungrig, etwas Kleines reicht mir. Irgendwas, das gut zu dem Drink passt. By the way, das ist die beste Piña Colada ever!«

Er betont die englischen Worte und spricht sie mit amerikanischem Akzent aus. Ich muss ihn bei Gelegenheit fragen, ob er mal länger dort war.

»Ja, die ist wahnsinnig gut. Also, ich kann zum Beispiel die Fischsuppe empfehlen. Die ist köstlich, mit Ingwer und Chili.«

Der Kellner ist klein, sonnengebräunt und hat dunkles, gegeltes Haar. In beiden Ohren glitzern Ohrstecker, die aussehen, als wären sie rosa, und seine Klamotten sind ihm eine Nummer zu klein. Vielleicht ist es Absicht, dass alles so eng anliegt. Unglaublich weiße Zähne. Eindeutig schwul. Eine gut geschnittene Frisur, teilweise ausrasiert. Die millimeterkurzen Stoppeln bilden ein Muster, das ich nicht richtig erkennen kann. Vielleicht ein afrikanisches Ethno-Muster.

»Die nehme ich! Und noch so einen bitte.« Gauti hält das leere Glas hoch und schwenkt es hin und her.

»Und für die Dame?« Der Kellner flirtet mich mit den Augen an. Jetzt wäre es nett, ein Schwuler zu sein.

»Ich habe ziemlichen Hunger«, sage ich vorsichtig und blättere wieder in der Karte. »Ich denke, ich nehme den Lachs.«

»Lachs Teriyaki?«

»Ja, danke.«

Ein wundervolles Lokal, so gemütlich hier drinnen ohne Fenster und mit Hunderten kleiner Püppchen, die von der Decke hängen. Eine Atmosphäre wie im Ausland, was es in Island viel zu selten gibt.

»Ich bin es nicht gewohnt, abends so viel zu essen, eine Suppe reicht mir völlig«, entschuldigt sich Gauti, worüber ich mir keine großen Gedanken mache, zumal ich meine Bestellung deswegen auf keinen Fall noch einmal ändern werde.

»Kein Problem!«, sage ich entspannt. Ich habe mich wieder gefangen. »Erzähl mir mehr von deiner Schwester! Seid ihr so unterschiedlich?«

»Ja, eigentlich schon. Sie ist genau wie mein Vater. Beide groß und kräftig. Wir mussten sie sogar mal zu einem Diät-Camp in die USA schicken … wie in diesem Film, weißt du?« Mir ist nicht klar, ob er einen Witz macht. »Ich komme mehr auf meine Mutter, wir sind beide Ästheten und mögen schöne Dinge.« Gauti blinzelt mir zu, und ich werde rot.

»Mein Vater verbringt seine gesamte Freizeit im Fußballverein Valur, in dem auch meine Schwester spielt.«

Ich versuche herauszuhören, ob Bitterkeit mitschwingt, weil Gautis Vater seine Freizeit nicht im Designmuseum in Garðabær verbringt. Ich könnte mir vorstellen, dass es deshalb Spannungen in der Familie gibt.

»Meine Mutter und ich gehen nur selten zu einem Spiel. Oder doch, wir gehen schon hin, wenn meine Schwester spielt. Aber das reicht, um einem den Rest zu geben. Die Leute auf diesen blöden Fußballplätzen schreien immer so laut! Bei den Spielen im Fernsehen ja auch. Ich kann das nicht ausstehen! Interessierst du dich für Fußball?«

»Nein!« Wir müssen beide lachen, und Gauti stößt mit mir an. »Nein, wirklich nicht«, füge ich ehrlich hinzu. Gut, dass der Mann nicht sämtliche Wochenenden mit Fußball verbringt! Wie oft habe ich meine Freundinnen schon über die Fußballeuphorie ihrer Männer klagen hören.

»Das Schlimmste ist, wenn sie diese verschwitzten Fußballklamotten zusammenlegt. Sie kann es einfach nicht! Ich begreife nicht, wie jemand mit 24 Jahren nicht vernünftig Socken zusammenlegen kann! Wenn sie ihre Mannschaftstrikots wäscht, verlasse ich lieber gleich die Stadt! Und Bügeln erst! Ich muss es für sie machen, wenn etwas Wichtiges ansteht. Beerdigungen oder so«, erzählt er, während er an seinem Cocktail nippt. Ich kann meine Verwunderung nur schwer verbergen.

»Du bügelst die Klamotten deiner Schwester?« Damit macht er wieder ein paar Punkte wett, die er durch die Verunglimpfung von Frauenfußball verloren hatte. Ich muss grinsen, während ich das sage.

»Ja, wenn sie gut aussehen soll, schon!«, sagt Gauti mit Nachdruck. Rechtfertigt er sich etwa dafür? »Und ich lege ihre Socken zusammen. Sie kann das nicht. Aber das ist auch das Höchste der Gefühle. Mit Wadenschonern und Schweißtrikots will ich nichts zu tun haben. Die muss sie unten im Keller lassen. Ich fange schon an zu würgen, wenn ich das Zeug nur rieche.«

»Sie vergöttert dich bestimmt.«

»Jepp«, sagt er stolz. »Habe ich dich eigentlich schon gefragt, ob du Geschwister hast?«

»Nein.«

»Hast du keine, oder habe ich nicht gefragt?«

Ich muss lachen.

»Sowohl als auch. Ich bin Einzelkind, und du hast mich nicht gefragt. Ich bin alleine bei meiner Mutter im Hlíðar-Viertel aufgewachsen.«

»Ach so.« Er wirkt geradezu geschockt. »War das nicht langweilig?«

Unglaublich, wie sehr es Menschen aus Kleinfamilien irritiert, wenn nicht alle in denselben Verhältnissen groß geworden sind wie sie.

»Nein!«, antworte ich fast beleidigt. »Ich bin natürlich daran gewöhnt. Meine Mutter und ich verstehen uns fantastisch. Sie ist mehr wie eine große Schwester. Wir waren immer nur zu zweit«, sage ich wahrheitsgemäß.

»Und wie ist das dann an Weihnachten und so?«, fragt er ungläubig.

»Was meinst du?«, entgegne ich bereits leicht genervt. Ich fühle mich schnell angegriffen, wenn jemand Mama und mich kritisiert oder durchblicken lässt, wir könnten uns selbst »nicht genug« sein.

»Na ja, du weißt schon. Seid ihr an Heiligabend und so nur zu zweit?« Er saugt eifrig an seinem Strohhalm und schaut mir in die Augen.

»Ja, wir sind oft *nur* zu zweit! Reicht das nicht?«, erwidere ich und versuche zu überspielen, wie sehr mich dieser Kommentar nervt.

»Doch, doch. Ich finde das nur ein bisschen komisch. Wir sind immer so viele.«

»Okay, wie schön«, sage ich laut.

»Und was macht deine Mutter?«, fragt er neugierig und wechselt wieder die Tonlage.

»Sie ist Ministerialdirektorin im Wirtschaftsministerium«,

antworte ich lässig. Ich bin stolz auf Mama. Sie ist eine tolle Frau.

»Eine Karrierefrau, wie die Tochter.« Gauti blinzelt mir wieder zu.

Ich entschuldige mich, um zu checken, ob meine Frisur und mein Make-up noch in Ordnung sind. In der Tat, das Haarspray hat seine Mission erfüllt, und alles sitzt perfekt. Das Licht im Bad ist schmeichelhaft, nicht zu grell, und verdeckt alles, was verdeckt werden muss, was in meinem Fall allerdings nicht viel ist. Die rote Seidenbluse passt perfekt zu meiner dunkelbraunen Haut. Ich habe in New York einen schönen Teint bekommen. Ich überprüfe noch mal, ob die Bluse nicht zu tief in der Hose steckt. Nein, alles in Ordnung. Der Spiegel ist eindeutig dafür gemacht, ein schlankeres und gebräunteres Exemplar zu zeigen, als tatsächlich davor steht. Was in dieser Situation nicht schlecht ist. Ob in der Männertoilette auch solche Spiegel hängen? Das Ergebnis ist zufriedenstellend: Ich sehe super aus! Während ich vor dem Spiegel stehe, gehen mir einige Gedanken nicht aus dem Kopf. Dinge, die ich nicht verdrängen, aber auch nicht richtig fassen kann. Gautis Kommentar über Frauenfußball, und dass es ihn so wundert, dass Mama und ich nur zu zweit sind. Wobei das letztendlich kein Ausschlusskriterium ist. Noch nicht. Aber ich werde es im Hinterkopf behalten. Wer die Beziehung zu meiner Mutter nicht akzeptiert, kommt nicht durch.

»Sollen wir gleich noch woanders hin?« Gauti schwenkt seinen vierten Cocktail. Dieses Essen wird seine Kreditkarte ganz schön strapazieren. Falls er sein Wort hält und die Frau einlädt, die nur aus einer zweiköpfigen Familie stammt.

»Gerne! In die Kaffibarinn? Da legt heute Abend ein super DJ auf«, antworte ich, als wäre mir das gerade erst eingefallen. Natürlich hatte ich es mir vorher schon zurechtgelegt.

»Alles klar. Dann können wir ein bisschen die Hüften kreisen lassen.«

Seine Stimme klingt pubertär, und er wackelt auf seinem Stuhl herum. Er ist angetrunken und scheint in Partystimmung zu sein. Mir ist das egal. Ich umgebe mich schon mein ganzes Leben lang ohne größere Komplikationen mit Betrunkenen. Dass ich nichts trinke, habe ich von Mama, der großen Abstinenzlerin. Nachdem sie miterleben musste, wie Leute alkoholabhängig wurden, traf sie die Entscheidung, niemals zu trinken. Sie hat mir eingebläut, dass Alkohol widerwärtig ist, und ich habe nie getrunken. Ich bin so gut drauf, dass ich mich auch nüchtern amüsieren kann, und brauche nichts, um meine Persönlichkeit zu verändern. Gautis Alkoholkonsum bedeutet allerdings, dass es für mich nicht in Frage kommt, mit ihm nach Hause zu gehen. Ich kann es nicht ausstehen, mit Männern zu knutschen, die mehr als zwei Gläser getrunken haben. Darüber sind Mama und ich uns einig. Im Rausch schwindet die Körperkontrolle. Die Bewegungen werden langsamer und träger, und die Männer labern einen voll, wie verliebt sie seien. Wie unwiderstehlich man sei. Was am nächsten Tag, wenn die Sonne aufgeht und sie wieder nüchtern sind, auf einmal ganz anders aussieht. Außerdem riechen Betrunkene schlecht aus dem Mund. Hat Gauti sein Hemd eigentlich einen Knopf weiter aufgeknöpft, als ich auf der Toilette war?

INGA

IM VILLENVIERTEL ARNARNES. CAFÉ LATTE UND SCHWARZE FLIESEN.

»Hallo«, sage ich so höflich und souverän wie möglich.

Nóis Mutter ist an der Gegensprechanlage und mustert mich durch die Kamera, die Gäste begrüßt, wenn sie an der Tür zu der Villa in Arnarnes klingeln. Ich habe mir vorgenommen, Nói zu bitten, sein Krankenbett in unser Haus zu verlegen. Ástrós grüßt nicht zurück, sondern lässt mich einfach rein. Ich bin immer nervös, wenn ich ein so schickes Haus betrete, weil ich solchen Luxus nicht gewohnt bin und mich unwohl fühle. Sie haben das gesamte Erdgeschoss neu fliesen lassen, mit schwarzen, glänzenden Fliesen. Sehr steril, wie bei einem Mafia-Boss in einem Hollywood-Film. Bis auf die schwarzen, frisch polierten und garantiert glatten Fliesen, die vor mir wogen wie raue See, ist fast alles weiß oder in hellen Farben gehalten.

»Hallo, meine Liebe. Er hat sich hingelegt.«

Na toll. Das bedeutet, dass ich mit ihr reden muss. Sie kneift die Lippen zusammen und schnieft diskret. Das macht sie ständig, obwohl sie nicht erkältet ist.

»Ja, okay … Soll ich später noch mal wiederkommen?«

Ich versuche natürlich, einem Gespräch unter vier Augen zu entgehen. Ihr Mann ist wie üblich bei der Arbeit. Die schwarzen Fliesen waren schließlich nicht umsonst.

»Nein.« Sie zögert. »Wenn du schon mal hier bist … Oder macht es dir etwas aus, wenn du ihn womöglich gar nicht siehst? Ich möchte unbedingt, dass er wenigstens zwei Stunden schläft.«

Sie schnieft hastig, um ihre Worte zu unterstreichen. Bestimmt möchte sie, dass ich die Initiative ergreife und gehe. Unmöglich, die Frau! Ich bin doch nicht hergekommen, um sofort wieder zu gehen.

»Er wusste aber, dass ich kommen wollte. Ich habe ihm gesagt, dass ich nach der Arbeit vorbeischaue«, entgegne ich leicht gereizt.

Sie fixiert mich mit eiskaltem Blick, und ich überlege, ob sie ein paar Splitter der schwarzen Fliesen in ihre Pupillen verpflanzen lassen hat. Sie sind genau wie der Fußboden – pechschwarz und glänzend.

»Tja, meine Liebe, hier gilt die Krankenhausroutine«, erwidert sie knapp, läuft geschäftig umher und schnieft ein paar Mal hektisch. Ich versuche herauszufinden, ob sie mich provozieren will.

Ich mustere die ehemalige OP-Schwester aus dem Landeskrankenhaus. Sie hat höchstens zwölf Jahre gearbeitet, bevor es ihr zu anstrengend wurde, den Job mit ihrem Dreipersonenhaushalt in Einklang zu bringen. Sie ist eine sehr hübsche Frau und unheimlich zierlich. Maximal 1,60 Meter, trägt immer hohe – aber nicht zu hohe – Absätze und ist außergewöhnlich gut frisiert. Ihre Haare reichen bis knapp übers Ohr und sind perfekt geföhnt, um die Ohrringe gut in Szene zu setzen. Und die Garderobe! Stets wie aus einer Modezeitschrift ausgeschnitten. Stilvoll. Sie könnte die Königinmutter von Spanien oder einem anderen europäischen Königshaus sein. Eine unglaublich elegante Frau, deren Vollzeitbeschäftigung darin besteht, sich um ihr Aussehen zu kümmern. Heute trägt sie aparte schwarze Schuhe mit kleinem Absatz, eine schwarze Strumpfhose und einen schwarz-weiß gemusterten Rock, der bis kurz übers Knie geht. Wirklich ziemlich schick. Dazu trägt sie ein schwarzes, langärmeliges Oberteil aus einem edlen Stoff sowie ein paar Schmuckstücke, wie immer aus Gold. Ástrós ist eine sehr gepflegte Frau und hat sich wahnsinnig gut gehalten. Ich weiß nicht, ob mich das nervt oder nicht. Doch, klar nervt es mich.

»Schicker Rock!«, sage ich, und das Kompliment kommt wirklich von Herzen.

»Ja, nicht wahr? Ich war bei Sævar«, entgegnet sie stolz und schnieft.

Wenn sie von Sævar spricht, meint sie die Modeboutique Sævar Karl. Sie kennt Sævar persönlich und kannte ihn schon, bevor er den Laden verkaufte, war eine seiner treuesten Kundinnen und redet immer über ihn, als bediene er noch selbst.

»*Dolce & Gabbana*«, fügt sie ungefragt hinzu, und ich registriere, dass sie Kaffee kocht, vermutlich für mich.

»Ja, sehr schick«, wiederhole ich in einem Ton, der zu erkennen gibt, dass ich dem erst mal nichts mehr hinzufügen werde.

»Ist dein Jackett nicht auch von Sævar?«, fragt sie und kommt ein paar Schritte auf mich zu.

»Was? Doch«, antworte ich, nachdem ich einen Blick auf mein Jackett geworfen habe.

»Genau. *Armani*. Aus der Frühjahrskollektion vom vorletzten Jahr.«

Das war ein Vorwurf. Sie kreidet ihrer Schwiegertochter an, dass sie ein schweineteures *Armani*-Jackett trägt, das zwar immer noch wie neu aussieht, aber aus der Frühjahrskollektion vom vorletzten Jahr stammt. Ich verkneife es mir, etwas zu entgegnen, und nicke. Zwinge mich zu lächeln.

Auf Zehenspitzen laufe ich durch das tausend Quadratmeter große Haus und werfe einen Blick in das Zimmer, in dem ich mal gewohnt habe. In Nóis und meinem alten Zimmer ist das Bett bezogen. Hat Ástrós ihren Sohn, ihren Augapfel, etwa im ehelichen Schlafzimmer einquartiert und ist mit ihrem Mann in unser altes Zimmer gezogen? Dabei wäre es naheliegender, wenn Nói im Gästezimmer wohnen würde, weil Ástrós immer penibel darauf bedacht ist, dass kein Unbefugter ihr Schlafzimmer betritt. Ich habe mir schon den Kopf darüber zerbrochen, was sie eigentlich darin aufbewahrt, weil sie es immer abschließt. Vielleicht hat Nói ja einen VIP-Pass für das Zimmer. Trotzdem stimmt irgendwas nicht. Schließlich hat er keine Geschwister, die zu Besuch kommen könnten, und keine Omas oder Opas, die noch nicht im Altenheim sind.

»Möchtest du einen Kaffee, Inga?«

Ástrós reißt mich mit ihrer nüchternen Frage aus meinen Gedanken, und ich gehe zurück in die Küche.

»Hm.«

»Latte?«

»Ja, gerne.«

Ástrós hantiert mit der albernen, hellblauen Profi-Kaffeemaschine herum, die in einer Ecke der weißen Küche steht. Sie macht sehr guten Kaffee, das muss man ihr lassen.

»Was für eine Aussicht!«

Ich blicke direkt hinaus auf die Arnarnes-Bucht. Vor dem Fenster liegt ein riesiger Garten, garantiert in den offiziellen Maßen eines WM-Fußballplatzes.

»Ja, die ist ganz nett.«

Sie weiß natürlich, dass die Aussicht nicht »ganz nett« ist. Sie ist nach normalen Maßstäben grandios. Immerhin handelt sich um eines der beeindruckendsten Häuser des Landes. Wie kann sie diesen fantastischen Garten als »ganz nett« bezeichnen? Die Kaffeemaschine lärmt, und unterdessen erstirbt das Gespräch.

»Wie läuft's auf der Arbeit?«, will sie anschließend wissen und schnieft.

Ich glaube, es gefällt ihr nicht, dass Nói und ich in derselben Branche arbeiten. Zumindest ist sie früher immer ausgeflippt, wenn ich es wagte, im Studium eine bessere Note zu bekommen als er. Ich weiß noch, wie sie ihren Sohn mal zur Rede stellte, weil er eine ganze Note schlechter war als ich.

»Gut. Viel zu tun«, antworte ich wahrheitsgemäß.

»Aha. Und das Haus?« Wieder schnieft sie heftig.

Ich versuche, mich nicht davon aus der Ruhe bringen zu lassen. Was natürlich nicht funktioniert. Dieser Telegrammstil ist so trocken und unpersönlich! Und ihr Tick, ständig die Nase hochzuziehen, geht mir auf die Nerven.

»Alles in Ordnung. Ist nur ziemlich weit zur Arbeit«, sage ich nur, um ihr ebenfalls auf die Nerven zu gehen. Ástrós' Gesicht verdunkelt sich. Natürlich hatte sie großen Einfluss darauf, dass »wir« in diesem Stadtteil ein Reihenhaus gekauft haben.

»Aber Inga, Reykjavík wird nun mal immer größer!«, erwidert sie streng.

»Ja, ja, klar.« Ich grinse innerlich. Es braucht nicht viel, um diese Frau auf die Palme zu bringen. »Und, äh, wie geht es Nói? Ich habe noch gar nicht groß mit ihm gesprochen.«

»Darüber wollte ich sowieso mit dir reden.«

Sie wird schlagartig ernst und setzt sich mit den beiden Kaffeetassen mir gegenüber an den Küchentisch. Ich trinke einen Schluck. Echt guter Kaffee.

»Was habt ihr eigentlich gerade gemacht, als er sich verletzt hat?« Sie schnieft und blickt mich starr an, fast so, als könnte sie in mich hineinschauen. Ich spüre, dass ich rot werde. Hastig fügt sie hinzu: »Nói erzählt mir gar nichts. Ich musste seine Hose mit diesem Öl zu meiner ehemaligen Kollegin ins Labor bringen.«

Ástrós meint das absolut ernst. Sie hat das Massageöl chemisch analysieren lassen!

»Aha«, bringe ich nur heraus.

»Und ich habe herausgefunden, dass es Erotik-Öl ist! Ich nehme an, du hast das gekauft?«

Ástrós fixiert mich, fest davon überzeugt, dass ihr Sohn nie auf die Idee käme, so etwas Abscheuliches zu kaufen.

»Nein, habe ich nicht. Nói hat es in der Apotheke gekauft.«

»Apotheke! So was gibt es nicht in der Apotheke«, sagt Ástrós gereizt.

»Doch, natürlich ...«, erwidere ich beharrlich, wohlwissend, dass es das Öl in der Apotheke gibt.

»Das werde ich ja wohl besser wissen, oder?«

Sie hat aufgehört zu schniefen und atmet laut durch die Nase. Dabei starrt sie mich wütend an, damit ich ein für alle Mal begreife, dass sie Krankenschwester ist. Diese Tatsache erwähnt sie bei sämtlichen Gesprächen über Gesundheit auf irgendeine Weise. Ich kann ihr diesen Unsinn unmöglich durchgehen lassen und setze mich in Positur.

»Ástrós«, sage ich langsam und leise mit meiner Amtsgericht-Stimme, die durch die blitzweiße Küche dringt. »Ich möchte mich nicht mit dir streiten, aber ich versichere dir, dass man dieses Massageöl, das zu einem großen Sortiment verschiedener Öle gehört, beispielsweise gegen Stress, in der Apotheke bekommt.«

Ich bin froh, dass ich mich getraut habe, so resolut aufzutreten.

Ástrós sitzt mir ein paar Sekunden wie vom Donner gerührt gegenüber. Ich finde mich keineswegs unverschämt, aber sie tut so, als hätte ich sie beleidigt. Sie schnappt sich ihre Kaffeetasse, springt vom Küchentisch auf und knallt die Tasse ins Spülbecken. Dann stiefelt sie in den Flur und öffnet die Tür zum Gästezimmer. Ich wusste es. Nói ist nicht im ehelichen Schlafzimmer untergebracht. Ich höre, wie sie ihren Sohn weckt, will aber gar nicht wissen, wie sie ihn nennt, wenn sie mit ihm alleine ist. Nói ist aufgewacht, und ich höre seine heisere Stimme. Trotzdem stehe ich nicht auf. Ich will sie nicht bei ihrem Mutter-Sohn-Gesäusel stören, trinke meinen Kaffee und genieße die unvergleichliche Aussicht.

»Inga?«

Ich spüre, wie sehr ich Nói vermisst habe, als er meinen Namen ruft, und gehe langsam zum Gästezimmer.

»Hallo, Liebling!«

Sein Gesicht strahlt, und ich sehe, dass er mich auch vermisst hat. Ástrós hat offenbar nicht vor, den Raum zu verlassen, sondern steht mit verschränkten Armen in der Ecke. Anscheinend ist sie immer noch der Meinung, dass ich ihr über den Mund gefahren bin.

»Mama«, sagt Nói flehend.

»Was ist denn, mein Schatz?«

»Gibst du uns ein paar Minuten?«

Dafür hat er wirklich einen Orden verdient! Er hat mich tatsächlich vermisst.

»Du willst, dass ich rausgehe?« Ihre Stimme klingt trocken und anklagend.

»Nein, nur, du weißt schon, während ich Inga begrüße.«

Ástrós hastet zur Tür und knallt sie hinter sich zu. Nói blickt ihr verwirrt hinterher und schüttelt den Kopf. Ich schaue meinen Freund, von dem ich in den letzten Tagen kaum etwas gehört habe, mitfühlend an. Er breitet die Arme aus, und ich umarme ihn, so gut es geht, schließlich liegt der Mann verletzt im Bett.

»Wie geht es dir?«, frage ich.

Ich muss zugeben, dass ich jetzt, als ich ihm gegenüberstehe, das Gefühl habe, ihn gar nicht zu kennen. Als hätte ich mir nur eingeredet, ihn zu vermissen.

»Ganz gut. Ist ziemlich langweilig, die ganze Zeit hier zu liegen. Dabei ist das erst der Anfang …«

»Musst du denn wirklich sechs Wochen liegen?« Ich verschränke die Arme und versuche, mein Misstrauen zu überspielen.

»Sagt Mama jedenfalls«, antwortet er grinsend.

»Aber es gibt doch Krücken. Oder Rollstühle. Und ich kann dir versichern, dass Leute so was benutzen.«

Nói lacht. Er ist ganz schön faul, was definitiv auf seine Erziehung zurückzuführen ist.

»Ja, aber ich werde hier königlich versorgt. Du hast ja gar keine Zeit, dich um mich zu kümmern.«

Natürlich verhätschelt sie Nói und zwingt ihn ins Bett, weil ihr dann nicht mehr so langweilig ist. Ich male mir aus, wie sie ihm Beruhigungstabletten verabreicht, um seinen Bewegungsdrang zu dämpfen. Wobei das vielleicht gar nicht so schlecht ist. Wenn wir diese sechs Wochen, die er wie ein Gefangener bei seinen Eltern im Bett verbringt, überstanden haben, hält er womöglich Abstand zu seiner Mutter.

»Na gut. Hör zu, sie hat versucht, was über das Massageöl rauszukriegen«, erzähle ich atemlos und kann mir das Lachen nicht verkneifen.

»Echt?«

»Wusstest du, dass sie deine Hose ins Labor gebracht hat?«

»Was? Nein!«

»Doch, sie meinte, du wolltest ihr nicht erzählen, was für eine Flüssigkeit das auf der Hose war.«

»Wie bitte?! Sie hat mich überhaupt nicht danach gefragt«, entgegnet er verwirrt.

»Wirklich nicht?«

Ich bin hin- und hergerissen. Ich konnte meine Schwiegermutter zwar noch nie leiden, wäre aber nie auf die Idee gekommen, dass sie so link ist. Stille.

»Wie läuft's denn auf der Arbeit, Liebling? Das schaffst du doch mit links, oder?«

Nói streckt die Hand aus und streichelt mir über die Wange. Ich liebe seine Sanftheit und dass er an mich glaubt. Wenn er mich anschaut, sehe ich ihm an, dass er mich für die schönste und klügste Frau auf der ganzen Welt hält.

»Ja, es läuft wirklich gut. Mein Mandant hat gestern gewonnen«, sage ich nicht ohne Stolz, da es sich um einen wichtigen Präzedenzfall handelte.

»Ich weiß! Ich lasse mein Mädchen doch nicht aus dem Blick. Mama hat Papa überredet, diesen neuen Computer für mich zu kaufen, damit ich ins Internet kann und so.«

Ich mustere das glänzende MacBook Air auf dem Stuhl neben seinem Bett.

»Echt? Wow. Ich hätte dir aber auch deinen Laptop mitbringen können.«

»Ach, das ist schon okay.« Er senkt die Stimme und grinst. »Ich glaube, sie wollte den unbedingt selber haben. Sie bittet mich nämlich ständig, ihr was beizubringen.«

»Ist ja echt gemütlich bei euch«, sage ich und hoffe, dass mein Sarkasmus nicht allzu deutlich zu hören ist. »Willst du wirklich weiter hierbleiben?«

»Ja, Inga. Was ist denn los? Hast du was dagegen, wenn ich mich von Mama ein bisschen verwöhnen lasse?«

Am liebsten würde ich »ja« brüllen, dem Spuk ein Ende bereiten und den Mann, den ich liebe, aus dieser unmöglichen Situation befreien. Dennoch tue ich nichts. Offenbar hat er eine Entscheidung getroffen. Oder vielmehr er und seine Mutter. Wieder einmal komme ich zu dem Fazit, dass ich nicht möchte, dass er zwischen seiner Mutter und mir wählen muss. Wieder einmal glaube ich zu wissen, für wen er sich entscheiden würde.

»Nein, ist schon in Ordnung«, antworte ich müde.

Ein Teil von mir ist froh, dass ich ihn jetzt nicht mit nach Hause nehmen muss. Ich muss unbedingt herausfinden, welcher Teil das ist.

»Wann kommst du wieder?«

»Vielleicht am Mittwoch?«

»Nicht noch mal am Wochenende?«, fragt Nói mit Dackelblick.

»Ich habe am Mittwoch ein Plädoyer und wahnsinnig viel zu tun«, sprudelt es aus mir heraus. Die Wahrheit ist, dass ich Nói anlüge und problemlos morgen oder übermorgen vorbeischauen könnte. Ich habe einfach nur keine Lust.

»Wer schläft eigentlich in unserem alten Zimmer?«, frage ich.

»Was meinst du?«

»Da schläft jemand. Sieht jedenfalls so aus.«

»Wirklich?« Nói fällt aus allen Wolken. Stille.

Man muss es ihm zugutehalten, dass er mich niemals täuschen oder anlügen könnte. Ich habe schon öfter darüber nachgedacht, wie leicht es wäre, ihn zu betrügen, ohne dass er jemals dahinterkommen würde. Er würde das hingegen niemals schaffen. Dafür ist er viel zu naiv, viel zu gutgläubig.

In diesem Moment öffnet Ástrós die Tür. Als hätte sie mit ihrem Glas Wasser dahinter gestanden und gewusst, dass ich auf dem Sprung bin. Ich werfe Nói einen Fingerkuss zu, sage »bis Mittwoch« und eile in den Flur. Auf dem Weg zur Haustür spähe ich zu unserem alten Zimmer. Jemand hat die Tür zugemacht.

REGINA

LEIFSGATA. SOLL ICH IHN ANSIMSEN?

»Diese alten Säcke sollten eigentlich wissen, wann ihre Zeit gekommen ist«, echauffiert sich Bryndís.

»Na ja, sie haben aber auch viel Erfahrung.«

»Ist mir völlig egal, Regina, das sind trotzdem alte Männer! Die sitzen seit vierzig Jahren auf ihren bequemen Stühlen. Sie sind nicht unentbehrlich. Niemand ist das.«

»Trotzdem musst du zugeben, dass sie wahnsinnig viel Parlamentserfahrung haben!«

»Ja, ja, klar, aber sie sind trotzdem Idioten, wenn sie nicht von sich aus gehen.«

»Das ist jedem freigestellt. Sei um Gottes willen nicht so frustriert, nur weil deine Kollegin es bei dieser dubiosen Partei nicht ins Parlament geschafft hat. Die Männer können auch nichts dafür, dass sie nicht gut genug ist.«

»Doch, auf gewisse Weise schon!«

»Aha?«

»Sie wissen genau, dass sie eher gewählt werden als junge, ehrgeizige Frauen, die keine Erfahrung haben. Und sie haben diese Kultur natürlich geprägt. Alle haben immer solche Angst vor Veränderungen!«

»Das nennt man Demokratie, Bryndís. Sollte man als Politikwissenschaftlerin eigentlich wissen.«

»Solange da dieselben alten Männer sitzen, kommen keine neuen Leute rein. Und das wissen die genau. Es wird sich nichts ändern, solange sie nicht von alleine gehen.«

»Das stimmt. Trotzdem wäre es dumm, auf ihre angesammelten Erfahrungen einfach zu verzichten.«

»Ich bin für eine Obergrenze bei der Parlamentszugehörigkeit. Das sollte eine dynamische Einrichtung sein. Alle Landsleute sollten mal für ein, zwei Legislaturperioden im Parlament sitzen können. Wenn immer nur dieselben Leute zu bestimmen haben, werden sie gleichgültig.«

»Ja.« Ich überlege kurz. »Könnte sein.«

»Es ist völlig überholt, sein ganzes Leben lang Politiker zu sein. Außerdem kann man keine unliebsamen Entscheidungen mit weitreichenden Folgen für die Bevölkerung treffen, wenn man immer wieder gewählt werden will. Im Parlament sollten unterschiedliche Leute sitzen, nicht immer nur dieselben Männer«, fährt Bryndís fort.

»Da sitzen aber auch ziemlich viele Frauen.«

»Ja, aber nicht so lange. Die alten Säcke kleben an ihren Stühlen, egal, was passiert. Sie blockieren neue und junge Abgeordnete. So war es schon immer.«

Ich bin in Gedanken ganz woanders. Nämlich bei der SMS, die ich Marinó Hermann auf Insistieren meiner Mitbewohnerin vor siebenundzwanzig Minuten geschickt habe. *Wie ist die Lage?*, wurde als Text für die erste SMS beschlossen. Ich habe den dumpfen Verdacht, dass weder Bryndís noch ich genau wissen, ob das reicht, um ihn an die Angel zu kriegen. Deshalb rede ich mir ein, dass es mir völlig egal ist, weil ich mich gar nicht besonders für ihn interessiere. Die Wahrheit ist natürlich, dass ich mir wünsche, dass er verrückt nach mir ist, unabhängig davon, ob ich darauf eingehen werde oder nicht. Ich war noch nie gut im Simsen, weil ich überhaupt nicht kreativ bin und nie die richtigen Worte finde. Ich bin am liebsten ehrlich und direkt. Benutze keine Smileys, denn die lenken nur vom Inhalt der Nachricht ab. Ich begreife einfach nicht, warum die Leute Smileys benutzen. Man bekommt zum Beispiel Einladungen zu Meetings mit einem Smiley dahinter. Was soll das? Ist es lustig, zu einem Meeting einzuladen? Lächelt der Einladende mich an? Lädt er mich lächelnd zu einem Meeting ein? Das ist überhaupt nicht möglich. Man kann nicht lächeln, während man jemanden zu einem öden Meeting einlädt. Am besten teilt man einfach nur das mit, was man mitteilen muss, ohne ständig alles zu verniedlichen. Das ist so amerikanisch! Ich bin davon überzeugt, dass die Isländer in dem Jahr, in dem sie zum ersten Mal den Valentinstag feierten, auch begannen, Smileys zu benutzen. Ein schreckliches Jahr.

»Hat er schon geantwortet?«, fragt Bryndís neugierig. Zum ungefähr dreißigsten Mal.

»Hör auf zu fragen!«

»Sorry.«

»Schon gut.«

»Vielleicht solltest du den heißen Prinzen ein bisschen unter Druck setzen und ihm drei Fragezeichen schicken.«

»Meinst du wirklich, Bryndís?«, frage ich skeptisch.

»Nein«, antwortet sie mit Nachdruck.

»Eben.«

»Sag mal, sollen wir nicht zusammen in die Stadt gehen?«

»Du wolltest doch nicht mit mir in die Stadt!«

»Jetzt bleib mal locker. Ist ja nicht meine Schuld, dass er nicht antwortet! Aber ich wäre durchaus bereit, mit dir wegzugehen. Ich kann ja zu den trantütigen Literaturwissenschaftlern stoßen, sobald Marinó Hermann sich dazu herabgelassen hat, dir zu antworten. Dann habe ich auch genug getrunken, um sie zu ertragen.«

»Du darfst ruhig dabei sein, wenn wir uns treffen.«

»Nee, nee, lieber nicht«, ruft Bryndís aus ihrem Zimmer. Man hört, dass sie sich gerade schminkt.

»Er ist interessanter, als du denkst. Er wirkt nur nach außen nicht so.«

»Klar«, entgegnet Bryndís ironisch.

Ich weiß genau, dass ich ihre Meinung nicht ändern kann. Aber das ist mir auch egal. Soll sie ihre Vorurteile doch behalten.

»Wie spät ist es?«

»Ungefähr zehn.«

»Abmarsch in sieben Minuten?«

»Gebongt.«

Ich setze die halbvolle Flasche an und leere sie in einem Zug. Der Alkohol strömt durch meine Adern, und ich weiß, dass ich für heute Abend noch lange nicht genug habe.

TINNA

VOR EINEM CLUB IN DER INNENSTADT. VIP-SCHLANGE.

»Sollen wir uns nicht in der normalen Schlange anstellen?«, bittet er mich. »Ich komme mir hier echt blöd vor.«

Gauti versucht, sein Gesicht vor den Leuten, die in der normalen Schlange stehen, zu verbergen. Er hat den Kragen seiner Jacke hochgeschlagen und steht mit dem Rücken zur Tür.

»Gauti! Überlass das mir«, sage ich mit einer schneidigen Armbewegung, auf die Britney Spears zu ihren besten Bühnenzeiten stolz gewesen wäre.

Mein Selbstwertgefühl kommt nicht mit der Erniedrigung klar, in der »normalen Schlange« zu stehen. Die ist immer dreimal so lang wie die VIP-Schlange. Und wenn ich mich dort anstellen würde, sähe ich garantiert Leute in der VIP-Schlange, die auf keinen Fall da stehen sollten. Ich bin dieses Thema im Geiste schon durchgegangen und zu dem Schluss gekommen, dass ich der Typ Frau bin, der sich immer in der VIP-Schlange anstellen sollte. Dabei muss ich gestehen, dass ich den Türsteher nicht kenne, aber bis jetzt hat mich mein Aussehen noch nie im Stich gelassen, und das wird es heute Abend bestimmt auch nicht tun. Herbstlicher Nieselregen setzt ein, und es ist windig. Der Himmel sieht aus, als wäre er zornig. Meine größte Sorge ist, dass mein Pony in Unordnung geraten könnte. Wenn meine Haare nass werden, fangen sie nämlich an, sich zu locken, und dann ist alles zu spät.

»Bescheuert, diese Schlange!«, sagt Gauti, als hielte er es für eine Zumutung, hier zu stehen. Er hat den Kragen immer noch aufgestellt und die Arme verschränkt.

»Na, na, na. Dieser coole DJ zieht die Leute eben an. Ich bringe uns da schon rein!«

Ich spüre ihn dicht an meinem Rücken. Warum nimmt er mich nicht in den Arm und macht das Warten erträglicher? Ziemlich viele Leute haben sich hinter uns angestellt und fangen an zu drängeln. Der Wind und der Regen werden stärker, ebenso wie die Rempelei der Leute um uns herum.

»Wir sind ja nur zu zweit«, sage ich.

Hoffentlich reicht mein Selbstvertrauen, um meine minimalen Zweifel zu überdecken. Der Türsteher sieht durch mich hindurch, was ich überhaupt nicht leiden kann.

»Hey, Kumpel!« Er schaut mich nicht an. Was soll das? Sieht er mich nicht, oder was?

Gauti lacht über mich. Ein hohles Lachen, als wollte er sagen: »Da siehst du's!« Das hat mir gerade noch gefehlt. Mir wird klar, dass meine Chancen schlecht stehen. Aber nichts ist unmöglich.

»Entschuldige, Kumpel! Ich bin hier Stammkundin.«

Ein frecher Ton hat sich in meine Stimme geschlichen, und ich weiß, dass ich auf die Leute in der normalen Schlange, die mich gehört haben, lächerlich wirke. Aber vielleicht reicht mein Ton, um uns in den Laden zu bringen. Endlich dreht er sich um, der Türsteher, oder vielmehr der Knabe! Er ist viel jünger als ich. Ich spüre, dass mein Gesicht einen verwunderten Ausdruck annimmt. Ich kenne dieses … Kind!

»Ich hab dich hier noch nie gesehen.« Seine Stimme klingt rotzig. Kindlich, aber das ist ja klar.

Er dreht sich abrupt um, und ich starre auf den Rücken seines schwarzen Anoraks. Der Anorak ist ihm viel zu groß und trägt die Aufschrift »TÜRSTEHER«. Ich weiß, dass er lügt und versucht, damit durchzukommen.

»Klar hast du mich hier schon gesehen«, sage ich laut in

sein Ohr und hoffe dabei, dass Gauti mich nicht hört. Wo habe ich diesen Knaben schon mal gesehen?

»Ach ja?«, sagt er und dreht sich wieder um.

Er ist größer als ich. Und trägt eine Zahnspange. Der Junge hat kaum Bartwuchs, geschweige denn sonst etwas Männliches. Schon blöd, in diesem Job eine Zahnspange zu tragen. Er bekommt bestimmt einige dumme Sprüche zu hören. Aber er hat eine große Klappe. Verschränkt die Arme vor der Brust. Was hat dieses babypopoweiche Kindergesicht auf dem Körper eines Türstehers zu suchen?

»Wie alt bist du?«, rutscht es mir heraus. Ich kann nichts dagegen tun, der Knabe kommt mir so bekannt vor. Mir ist inzwischen ziemlich kalt, und es ist immer noch windig.

»Warum sollte ich dir das sagen?«, erwidert er in einem kindlichen Trotzton.

»Nee, nee, schon gut. Vergiss es«, entgegne ich halb lachend und tue so, als wollte ich einen Rückzieher machen, rede aber trotzdem weiter. »Du willst wohl den ganzen Abend hier so verklemmt rumstehen. Gut, dass ich das jetzt weiß«, sage ich mit etwas tieferer Stimme, mehr zu mir selbst als zu ihm.

»Was hast du gesagt?«

Er weiß, dass er in einer besseren Position ist als ich, und er weiß auch, dass ich das weiß. Mit einem Türsteher legt man sich nicht an, das ist ungeschriebenes Gesetz.

»Nichts«, antworte ich mit meinem sanftesten Lächeln.

Er starrt mich einen Moment an und wendet sich dann von mir ab. »Lass die da nicht rein«, lese ich von seinen Lippen ab, als er sich zu seinem Kollegen beugt. Der Regen wird noch stärker und klatscht mir ins Gesicht. Mein Make-up ist bestimmt schon ganz verschmiert, und meine Hose ist nass. So ein Mist. Der Knabe mag mich nicht. Was schlecht ist, weil er hier eine Schlüsselrolle spielt. Am liebsten würde ich gehen, aber ich kann es nicht. Das ist ein Kampf, und meine Ehre steht auf dem Spiel.

»Sorry, aber ich hab gehört, was du gesagt hast.«

Blitzschnell dreht er sich wieder zu mir um. Gauti ist inzwischen aus der Schlange getreten, steht mitten auf der Straße und versucht, mir zu signalisieren, dass ich mitkommen soll. Mein Körper weigert sich. Es wäre zu demütigend, die Niederlage anzuerkennen.

»Ich habe mindestens zehn Leute rauskommen, aber niemanden aus der VIP-Schlange reingehen sehen«, mache ich weiter.

Diesen strengen Ton in meiner Stimme benutze ich höchst ungern, aber manchmal, wenn ich meinen Willen durchsetzen will, bin ich dazu gezwungen. So wie jetzt. Ich versuche, freundlich zu klingen, bin es aber natürlich nicht. Ich will nicht länger hier im Regen stehen.

»Warum stehst du eigentlich in der VIP-Schlange?«, blafft mich der Knabe an, und ich spüre, wie die gesamte Normalo-Schlange aufhorcht. »Erklär mir das mal bitte! Was macht dich hier zu einem VIP?« Er starrt mir ins Gesicht, und sein Türsteher-Kumpel stellt sich neben ihn. Der Kumpel grinst und hat sichtlich Spaß daran, sich in der weltweit einzigen Situation zu befinden, in der er mir überlegen ist.

»Weil ich hier Stammkundin bin«, antworte ich schnell. Ich weiß jetzt, dass ich verloren habe. Der andere Türsteher ergreift das Wort.

»Ja Schätzchen, aber dein Problem ist, dass wir dich nicht kennen!«

Der andere Türsteher ist schmierig. Er trägt den gleichen Anorak, hat schlechte Zähne und sieht überhaupt sehr ungepflegt aus. Bestimmt gerade erst aufgestanden. Ein Penner! Unerträglich, was für einen Spaß es ihnen macht, auf diesem abgegrenzten Gebiet ihre Macht zu demonstrieren.

»Da ist die Schlange!«, brüllt der Knabe und zeigt auf die andere Schlange vor dem Club.

Ich spüre die Blicke der Leute. Einige rufen vorwurfsvoll »unfair« und »Scheiß VIP-Pack«. O Gott, ist das peinlich. Gauti steht wieder neben mir und hat anscheinend alles mitgekriegt. Er zerrt an meinem Arm und will mich wegziehen. Ich drehe mich zu ihm.

»Gauti! Wir gehen jetzt nicht. Ich rede mit ihm.«

»Du machst dich total zum Affen«, flüstert er mir unwirsch ins Ohr. »Und das auch noch in nüchternem Zustand!«

»Moment mal! Wäre das etwa in Ordnung, wenn ich besoffen wäre?«, entgegne ich ironisch.

»Spinnst du? Es lachen schon alle über uns. Das ist gesellschaftlicher Selbstmord.« Er hat recht, aber das ist mir völlig egal. Ich kann einfach nicht ertragen, dass man mir den Eintritt zu diesem Laden verwehrt.

»Du machst dich lächerlich«, fügt er hinzu.

Er geht mir auf die Nerven. Steht einfach nur lasch und mit geröteten Augen da und sagt mir, ich würde mich lächerlich machen. Er mustert mich scharf, lässt dann plötzlich meine Jacke los, geht über die Straße und stellt sich vor die gelbe Wand.

»Hey!« Er antwortet mir nicht, steht nur da und glotzt mich an. »Was soll das?«

Ich muss ihn wieder auf meine Seite ziehen, darf ihm aber nicht hinterherlaufen, denn dann würde ich ihn merken lassen, dass ich klein beigebe, sobald er frech wird. Nein. Ich werde uns Eintritt verschaffen und ihn dann anrufen. Energisch drehe ich mich wieder zu dem Kind. Ganz schön schwierig, an zwei Fronten gleichzeitig zu kämpfen!

»Hör mal, Kumpel. Wir sind doch nur zu zweit.«

»Ich bin nicht dein Kumpel, du blöde Fotze, tu nicht so, als wären wir Freunde!«, entgegnet der Türsteher stinksauer. »Du nervst! Jetzt hau endlich ab, hier kennt dich niemand!«

Wenn mich nicht alles täuscht, habe ich seinen Speichel ins Gesicht bekommen. Oder es war ein weiterer Regenguss. Mir entgleitet das Gesicht. Was für ein Anschiss. Was für eine Demütigung. Wer ist dieser Knabe? Der Regen peitscht mir ins Gesicht, und Gauti steht auf einmal direkt vor mir.

»Lass uns gehen«, sagt er sehr ernst, und ich merke, dass er total angepisst ist.

Der Kampf ist verloren, dabei würde ich dem Knaben so gerne etwas entgegnen. Woher kenne ich ihn? Und warum fange ich auf einmal an zu weinen? Das ist absolut unerträglich. Mir ist furchtbar kalt, und die Leute vor dem Club lachen über mich. Man hat mich total lächerlich gemacht. An die paar Schritte von der Kaffibarinn zu einem kleinen Lokal an der Ecke Skólavörðustígur und Bankastræti kann ich mich kaum erinnern. Nur dass Gauti und ich auf dem Weg kein Wort miteinander gewechselt haben. Er hat seinen Kragen runtergeklappt und dann wieder aufgestellt und ist zwei Schritte vor mir gegangen. Als würde er sich für mich schämen. Als Erstes gehe ich aufs Klo. Natürlich ist mein Make-up total verschmiert und mein Pony klatschnass. Soll ich ihn zur Seite stecken? Nein, dann sehe ich aus wie mit sechs. Ich wische mir mit Klopapier die verschmierte Wimperntusche weg. Dieser blöde Pony! Ich lasse mir viel Zeit vor dem Spiegel, und als ich zurückkomme, steht Gauti an der Bar. Aha, noch ein paar Cocktails gefällig? Ich lasse mich auf einen Stuhl an einem kleinen Tisch fallen, und er bringt uns sofort zwei Tassen Kakao mit Sahne.

»Ich will keinen Alkohol mehr. Nicht nach dieser Geschichte«, sagt er mit Betonung auf dem letzten Wort.

»Puh, das war echt dämlich!«, sage ich ehrlich und trinke einen großen Schluck aus der Tasse. Tupfe mir theatralisch die Tränen aus den Augen.

»Ja, von dir!«, sagt er barsch.

»Was meinst du?«, entgegne ich erstaunt.

»Es ist nicht besonders schlau, sich mit einem Türsteher anzulegen, Tinna. Die sagen, wo's langgeht.« Er macht eine kurze Pause. »Kumpel, Kumpel«, äfft er mich nach. »Das ist doch bescheuert!«

Etwas in seiner Stimme macht mir klar, dass ich ihm nicht das letzte Wort überlassen kann.

»Hör zu, ich habe seit gut zehn Jahren mit Türstehern zu tun. Ich weiß, wie die ticken«, sage ich entschieden. »Abgesehen davon hat hier niemand um deine Anwesenheit gebeten.«

Ich höre, wie meine zickigen Worte über den Tisch zu ihm dringen und überlege, ob er jetzt aufsteht und rausgeht. Er tut es nicht.

»Wer war das eigentlich?«, fragt er nach einer kurzen Pause ganz ruhig.

»Ich weiß es nicht«, antworte ich leise, während mein Gehirn immer noch krampfhaft versucht, diesen Knaben irgendwie einzuordnen.

»Du weißt nicht, wer er ist? Der hat dich richtig beleidigt!«

»Das ist mir durchaus bewusst. Ich war schließlich dabei.«

»Ja, ich weiß, aber du hast ihn ja auch provoziert.«

»Na gut, wenn du weiter die Tatsachen verdrehen willst. Ich habe den Türsteher nicht provoziert. Er war von Anfang an unverschämt zu mir. So behandelt man keine Stammgäste!«

»Jetzt komm mal runter. Ich beschreibe lediglich, was ich gesehen habe.«

Am liebsten würde ich in Ruhe weiterheulen, und am zweitliebsten Mama anrufen. Blöd, dass sie nicht in Island ist. Wenn sie hier wäre, würde sie mir beistehen. Und sie weiß bestimmt, woher ich dieses Kindergesicht kenne. Plötzlich kommt mir eine Idee.

»Gauti, würdest du mir einen Gefallen tun?« Meine Stimme wird wieder lebhafter.

»Was denn?«

»Könntest du ein Foto von diesem Idioten machen?«, frage ich aufgeregt.

»Warum willst du ein Foto von ihm haben?«, entgegnet er erstaunt.

»Ich will kein Foto von ihm haben. Ich muss ihn Mama zeigen. Sie weiß garantiert, wer er ist.«

»Du spinnst doch. Ich gehe da nicht noch mal hin. Ich wurde vor ein paar Minuten öffentlich bloßgestellt.«

Das ist also keine Option. Aber ich brauche unbedingt ein Foto. Das ist meine einzige Hoffnung. Ich springe auf und stürme auf den Laugavegur. Taste in der Tasche nach meinem iPhone und schalte auf Fotofunktion. Als ich beim Restaurant Asía angelangt bin, spähe ich vorsichtig um die Ecke und hebe das Handy. Ich kriege ihn nicht ins Bild und muss warten, bis er sich umdreht. Außerdem bin ich gezwungen, aus dem Schatten des asiatischen Restaurants mit der gelben Wand zu treten, die die Gäste als Erstes sehen, wenn sie morgens total übernächtigt aus der Kaffibarinn stolpern. Ich komme mir vor wie in einem Actionfilm. Die Kamera ist meine Waffe, und ich werde sie benutzen. Komm schon, dreh dich um, du Idiot. Die Kamera ist richtig eingestellt, das Motiv herangezoomt. Warum muss man in einer solchen Situation immer aufs Klo? Endlich ist es so weit, er dreht sich um, ich trete ein Stück auf die Straße und drücke ab. Nur dumm, dass er mich bemerkt hat.

»Jungs, die VIP-Schlampe ist wieder da!«, ruft er aufgebracht.

Mehr will ich gar nicht hören und renne den Laugavegur hinunter. Kurz bevor ich die Tür aufreiße, überlege ich noch, ob Gauti wohl die Schnauze voll hat und gegangen ist, noch bevor es mit uns richtig angefangen hat. Aber er sitzt immer noch am selben Tisch. Gott sei Dank.

»Du bist echt total durchgeknallt.« Bin ich froh, den Hauch eines Grinsens auf seinem Gesicht zu sehen.

»Wieso?«, sage ich und schnappe nach Luft. Mein Puls sprengt sämtliche gesundheitlichen Richtwerte.

»Hast du wirklich den Türsteher fotografiert?«, fragt er und starrt mich an.

»Ja«, antworte ich, als gäbe es nichts Normaleres. Er schüttelt den Kopf und trinkt seinen Kakao aus.

Dann streckt er plötzlich den Arm über den Tisch und hält mir seine offene Hand hin. Er schaut mir fest in die Augen.

»Willst du mit mir nach Hause kommen?«, fragt er unumwunden. Damit habe ich nicht gerechnet.

»Wohin nach Hause?«, frage ich verblüfft.

»Zu mir nach Hause.«

Ich schaue in seine eisblauen Augen, die so unglaublich gut zu seinen dunklen Haaren und seinem Jeanshemd passen. Er wirkt wieder ganz nüchtern.

»Normalerweise gehe ich nicht mit Männern nach Hause, die mehr als zwei Gläser Alkohol getrunken haben. Das ist nicht mein Ding«, sage ich wahrheitsgemäß.

»Ach?«, fragt er erstaunt.

»Jepp.«

»Und wenn sie nach dem Alkohol noch zwei Tassen Kakao getrunken haben?«

»Das müsste ich von der jeweiligen Person abhängig machen«, entgegne ich grinsend.

Er geht zur Bar und bestellt noch zwei Tassen Kakao. Ich lehne mich auf meinem Stuhl zurück und betrachte das letzte Foto, das ich mit dem Handy geschossen habe. Ein Lächeln schleicht sich auf meine Lippen. Das Foto von dem grölenden Türsteher ist irgendwie witzig.

BRYNDÍS

EIN CLUB IN DER INNENSTADT. VIEL NACKTE HAUT.

Ich kann meine Verachtung für diesen Ort nicht in Worte fassen. Der Abschaum Islands ist hier versammelt. Männer mit weit aufgerissenen Raubtieraugen und in Hemden, die drei Knöpfe zu weit aufgeknöpft sind. Frauen in viel zu wenig Klamotten. Ist denen nicht kalt? Ich habe noch nie so viele nackte Beine und Brüste gesehen, außer im Schwimmbad. Alles natürlich perfekt enthaart. Dabei haben wir bald November! Das ist doch abartig. Es handelt sich um Reginas Lieblingslokal, mit dem ich mich abfinden muss, weil ich heute Abend ihre Begleitung bin. Das einzig Positive an diesem widerlichen Laden ist, dass er mein Selbstbewusstsein stärkt. Ich bin eindeutig etwas Besseres als diese Leute, die sich hier zusammenrotten, als bereiteten sie sich auf eine Gruppensexszene in einem Amateurfilm vor. Man muss sich nur diesen Kopulationstanz auf der Tanzfläche anschauen. Ich bin davon überzeugt, dass die Leute kein Wort miteinander wechseln, bevor sie miteinander ins Bett gehen. Eigentlich müsste ein Psychologe mal eine Doktorarbeit über das Verhalten der Gäste in diesem Proletenladen schreiben.

»Was möchtest du haben?« Regina hat sich mit brutalen Ellbogenstößen zur Theke durchgekämpft.

Und was soll eigentlich diese lebensgefährliche Treppe? Ich will gar nicht wissen, wie viele Leute sich darauf schon das Genick gebrochen haben. Ich glaube, ich kenne hier genau zwei Leute, während meine Begleiterin alle kennt! Haufenweise Banker. Hier feiern also die Leute, die Island in die Pleite getrieben haben. Durchmischt mit blutjungen Mädels und Typen. Wenn man sich noch nicht mit dem Bankencrash abgefunden hat, müsste man die Bude nur an einem dieser Partyabende in Brand setzen, dann wäre man das ganze Pack endgültig los.

»Nur ein Bier.«

Ich höre, wie Regina zwei Bier und zwei Schnäpse bestellt. Unmöglich, dann muss sie eben die beiden Lakritzschnäpse trinken, die sie gerade bezahlt hat. Ich kann mit dieser Schnapssauferei nichts anfangen. Davon bekommt man einen schrecklichen Kater.

Wir gehen zurück zu dem Tisch, an dem wir unsere Jacken abgelegt haben. Dabei halten wir die Getränke über unsere Köpfe, um sie vor den verschwitzten, nackten Gliedmaßen zu schützen, die zu dem fetten Technobeat wippen. Wir sind allerdings nicht die Einzigen am Tisch und quetschen uns neben ein paar Typen, die so aussehen, als hätten sie ein gutes Führungszeugnis. Aber Vorsicht! Sie sehen vielleicht nur so aus. Ich traue niemandem. Nachdem wir uns gesetzt haben, schaut Regina auf ihr Handy. So langsam kriege ich Mitleid mit ihr. Auch wenn ich sie dafür zur Schnecke gemacht habe, dass sie sich mit diesem dämlichen Typen treffen will, darf er sie noch lange nicht verletzen und einfach nicht antworten. Schließlich sind wir nicht mehr fünfzehn! Regina wirkt schon ganz verzweifelt. Ich sinniere darüber, wie Gott es zulassen kann, dass eine Frau wie Regina sich von einem Mann wie Marinó Hermann dermaßen runterziehen lässt. Definitiv ein weiteres Forschungsthema für Psychologen.

»Er hat geantwortet«, murmelt Regina mir missmutig über den Tisch zu.

»Was schreibt er?«, frage ich neugierig.

»*Party mit den Jungs.*«

»Moment mal, wart ihr nicht für heute Abend verabredet?«

Ich überlege, ob er das womöglich vergessen hat. Oder einfach kein Interesse hat. Was überhaupt nicht zu seiner SMS vom letzten Wochenende passt. Hat der Mann zu allem Überfluss auch noch eine gespaltene Persönlichkeit?

»Eigentlich schon.«

Ich möchte Regina, die auf einmal so aussieht, als würde sie zusammenklappen, am liebsten das Telefon aus der Hand reißen. Ich ziehe sie zu mir.

»Regina, du brauchst jetzt eine gute Taktik. Antworte ihm bloß nicht. Anscheinend hat er vergessen, dass ihr euch treffen wolltet, was allerdings gut zu ihm passt. Wir wissen ja, dass er kein Einstein ist.«

»Ich antworte ihm auf keinen Fall. No way«, sagt Regina ohne den Hauch eines Lächelns.

Sie wirkt entschlossen, aber ich weiß, dass sie ihn sofort anrufen wird, sobald sie meinen wachsamen Augen entkommen ist. Dafür spricht ihr Alkoholpegel, und ich kenne meine Freundin.

»Wer weiß, ob er mit seinen Freunden in Selfoss oder hier in der Stadt feiert.«

»Das spielt keine Rolle«, sage ich, als hätte ich alles im Griff. Was nicht der Fall ist. Ich möchte nur, dass es so aussieht.

»Nein, stimmt.« Regina trinkt einen großen Schluck Bier und schaut sich um.

»Sei froh, dass ich hier mit dir sitze und nicht dieser Idiot.«

Regina trinkt den ersten Schnaps und dann den zweiten. Ich stoße mit ihr an.

»Wart mal, da kommt noch eine SMS«, sagt sie, und ihr Gesicht hellt sich auf. Im Gegenteil zu meinem.

»Von Marinó Hermann? Der spinnt doch«, sage ich

schnell. Der Mann bekommt von mir keine zweite Chance. Es sei denn, er bessert sich.

»Nee, von Inga«, antwortet Regina enttäuscht.

»Inga?«, brülle ich und kann meine Verwunderung nicht verbergen. »Ist die etwa noch wach?«

Regina lacht laut auf und ist genauso erstaunt wie ich, dass sie zu dieser Uhrzeit eine SMS von Inga bekommt. Ich überlege, wie lange es her ist, seit sie uns von sich aus an einem Freitagabend kontaktiert hat. Ich weiß es nicht mehr. Trotz allem werden wir immer beste Freundinnen sein. Wir drei und Tinna. Ob wir nun jeden Tag Kontakt haben oder nicht. Manche Beziehungen halten eben ein Leben lang. Regina hält mir über den Tisch ihr Handy hin, sodass ich die SMS lesen kann. *Wo seid ihr? War gerade bei Schwiegermutter. Brauche was Starkes …*

»Wahnsinn!« Ich bin richtig erschrocken.

Ich glaube, ich habe Inga zuletzt vor einem Jahr beim Sommerfest von Tinnas Mutter etwas trinken sehen. Das war eine coole Party. Die erfolgreichsten Frauen des Landes, alles Freundinnen der Ministerialdirektorin, waren angeheitert und richtig gut drauf.

»Soll ich ihr sagen, dass sie herkommen soll?«, ruft Regina mir zu.

»Ja, klar! Soll ich Tinna auch ansimsen?«

»Ja! Frag sie mal, ob das Date mit ihrem Zukünftigen zu Ende ist«, sagt Regina konzentriert. »War das nicht heute Abend?«

»Ich glaube schon«, antworte ich und warte einen Moment. »Bitte schreib ihm nicht, Regina.«

»Nee, tue ich nicht.«

»Versprochen?«, frage ich, geradezu paranoid.

»Ja! Ich antworte Inga!«

Als Regina fertig ist, gibt sie mir ihr Handy mit einem Blick, den ich nur so interpretieren kann, dass sie es sich selbst nicht zutraut, gleichzeitig zu trinken und ein Handy zu bedienen. Wir unterhalten uns, und ich umschiffe die Themen Marinó Hermann, Selfoss, isländische Medien und Blogger, damit sie nicht weiter daran denkt, was für ein Idiot der Mann ist, der sich heute Abend mit ihr treffen wollte und sie versetzt hat.

»Nicht umdrehen.« Ich habe die zwei Leute vor Regina gesehen, die natürlich genau das macht, was sie nicht machen soll.

Sie dreht sich sofort wieder zu mir und flüstert mir etwas zu, das ich zwar verstehe, aber ignoriere. Ich fange wie wild an zu winken, und Tinna wird auf mich aufmerksam. Es ist nicht zu übersehen, dass neben ihr der gutaussehende zukünftige Ehemann steht: Gauti. Sie hat nicht übertrieben, als sie uns erzählt hat, wie attraktiv der Mann ist.

»Wir wären fast an euch vorbeigelaufen!«

Tinna gibt uns beiden zur Begrüßung Küsschen, und ich versuche es zu vermeiden, in Reginas verzerrtes Gesicht zu schauen. Gauti reicht uns die Hand und stellt sich vor, woraufhin Regina errötet.

»Ist hier noch Platz?«

Tinna, die wie immer perfekt aussieht, quetscht sich neben mich aufs Sofa, bevor ich antworten kann. Ihr Pony ist ungewöhnlich lockig. Bestimmt ein neuer Trend, der an mir vorbeigegangen ist. Wenn mich nicht alles täuscht, hat sie auf dem Weg zu uns tatsächlich zwölf Leute gegrüßt. Sie kennt jeden! Gauti schnappt sich einen Stuhl vom Nachbartisch und setzt sich neben Regina. Was wahrscheinlich nicht besonders klug ist. Wenn Regina in dieser Stimmung ist, könnte ihr etwas herausrutschen, das die Runde sprengt.

»Wir bleiben nicht lange. Wir sind auf dem Nachhauseweg«, erzählt Tinna kurz angebunden.

»Wie war das Essen?«, frage ich.

»Die hatten die beste Piña Colada, die ich je getrunken habe!«, sagt Gauti im Brustton der Überzeugung.

»Du hast Piña Colada getrunken?«, fragt Regina pikiert. Ich ziehe in Erwägung, ihr unter dem Tisch gegen das Schienbein zu treten, habe aber Angst, stattdessen den Cocktailmann zu treffen.

»Ja, warum?«, entgegnet er prompt.

»Ach, nur so«, stammelt Regina, die feuerrot angelaufen ist und ein Kichern unterdrückt. Ich kenne meine Freundin und weiß, dass sie es köstlich findet, dass der Produktdesigner aus dem Designmuseum heute Abend einen Cocktail getrunken hat.

»Ich hole mir ein Glas Wasser. Soll ich dir einen rosa Cocktail mitbringen?«, fragt Gauti Regina scherzhaft, und wir lachen alle höflich.

Sobald Gauti den Tisch verlassen hat, bildet Regina mit den Lippen das Wort »schwul«. Lautlos. Zum Glück ist Tinna mit ihrem Handy beschäftigt und sieht es nicht. Ich mache eine Halsabschneide-Geste und werfe ihr einen vernichtenden Blick zu. Plötzlich dreht Tinna sich zu uns.

»Mädels, ihr glaubt nicht, was mir eben passiert ist!«, sagt sie, natürlich mit einer gewissen Dramatik, wie immer, wenn sie emotional berührt ist.

»Erzähl!«, kiekst Regina.

»Man hat mich aus der VIP-Schlange vor der Kaffibarinn geschmissen. Ich musste heulen. Sehe ich nicht schrecklich aus?«, fragt sie beschämt. Wir schütteln beide den Kopf. Wir haben noch nie erlebt, dass Tinna schrecklich aussah.

»Na und? Willst du das jetzt der Polizei melden?«, entgegne ich lachend und zeige auf das Handy, das an ihr festgeklebt zu sein scheint. Im Stillen denke ich, dass es für unsere perfekte Freundin ganz gut ist, auch mal eine Abfuhr zu bekommen.

»Nee, aber ich hab den Kerl fotografiert. Schicke das Bild gerade an Mama. Die ist nur dummerweise in Kairo, keine Ahnung, wie spät es da ist. Ich kenne diesen Türsteher. Oder habe ihn schon mal gesehen. Mama weiß bestimmt, wer er ist«, sprudelt es aus ihr heraus.

Ich sehe ihr an, dass ihr die Sache ganz schön zugesetzt hat, obwohl ich sie selber nicht weiter bemerkenswert finde. Ich verstehe das Problem nicht und habe mich noch nie in einer dieser dämlichen VIP-Schlangen angestellt. Höchstens mal mit Tinna. Aber ich bin ja auch nichts Besonderes.

»Wie läuft's mit dem Cocktailtrinker?«, fragt Regina und nickt in Richtung Bar.

»Findet ihr ihn nicht süß?« Tinna ist nach dem Abend mit dem Model offenbar immer noch angetan.

»Er sieht wirklich gut aus«, gestehe ich bereitwillig.

»Ja, sehr attraktiv.«

Als Gauti mit Wassergläsern für sich und Tinna zurückkommt, rutscht Regina auf ihrem Stuhl hin und her. Was hat sie vor? Ich fühle mich nicht wohl in meiner Haut und fixiere Regina, die ihre Augen wie ein Raubtier auf das Opfer des Abends gerichtet hat.

»Äh, ich ... oder wir haben uns gerade gefragt ... Wisst ihr noch, wann im August der Gay Pride war? Also an welchem Tag?«, fragt Regina und wendet sich dabei an Gauti.

Selbstverständlich haben wir uns nicht darüber unterhalten, aber sie will den Mann anscheinend provozieren. Oder es zumindest versuchen.

»War der nicht am 16. August?«, entgegnet Gauti fragend.

Die Antwort kommt viel zu schnell. »Glaube ich jedenfalls«, fügt er hinzu. »Warum wollt ihr das wissen?«

Ich greife in das Gespräch ein und sage, Regina und ich hätten versucht, uns daran zu erinnern, wann wir im August nach Stokkseyri gefahren seien.

»Das war nämlich am Gay-Pride-Wochenende«, erkläre ich möglichst überzeugend.

»Wie kamt ihr denn darauf?«, fragt Tinna verständnislos.

»Tja, Bryndís, wie kamen wir noch mal darauf?«

Es gibt einen sehr guten Grund, warum Regina nicht auf die Schauspielschule gegangen ist, sondern sich mit Excel-Tabellen und Zahlen beschäftigt. Sie ist eine grauenhafte Schauspielerin. Alle starren mich an.

»Äh, wir haben ...« Ich schüttele den Kopf und komme nicht weiter.

Der Typ neben mir rettet die Situation. Er tippt mir auf die Schulter und fragt, ob ich noch ein Bier möchte. Rettung in letzter Sekunde.

»Ja, ich komme mit zur Theke.«

Eine gute Gelegenheit, Gauti vor Regina und ihren Sticheleien zu bewahren.

»Traust du mir etwa nicht zu, zwei Bier zu holen«, entgegnet der Typ neben mir grinsend.

»Nein«, antworte ich lächelnd. »Dafür habe ich zu viele schlimme Erfahrungsberichte über Rohypnol-Vergewaltigungen gelesen.«

Er lächelt zurück. Wir stehen im selben Moment auf. Er ist etwas größer als ich, und sein muskulöser Oberarm zeichnet sich unter seinem Pullover ab. Unser Gespräch auf dem Weg zur Theke beschränkt sich auf ein Minimum, da ohrenbetäubender Teenie-Pop durch das Lokal dröhnt. Als ich zurückkomme, sind Tinna und Gauti weg, und Regina hat einen irren Lachanfall. Ich reiche ihr ein neues Bier und erkläre ihr, dass der Typ, dem wir einen Teil des Tisches abgeluchst haben, uns einen ausgibt.

»Danke, Bryndís, ich kann nicht mehr! Der Mann ist so was von schwul. Die beiden lassen dich übrigens grüßen. Als du an der Theke warst, fing er an, über *GQ* zu sprechen. Über die neuen Herbstfarben für Männer und die dringende Notwendigkeit, immer Gürtel und Schuhe in derselben Farbe zu tragen.« Regina kann vor Lachen kaum reden.

»Echt?« Ich muss zugeben, dass das ziemlich lustig ist. Trotzdem gehe ich bei diesem Thema natürlich auf Kontra. »Aber das muss nichts bedeuten. Vielleicht ist er auch einfach nur im Sternzeichen der Jungfrau geboren.« Regina prustet wieder los. »Jungfrauen sind nämlich Perfektionisten«, sage ich tiefgründig, da ich früher mal Hobby-Astrologin war.

»Hey du, sorry! Danke für das Bier!«, brüllt Regina, langt mit der Hand über den Tisch und haut dem Typen neben mir auf die Schulter. »Darf ich dich was fragen?«

Der Typ scheint sich über die Kontaktaufnahme zu freuen. Offenbar hat er schon länger darauf gewartet, dass die Mädels, die ihm den Tisch geklaut haben, ihn ansprechen.

»Klar doch!«

»Du bist doch ein Mann …« Regina nuschelt schon ein bisschen.

»Ja?«

»Trinkst du andauernd Piña Colada?«

»Was ist das?«

Regina prustet das Bier über den Tisch und brüllt: »Siehst du, Bryndís! Er ist eine Schwuppe! Ich hab's dir doch gesagt. Ist Tinna eigentlich blind?« Ihr kreischendes Gelächter geht bei der lauten Musik völlig unter.

»Wieso? Ist das ein Schwuppen-Getränk?«, fragt unser neuer Freund grinsend. Er ist eindeutig jünger als wir.

»Äh ... ja! Das ist so ein ekelhafter Zuckercocktail, den der Kerl, der unsere Freundin zum Essen eingeladen hat, ständig trinkt.« Regina lacht immer noch.

»Aha, und du glaubst, er ist schwul?« Er gibt sich ziemliche Mühe, das Gespräch in Gang zu halten.

»Nein, nein«, antwortet Regina lässig. »Ich weiß es!«

Ihre Antwort trieft vor Selbstgerechtigkeit. Was bei Regina ein Ausdruck ihrer Arroganz ist. Im Grunde genommen geht sie das gar nichts an, und sie sollte sich nicht mit wildfremden Leuten darüber unterhalten, ob Gauti möglicherweise schwul ist. Dennoch muss ich gestehen, dass ich ihre Theorie nicht so abwegig finde. Regina wird immer derber und scheint Marinó Hermann völlig vergessen zu haben. Was positiv ist. Der Typ, der uns das Bier ausgegeben hat, ist gar nicht so übel.

»Wenn du es genau wissen willst, musst du ihn nur fragen, ob er Fußball guckt. Wenn er Fußball todlangweilig findet, ist das ein deutlicher Hinweis. Aber es gibt natürlich noch weitere Hinweise, wie zum Beispiel dieser Daiquiri-Cocktail, den er immer säuft«, sagt der Typ neben uns.

»Piña Colada«, werfe ich lachend ein.

»Findest du denn, dass er schwul aussieht?«, fragt Regina unseren Nachbarn.

»Ihr meint doch den Kerl, der mit eurer Freundin zusammen gekommen und vor einer Viertelstunde wieder gegangen ist, oder?« Wir nicken. »Nee, nicht direkt.« Er überlegt. »Aber heutzutage ist es auch echt schwer, homosexuelle von heterosexuellen Männern zu unterscheiden.«

»Stimmt«, sage ich anerkennend.

»Schaut euch doch nur mal um. Die sind doch alle stockschwul und graben trotzdem auf der Tanzfläche halbnackte Mädels an.«

Etwas an dem, was er sagt, gefällt mir. Zumindest teilt er meine Meinung über die Leute in diesem Laden. Ich wäre durchaus bereit, es darauf ankommen zu lassen. Er wirkt nicht wie ein völliger Idiot. Und wir reden ja noch nicht vom Heiraten. Jedenfalls nicht heute Abend.

»Ich hab deinen Namen eben nicht richtig verstanden«, sage ich, und er lacht. Finde ich ihn süß oder nicht? Ich gebe ihm eine Chance.

»Gunnar Gíslason. Und du?«

»Bryndís Helgadóttir.« Er reicht mir die Hand. Scheint ein netter Typ zu sein.

»Und was machst du so, Bryndís?«, fragt er interessiert.

»Bryndís ist Spezialistin für internationale Politik im Außenministerium.«

»Wow!«, sagt er schnell.

Ich lache. Hoffentlich ist er nicht der Typ, der von klugen Frauen mit klaren Meinungen überfordert ist. Ich weiß nämlich aus persönlicher Erfahrung, dass es die in Island noch gibt. Oder zumindest letztes Jahr noch gab. Aber an dieses Arschloch will ich jetzt gar nicht denken.

»Und du, Gunnar?«

Er merkt bestimmt, dass ich abchecke, ob er was für mich sein könnte. Wenn es mir nur nicht so schwerfallen würde, mit Männern zu flirten. Ich bin keinen Deut besser als Regina. Ich traue mich nicht, ihnen in die Augen zu schauen, und habe diese typisch weibliche Flirtmasche einfach nicht drauf. Bis jetzt haben die Typen immer mich angebaggert. Wobei ich feststellen musste, dass das nicht unbedingt das Schlauste ist. Die Idioten scheinen mich nämlich zu wittern. Männer, die in einer ganz anderen Liga spielen als ich, sind die Einzigen, die sich trauen, mich anzusprechen. Über ernste Themen reden? Fehlanzeige! Dabei habe ich inzwischen den Anspruch, dass man sich zumindest mit ihnen unterhalten können muss.

»Ich studiere nur Ingenieurwissenschaften.«

»Von wegen ›nur‹! Bist du schon weit?«

»Im letzten Semester«, antwortet er nicht ohne Stolz.

»Okay«, sage ich nachdenklich. »Welcher Jahrgang bist du denn?«

»92.« Verdammt. Er ist viel zu jung.

»Und du?«

»89. Regina, die gerade wieder mal zur Theke gegangen ist, auch.« Er lächelt. Doch, er ist süß.

»Tja, man muss den Pegel halten«, antwortet Gunnar und zwinkert mir zu. Ist er vielleicht an mir interessiert? Oder interpretiere ich da zu viel hinein?

Nachdem Regina polternd zurückgekommen ist, gehe ich aufs Klo. Das kurze Gespräch mit Gunnar hat mich schon ins Schwitzen gebracht. Ich überlege, wann ich das letzte Mal mit einem Mann geschlafen habe, der nicht vom isländischen Loser-Gen geprägt war. Die Visagen der Loser aus meiner Vergangenheit tauchen vor mir auf. Ich verbanne ihre Gesichter aus meinem Gehirn und stelle mir Gunnar vor. Er ist süß. Jung, nicht unintelligent, könnte also was werden. Ich treffe die Entscheidung auf der Toilette. Als ich meinen Gürtel zuschnalle, achte ich darauf, dass alle eventuell vorhandenen Röllchen an der richtigen Stelle sitzen, und checke mein Aussehen, so gut es geht, im Spiegel. Träufle Tropfen in meine Augen, um die Kontaktlinsen zu befeuchten, und gehe wieder raus.

»Hiiiiii!«, kreischt jemand neben mir.

Eine alte Schulkameradin vom Gymnasium in einem Blümchenkleid mit tiefem Ausschnitt. Mit der hatte ich nie viel zu tun.

»Hi.«

Sie umarmt mich und schüttet mir dabei den halben Inhalt ihres Glases über die Klamotten. Dabei sind wir keineswegs im Umarmungsmodus.

»Wie geht's dir, Bryndís?« Sie zeigt auf mich und mustert mich von oben bis unten.

»Ganz gut.«

»Keinen Freund?«

»Nö.«

Unglaublich, dass diese Frage immer zuerst kommt, wenn die Leute nicht wissen, was sie sagen sollen. Als würde ich mich darüber definieren, ob ich einen Freund habe oder nicht. Das geht mir tierisch auf die Nerven.

»Und du?«, frage ich und versuche, entspannt zu bleiben. Ich habe überhaupt keine Lust auf dieses Gespräch.

»Suuuuper gut. Ich bin immer noch mit Villi zusammen.«

Ach ja. Das war doch der Schwachkopf, der immer ganz vorne saß, denke ich und nicke lächelnd. Sie wippt mit dem Kopf und ist offensichtlich in Hochstimmung.

»Wir sind verlobt!«, brüllt sie mir ins Ohr.

»Wie schön.«

Sie hält mir ihre Hand vors Gesicht, und ich sehe – allerdings nur schemenhaft –, dass sie einen sehr schicken Ring trägt, vermutlich einen Verlobungsring von ihrem Villi. Ich versuche, ernsthaft interessiert zu wirken. Was ich natürlich nicht bin. Ich kann weder diese Tussi noch ihren Villi ab.

»Heute Abend ist nämlich Ärzteparty, der ganze Jahrgang ist hier, echt suuuuper! Wir feiern schon seit fünf Uhr!«

»Aha, toll.« Ich mache Anstalten zu gehen, aber sie will mich noch nicht entlassen.

»Sind deine Freundinnen auch hier?«, fragt sie neugierig.

»Ja, Inga ist unterwegs. Außerdem ist Regina noch dabei.« Ihr Gesicht versteinert.

»Die war doch auf dem Handelsgymnasium, oder?«, fragt sie schroff.

»Ja.«

»Und hat Héðinn angegraben«, sagt sie, als verkünde sie eine wichtige Tatsache.

»Stimmt.«

Ich muss lachen, als ich daran zurückdenke, wie Regina damals eine Party aufgemischt hat, auf der ich mit Inga während unseres ersten Oberstufenjahres auf dem Gymnasium Reykjavík war. Das war in Reginas wilden Jahren, da hat sie sich immer total aufgebrezelt und unter anderem mit diesem Héðinn geknutscht, der in unserer Stufe war.

»Ich weiß noch, wie verletzt ich war, dass er lieber eine vom Handelsgymnasium wollte als mich«, sagt meine ehemalige Schulkameradin theatralisch.

Ich platze innerlich vor Lachen und erinnere mich an Reginas Hotpants von *Diesel* aus dieser Zeit, die ihr nur bis knapp über den Po gingen. Dazu trug sie immer weiße Kunstlederstiefel mit einem Absatz in Form eines circa fünf Zentimeter langen Nagels.

»Tja, damals hatten wir alle nichts Sinnvolles im Kopf.«

»Nee, aber trotzdem. Immerhin ist das einer der Gründe dafür, dass ich mit Villi zusammengekommen bin – ich will mich also nicht beschweren«, sagt sie und lächelt verzückt. Die spinnt doch. Wie kann eine sturzbetrunkene Schülerin vom Handelsgymnasium dafür verantwortlich sein, bei welchem Typen man endet?

»Und du, studierst du nicht Literaturwissenschaft?«

»Ja, das habe ich abgeschlossen und dann noch Internationale Politik draufgesetzt.«

»Wow!« Anscheinend ist sie durchaus bereit, mir wegen meines Mastertitels in den Arsch zu kriechen. »Bryndís, wir müssen uns unbedingt mal treffen!«

Ich höre, wie ich ihr im Geiste antworte: Nein, das ist keine gute Idee. Ich sage es mütterlich, aber auch ernst, sodass sie mit allen Nerven ihres Körpers spürt, dass es nicht angebracht ist, uns öfter zu treffen. Es hat einen guten Grund, dass ich sie seit dem Abitur nur ungefähr zweimal gesehen habe. Das ist einfach nur albernes Partygelaber. Wir müssen uns unbedingt mal treffen! Blablabla! Man umgibt sich im Leben nur mit Menschen, mit denen man sich umgeben möchte. Wenn einen jemand anfleht, ihn zu treffen, sollte man auf gar keinen Fall darauf eingehen. Das alles geht mir blitzschnell durch den Kopf, und ich höre mich »nein« brüllen, aber dann kommt etwas ganz anderes aus meinem Mund. Wie ist das möglich?

»Ja, klar, gerne.«

Ich hasse mich dafür. Was ist los? Warum habe ich das gesagt? Warum stehe ich immer noch hier?

»Überleg dir doch einfach einen Termin und schick mir eine Nachricht auf Facebook.« Sind wir etwa Facebook-Freunde? »War jedenfalls suuuuuper nett, dich zu treffen!« Sie umarmt mich noch einmal. Schüttet mir dabei wieder etwas aus ihrem Glas über die Klamotten. Verdammt! Bevor ich weiß, wie mir geschieht, ist sie weg.

Ich stapfe die Todestreppe wieder hinauf, und die intensiven Körpergerüche der Menschenmenge kommen mit jeder Stufe näher. Die Musik wird lauter, und ich setze mich wieder auf meinen Platz. Neben Gunnar. Ich will jetzt nicht darüber nachdenken, was gerade passiert ist, und trinke einen großen Schluck. Immerhin ist es positiv, dass Gunnar noch da ist. Ob er mich nett findet? Ich beschließe, ihn nicht wieder anzusprechen, sondern zu warten, ob er mich anspricht.

»Bryndís, wo ist mein Handy?«, nuschelt Regina.

»Bist du dir sicher, dass du es haben willst?«, sage ich mit strenger Stimme.

»Ja.«

Zögernd lege ich das Gerät auf den Tisch.

»Warum hast du mir nicht gesagt, dass er angerufen hat?«, fragt Regina, die am Display klebt.

»Ich hab's nicht gehört«, antworte ich wahrheitsgemäß.

»Tatarata!« Glücklich verkündet Regina, dass Marinó Hermann zwölfmal angerufen hat.

In meinem Kopf läuten die Warnglocken, als ich sehe, dass sie mit ihm simst.

»Wer ist denn Marinó Hermann?«, mischt sich Gunnar in unser Gespräch ein, was eindeutig ein Zeichen dafür ist, dass er mich nett findet.

»Kennst du das Internet?«, entgegne ich lachend.

»Ist das nicht dieser seltsame Radio-Typ, der auch bloggt?«

Gunnar ist offensichtlich kein Fan von Marinó – Pluspunkt für ihn. Dennoch wundere ich mich wieder einmal darüber, wie bekannt der Mann aus Selfoss mit Hilfe der Neuen Medien im ganzen Land geworden ist. Diesen Typen kennt wirklich jeder!

»Jepp«, entgegne ich grinsend.

»Und der ist auf dem Weg hierher? Ich glaube, von dem hab ich schon mal was gelesen«, sagt Gunnar und lächelt verlegen. Doch, er ist definitiv süß.

»Anscheinend. Dann hast du gleich die Gelegenheit, ihn ausführlich zu seinen Ansichten zu befragen«, erwidere ich ironisch.

»Es gibt aber jemanden am Tisch, den ich lieber befragen würde«, sagt er ruhig und rückt etwas an mich heran.

Bumm! Ich spüre die Wärme seines Körpers, werde rot

und empfinde etwas, das ich lange nicht mehr empfunden habe. Dieser Mann macht mich ziemlich an. Er ist nicht aufdringlich und nicht zu betrunken, sondern ganz entspannt. Kräftig gebaut, mit Händen, die mich mit Leichtigkeit hochheben könnten. Und er ist nicht gegangen, als ich erzählt habe, dass ich im Außenministerium arbeite. Jetzt gilt es, Ruhe zu bewahren. Ich darf nicht zu schnell sein und mir nicht zu viele Hoffnungen machen. Eigentlich weiß ich gar nicht, wer er ist, wer seine Freunde sind oder ob er wirklich derjenige ist, der er behauptet zu sein. Ich muss mehr Informationen über den Mann bekommen.

»Er ist unterwegs!«, schreit Regina über den Tisch und blinzelt mir zu, zufrieden mit dem Fisch, der schon fast in ihrem Netz zappelt. Im selben Moment stellt ein fremder Mann ein Tablett voller Schnapsgläser auf unseren Tisch. Regina nimmt sich eins und dann noch eins und trinkt sie leer. Anschließend lässt sie die Gläser unauffällig auf den Boden fallen. Sie will wohl genug getankt haben, wenn der Selfoss-Blogger auf der Bildfläche erscheint, um alles im Griff zu haben, was natürlich absurd ist. Ich starre sie irritiert an und ziehe sie zu mir.

»Was machst du denn da? Die sind nicht für uns!«

»Wieso? Meinst du, man darf sich nicht eins nehmen? Cool down, Bryndís Helgadóttir«, sagt sie mit amerikanischem Akzent, wippt tanzend auf ihrem Stuhl und boxt in die Luft. Regina ist einfach nur bekloppt.

Als der fremde Mann mit dem Schnapstablett beginnt, den Leuten am Nachbartisch die Gläser anzureichen, stellt er natürlich fest, dass zwei fehlen. Als Regina es mitkriegt, steht sie blitzschnell auf und geht Richtung Toilette. Ein paar Leute aus der Gruppe zeigen suchend auf unseren Tisch und versuchen, sich den Gläserschwund zu erklären. Ich zucke mit den

Achseln und sage, ich hätte die Gläser nicht genommen. Der Kerl mit dem Tablett dreht sich zu mir.

»Du warst es. Du kannst mich nicht verarschen!«

Der Kerl ist leicht verschwitzt, vermutlich ein Banker, der die mittlere Führungsebene anpeilt. Unter seinem weißen Hemd zeichnet sich ein Goldkettchen ab. Dreitagebart. Sonnenbankgebräunt. Fehlt nur noch ein Tribal-Tattoo, das sich an seinem Hals nach oben zieht. Ich bin erledigt. Bitte keine Blumen und Kränze.

»Ich habe keine Ahnung, wovon du redest.«

Ich weiß gar nicht, woher ich den Mut nehme, mich mit dem Mann anzulegen. Ohne Alkohol im Blut hätte ich alles getan, was in meiner Macht steht, um die Wogen zu glätten, und zwei neue Schnäpse gekauft. Vielleicht will ich vor dem Ingenieur angeben.

»Auf dem Tablett fehlen zwei Gläser. Meinst du etwa, die habe ich auf dem Weg verloren?«

Er ist stinksauer. Und betrunken. Ich würde meinen Arsch darauf verwetten, dass seine Clique aus dem Finanzbereich stammt und direkt von der Arbeit kommt. Ihre Klamotten verraten sie. Alle in Schwarz, Grau und Weiß. Sie waren bestimmt bei einer Happy Hour oder in einem Burger-Laden. Jedenfalls sehen sie so aus, als hätten sie a) lange gearbeitet und b) lange getrunken.

»Keine Ahnung, ist doch nicht mein Problem.«

Ich drehe mich gerade wieder zu Gunnar, als der Typ mich an der Schulter packt.

»Hör mal, natürlich ist das dein Problem! Die anderen sagen, du hättest die getrunken«, lallt er.

Hastig stehe ich auf und bin jetzt mit ihm auf Augenhöhe.

»Ich habe die Schnäpse nicht getrunken. Das ist nicht mein Problem«, sage ich langsam und in einem Ton, der den Kerl veranlasst, sich mit den Frauen zu beraten, die neben ihm sitzen. Da kommt Regina lachend zurück.

»Hör zu, du kannst direkt zur Bar gehen und zwei neue Schnäpse kaufen«, zische ich sie an.

»Ich??«, sagt sie, als hätte sie noch nie im Leben etwas so Abwegiges gehört.

»Ja! Die sind sauer, und du hast sie ihnen weggesoffen«, schimpfe ich mit ihr wie mit einem kleinen Kind.

»Hey, Moment mal! Ist jetzt die Bryndís mit dem Mutterkomplex am Start?«

In diesem Moment bin ich sehr froh, dass Gunnar uns jetzt nicht hören kann.

»Ach, Regina«, sage ich nur und beschließe, mich etwas zurückzunehmen. Ich will nicht noch mehr Zündstoff liefern.

Der Schnapstablett-Typ dreht sich wieder zu uns, und ich zeige mit dem Daumen auf meine liebe Freundin, die von mir aus gerne die Verantwortung dafür übernehmen darf, dass sie ihrem fremden Kollegen zwei Schnäpse geklaut hat. Abgesehen davon hatte sie die überhaupt nicht nötig. Ich habe sie schon vorher zwei trinken sehen und zweifle keine Sekunde daran, dass eine Magenspiegelung noch mehr davon ans Licht bringen würde. Ich lasse mich wieder aufs Sofa fallen, absichtlich etwas näher an Gunnar, der nicht abgeneigt zu sein scheint.

»Hat sich die Sache geklärt?«, fragt er ruhig.

»Findest du, dass es so aussieht?« Wir prusten beide los, weil Regina und der Schnapstablett-Typ sich zum dröhnenden Beat eines Rihanna-Songs laut anschreien.

»Ihr seid göttlich!«, flüstert er mir zu.

Sein Tonfall klingt bewundernd, und seine Stimme beschert mir eine Gänsehaut am ganzen Körper. Wir sitzen dicht nebeneinander. Ein Teil von mir überlegt, was zum Teufel ich da mache, während der andere Teil die Nähe genießt. Ich lehne mich auf dem Sofa zurück, der junge Ingenieur tut dasselbe, und wir verfolgen den Streit über die Schnäpse. Ich höre Sätze wie »man stellt kein Tablett mit Schnäpsen auf fremde Tische, wenn man sie selber trinken will« und »was glaubst du eigentlich, wofür es in diesem Land Gesetze gibt?«. Regina ist ganz in ihrem Element. Sie liebt es, sich zu streiten, und dieser Mann weiß nicht, worauf er sich einlässt. »Wer als Erster einen Schnaps sieht, dem gehört er auch!«, kreischt sie. Ich glaube, sie haben beide einen höllischen Spaß an dem Streit.

»Deine Freundin ist echt witzig«, sagt Gunnar.

»Ja, da muss man nur noch die Vorstellung genießen«, entgegne ich kichernd.

»Wenn du so auch arbeitest, bricht die gesamte Geschäftswelt zusammen!«

»Wo hast du eigentlich deinen Abschluss gemacht? An der Fernuni?«

»Willst du etwa behaupten, ich hätte gegen ein Gesetz verstoßen?«

Nach viel Gebrüll und Theatralik kommt der große Showdown. Regina und der Schnapstablett-Typ blicken sich in die Augen, als wollten sie zu einer weiteren Schimpftirade ausholen, öffnen den Mund und rufen synchron:

Regina: »Bist du nicht bei der Kaupþing-Bank?«

Der Schnapstablett-Typ: »Mann, würde ich jetzt gerne mit dir knutschen!«

INGA

INNENSTADT. EIN NICHT NÄHER BESCHRIEBENER PARKPLATZ.

Ich kann da unmöglich reingehen. Wie ich aussehe! Total fertig. Mein Make-up ist völlig verschmiert. Mein Spiegelbild in dem beleuchteten Spiegel über dem Fahrersitz lügt nicht. Ich betaste die Haut unter meinen Augen. Sie ist immer noch rot und geschwollen. Das nennt man verheult. Ich streiche leicht über die Haut und bete zu Gott, mich vorerst mit Augenringen und Falten zu verschonen. Vor beidem habe ich panische Angst. Schnell klappe ich den Spiegel wieder hoch und knalle ihn fest zu. Ich hasse Ástrós. Den ganzen Abend bin ich wie eine Bescheuerte durch die Gegend gefahren. Mit *All by myself* von Celine Dion auf voller Lautstärke. Ich hatte einfach Lust auf das Lied. Ich darf auf keinen Fall mit den Mädels darüber reden, sonst breche ich zusammen. Dieser Drache hat mein Immunsystem geschwächt. Was will sie eigentlich? Dass Nói sich eine Freundin sucht, die ihr ähnlicher ist, eine, die mit ihr shoppen geht und sich Gedanken darüber macht, welches Putzmittel die polnische Putzfrau, die einmal in der Woche kommt, für die schwarzen, glänzenden Fliesen benutzen soll? Verkauft sie eigentlich Kokain, wenn sie nicht gerade damit beschäftigt ist, meine Beziehung zu zerstören? Wer legt denn in einem tausend Quadratmeter Einfamilienhaus schwarze Fliesen? Warum spendet sie das Geld nicht lieber einer Hilfsorganisation? Das Schlimmste ist, dass ich finanziell abhängig von ihr und Jóhann bin. Im Grunde habe ich das Entscheidungsrecht über mein Leben an sie abgetreten, oder zumindest ein Mitspracherecht, indem ich ihnen erlaubt habe, das Haus zu kaufen, in dem ich wohne, und das Auto, das ich gerade kaum fahren kann, weil ich so viel geheult habe. Und natürlich haben sie mir den Job verschafft. Sie bestimmen über unser Leben, und das wissen sie. Wobei das Nóis Vater völlig egal ist, aber der ist auch nicht das Problem. Ástrós ist das Problem. Warum habe ich das nicht vorhergesehen? Natürlich will sie etwas im Gegenzug für das Geld, das Jóhann uns in ihrem Auftrag gibt. Was soll ich tun? Ich sitze in dem Wagen, den sie mir geschenkt hat, und meine Initialen stehen auf dem Nummernschild. Ich habe nur zwei Möglichkeiten. Mich damit zufriedenzugeben oder den Kontakt abzubrechen. Aber ich weiß, dass ich Nói niemals zu der zweiten Möglichkeit bewegen könnte. Also muss ich meine Liebe aufgeben, um meiner Schwiegermutter zu entkommen. Das klingt ja wie Psychoterror. So schlimm kann es doch nicht sein! Doch. Es ist schlimmer. Wo bleibt mein Selbstwertgefühl? Immerhin bin ich Anwältin beim Amtsgericht! Ich fühle mich total zerrissen. Natürlich ist dieser gottverdammte Beinbruch eine besondere Belastung, aber Ástrós führt sich auf, als hätte sich noch nie ein Mensch das Bein gebrochen. Es war ein merkwürdiges Gefühl, Nói vorhin zu sehen. Er kam mir vor wie ein Fremder. Warum bin ich eigentlich mit ihm zusammen? Ich kann das hier und jetzt nicht beantworten. Natürlich ist er gut zu mir, und ich habe ihn vollständig im Griff, außer wenn es um seine Mutter geht. Sie ist eine bessere Marionettenspielerin als ich. Und sie ist der einzige Mensch, den er mir vorzieht. Dabei tut er alles für mich. Er schenkt mir alles, was ich möchte, er bringt mir Blumen auf die Arbeit oder lässt sie mir schicken. Meine Lieblingsblumen. Er lädt mich zum Essen ein. Und es macht Spaß, mit ihm zu schlafen. Natürlich ist es immer dasselbe. Aber möchte ich mit anderen Männern schlafen? Nein. Warum liebe ich ihn? Ist es wirklich Liebe, wenn man jemanden dafür vergöttert, dass er alles für einen tut? Und ich vergöttere ihn noch nicht einmal. Letztendlich ist es mir völlig egal, ob mir jemand Blumen schenkt oder nicht. Ich kann auf dem Nachhauseweg selbst in einem Blumenladen vorbeifahren, wenn ich Blumen möchte. Aber das ist nicht dasselbe. Warum liebe ich ihn? Er ist ein guter Mensch. Er ist nett zu mir. Er würde mich nie betrügen. Er ist verlässlich, attraktiv, hat einen guten Job, eine reiche Familie. Ist er humorvoll? Ja, er hat schon Humor. Man kann sich gut mit ihm unterhalten. Nur nicht über Jura. Dafür ist er nicht intelligent genug. Vor allem nicht, wenn er etwas getrunken hat. Er kann mir beruflich nicht das Wasser reichen. Genügt es, mit einem Mann zusammen zu sein, der nett und attraktiv ist? Oder braucht man mehr? Es gibt jede Menge Männer, die weder nett noch attraktiv sind. Sehr viele sogar. Gehe ich einen Kompromiss ein, indem ich mich mit einem Mann zufriedengebe, der nett, aber nicht herausragend ist? Muss er herausragend sein? Muss ich davon überzeugt sein, dass er mich zu einem besseren Menschen macht? Dass er ein unentbehrlicher Teil meines Lebens ist? Oder reicht nett? Was soll ich tun? Natürlich ruft ausgerechnet jetzt meine Mutter an. Ich blicke abwechselnd auf das Licht und die Buchstaben auf dem Handy und auf das Schaufenster direkt vor mir, in dem sich mein Nummernschild spiegelt. Das Nummernschild, das mein Schwiegervater nur wenige Minuten, nachdem er mir den Wagen gekauft hatte, anfertigen ließ. IB.

»Hallo, Mama.«

Ich versuche, die Tränen zu unterdrücken. Trotz meines Frusts bin ich froh, dass ich ohne Nói aus Arnarnes weggefahren bin.

»Gut. Ich bin auf dem Weg in die Innenstadt, um die Mädels zu treffen«, sage ich und versuche krampfhaft, normal zu klingen.

»Nein, die aus dem Hlíðar-Viertel. Meine Jura-Freundinnen sind alle zu Hause bei den Kindern. Oder du weißt schon. Ein paar von ihnen.«

Es fällt mir schwer, fröhlich zu klingen, aber ich gebe mein Bestes.

»Nein, er hat sich das Bein gebrochen.« Mama, am anderen Ende der Leitung, klingt erschrocken.

»Schon vor ein paar Tagen. Ich wollte euch nicht damit belästigen«, erkläre ich, was absolut der Wahrheit entspricht.

»Er hatte im Ferienhaus seiner Eltern einen Unfall.«

»Er ist ausgerutscht.«

»Draußen.«

Ich bin während des gesamten Telefonats total angespannt und habe fürchterliche Angst, dass sie einen wunden Punkt trifft, der mich wieder losheulen lässt.

»Nein, er ist bei seiner Mutter.«

Ich glaube, es gelingt mir, nicht verbittert zu klingen.

»Ja, sie ist ein Engel. Er wird perfekt von ihr gepflegt.«

»Und was gibt's Neues bei euch? Alles in Ordnung?«

»Schön zu hören.«

»Ist es sicher, dass sie an Weihnachten kommt? Super.«

»Okay, bis bald. Grüß Papa von mir.«

Erleichtert beende ich das Telefonat. Es ist schön, dass die Familie an Weihnachten zusammenkommt. Das ist genau das, was ich jetzt brauche: Die kleine Familie aus dem Hlíðar-Viertel, bestehend aus mir, Mama, Papa und meiner perfekten großen Schwester, die in Edinburgh lebt, wo sie ihren Doktor in Pharmazie gemacht hat. Verständlicherweise ist meine Mutter unendlich stolz auf ihre Töchter, die es beide zu etwas gebracht haben. Sie selber hat nie studiert und die letzten zwanzig Jahre als Arzthelferin gearbeitet. Es ist ihr sehr wichtig, dass wir im Leben etwas erreichen und dass es uns an nichts fehlt. Dabei waren ihre Erziehungsmethoden ziemlich hart, weil sie ständig Angst hatte, dass wir es nicht schaffen. Sie hat mir beigebracht, mir niemals in die Karten schauen zu lassen und im Stillen zu leiden, was ich mustergültig beherrsche. Alles, was sie mir von Kindesbeinen an eingebläut hat, hat mir bei meiner Arbeit als Anwältin viel genutzt. Ich weiß nur nicht, ob es im Privatleben auch so nützlich ist. Das Loch in meinem Inneren wird immer größer. Es weitet sich aus, je mehr ich darüber nachdenke. Jetzt reicht's. Wisch dir die Tränen ab und steig aus! Denk an die Kinder in Afrika! Oder an Menschen in Kriegsgebieten! Du hast ein Luxusproblem! Es ist schon so spät, dass kein Mensch merken wird, dass ich die letzten zwei Stunden alleine im Auto geheult habe. Ich greife nach meiner *Miu Miu*-Tasche, die Nói mir zu meinem letzten Geburtstag geschenkt hat. Jetzt macht es sich bezahlt, teure Kosmetikartikel zu besitzen. Ich mache mein Spiegelgesicht, spitze die Lippen und ordne meine Haare. Das Handy kündigt eine SMS an. Von meinem Liebsten: *Ich liebe dich, hübscheste und klügste Frau der Welt.*

»Aber das reicht deiner Mutter nicht«, sage ich leise und verbittert.

Dann stelle ich das Handy auf stumm und schiebe es ganz nach unten in die Tasche. Ich werde jetzt nicht antworten. Endlich raffe ich mich auf und öffne die Autotür. Die feuchte, kalte Herbstluft vertreibt meine deprimierenden Gedanken, und ich konzentriere mich auf mein Ziel.

TINNA

FJÖLNISVEGUR. STOPPELN AUF DER BRUST.

Er bekommt einen Pluspunkt dafür, dass er mich nicht angräbt. Ich weiß, dass ich nicht gewollt hätte. Leider musste ich ihn bitten, mich nicht länger in den Arm zu nehmen. Ich sah die Hautreizungen und Kratzer auf meinem Rücken schon vor mir. Unmöglich, wenn Männer mit Stoppeln auf der Brust die Löffelchenstellung machen wollen! Ich war brav. Wie immer. Sex in der ersten Nacht geht gar nicht. Die isländische Masche – no way. Er hat eine richtig schöne Wohnung, und ich bin froh, dass ich vorgeschlagen habe, zu ihm zu gehen. Dann gibt es morgen keine Unannehmlichkeiten. Ich werde mich früh aus dem Staub machen. Der Fjölnisvegur ist eine der teureren Straßen in dieser Gegend, und man hat nicht den Eindruck, dass hier ein knapp dreißigjähriger Junggeselle wohnt. Kein muffiger Schweißgeruch, kein Kaffeepulver in Ecken und Ritzen und kein einziger Nikotinfleck an der Wand. Und das Wohnzimmer erst! Riesengroß. Sogar ein Kjarval-Gemälde an der Wand, aber er ist ja auch Designer und trägt schicke *Dolce & Gabbana*-Unterhosen. Er sieht bestimmt richtig gut aus im Anzug. Ich sehe mich im Geiste in einem hellen Seidenkleid, er neben mir im Smoking. In einem exotischen Land. Vielleicht auf einer kleinen Insel. Und wir werden unglaublich hübsche Kinder haben. Ich übertreibe mal wieder. Denke viel zu weit in die Zukunft. Da war natürlich die Sache mit der VIP-Schlange, die hat ihn komplett überfordert. Er macht sich zu viele Gedanken über sein Image. Ich verstehe ja, dass er als Model darauf achten muss, aber ich bin da ganz anders. Mir ist es völlig egal, was andere von mir denken. Ich weiß, dass ich cool bin.

INGA

EIN CLUB IN DER INNENSTADT. EIN MANN OHNE KRAGEN UND UNREIFE LIMETTEN.

Als ich endlich den Club betrete, rollt mir eine heftige Flutwelle entgegen. Hitze, feuchte Schweißwolken und unglaublich viele unglaublich junge, geschmacklos und spärlich bekleidete Menschen. Es war ein Fehler, hierher zu kommen. Absolut. Das ist lächerlich. Aber man gewöhnt sich daran. Hier hat man doch bestimmt die gesetzlich zulässige Personenanzahl überschritten. Früher hätte ich mich darüber beim Türsteher oder Barkeeper beschwert. In diesem Moment sehe ich Regina. Sie reißt die Arme hoch und winkt mir, als wäre ich blind und gehörlos. Jetzt kann ich mich nicht mehr verdrücken, obwohl ich es gern täte. Ich wäre jetzt viel lieber zu Hause in Grafarholt, als mir diesen Zirkus antun zu müssen, der oft mit Vorfällen endet, um die ich mich später vor Gericht kümmern muss.

»Hiiiiiii!«

Ich gebe ihr Küsschen und tue so, als wäre alles in Butter. So lautet die Vorschrift im isländischen Nachtleben. Alle geben sich ständig Küsschen und kreischen sich zu, wie gut sie drauf seien und wie cool alles sei. Regina ist sturzbetrunken, ein Zustand, den sie so oft wie möglich herbeiführt. So überlebt man Freitag- und Samstagabende in der City am besten. Donnerstage vielleicht auch. Verdammt lange her, seit ich sie zuletzt in diesem Zustand erlebt habe. Was eindeutig mehr über mich und die Orte aussagt, an denen ich mich in letzter Zeit aufgehalten habe, als über sie.

»Stell dir vor, Inga«, setzt Regina breit grinsend an, »ich

hab einem Typen zwei Schnäpse geklaut, und dann wollte er mit mir knutschen, worauf ich mich nicht eingelassen habe, weil Marinó Hermann hier ist! Dem anderen hab ich gesagt, er soll sich später noch mal melden. Und Bryndís flirtet seit elf Uhr mit demselben Kerl!«

Ich halte die Arme sorgfältig vor der Brust verschränkt und weiß nicht, was ich von diesen Informationen halten soll. Regina redet einfach weiter.

»Tinna wurde aus der VIP-Schlange vor der Kaffibarinn geschmissen und überlegt, den Türsteher anzuzeigen.« Reginas Augen sind riesengroß, und sie wartet gespannt darauf, dass ich dieses unverständliche Gequassel, das aus ihr heraussprudelt, kommentiere.

»Ganz schön viel los«, sage ich bedächtig, als würde es mich nicht besonders interessieren.

Ich muss über die betrunkene Regina lachen, aber es klingt nicht herzlich, sondern hohl. Ihre glänzende Stirn macht mich wahnsinnig, also krame ich in meinem Kosmetiktäschchen, fische den Puder heraus und tupfe ihn ihr ins Gesicht, während sie vor mir steht.

»Was machst du da?«, fragt Regina entgeistert.

»Deine Stirn hat so geglänzt. Jetzt ist es viel besser«, antworte ich eintönig.

»Du bist doch bekloppt«, entgegnet sie lachend und klingt versöhnlich. Ich weiß, dass das nett gemeint ist und dass sie mein Bedürfnis zu schätzen weiß, ihre glänzende Stirn vor Marinó Hermann – und natürlich vor den anderen Gästen des Clubs – zu verbergen.

»Wollt ihr noch länger bleiben?«, frage ich.

Gleichzeitig versuche ich immer noch zu begreifen, was Regina gesagt hat. Wer hat wessen Schnäpse geklaut? Ich weiß, dass ich meine Freundin eines Tages wegen irgendeiner Aktion im Suff werde verteidigen müssen. Ich weiß es einfach. Und bei diesem Gedanken empfinde ich zum ersten Mal an diesem Tag ein gewisses Gefühl von Zufriedenheit.

»Ja, mindestens noch ein Stündchen!«, antwortet sie vorwurfsvoll. »Bryndís will vielleicht noch in den Hippieladen. Aber möchten wir wirklich mitansehen, wie junge Leute in zerlumpten Gardinen tanzen? Die stinken doch alle und tragen versiffte Second-Hand-Klamotten. Die in diesen Hippiegeschäften übrigens ein Vermögen kosten.«

Ich entgegne lieber nichts. Mir ist es ziemlich egal, wo wir hingehen, aber Regina und Bryndís können sich endlos darüber streiten. Das weiß ich, auch wenn ich in letzter Zeit nur selten dabei war.

»Okay, dann lass uns zur Bar gehen«, sage ich entschlossen.

Das lässt Regina sich nicht zweimal sagen, sie nimmt mich am Arm und geleitet mich wie Moses durch das Rote Meer in Richtung Alkohol-Tankstelle.

»Scheiße, Inga.« Regina bleibt abrupt stehen und dreht sich zu mir. »Da ist Nóis Vater!«

Ich bekomme einen Riesenschreck, und plötzlich kommt es mir so vor, als würde meine Freundin nicht normal sprechen, sondern brüllen.

»Mein Schwiegervater?«, frage ich entsetzt und folge Reginas Finger mit dem Blick.

»Ja, sag ich doch. Das war er«, entgegnet Regina mit felsenfester Überzeugung.

»Jóhann? Hast du ihn nicht schon letztes Wochenende hier gesehen?«

»Ja! Er ist gerade die Treppe runtergegangen. Garantiert.«

Sie starrt mich an, und ich starre zurück. Es macht natürlich überhaupt keinen Sinn, dass mein Schwiegervater, der um die sechzig ist, sich an einem Samstagabend gegen Mitternacht in diesem Laden aufhält.

»Was willst du trinken?« Regina hat die Sache offenbar schon vergessen und konzentriert sich voll auf die glitzernde Bar.

»Ich brauche einen Gin Tonic …«

»Hey, wow! Einen ganzen?«

»Mit ein paar Limettenscheiben, aber nicht, wenn sie schon matschig sind …«

»Was?«

»Die Limetten!«

»Spinnst du?«

»Nein.« Ich schaue Regina streng an und kann an ihrem Gesicht ablesen, wie absurd sie meine Bitte findet.

Der Gedanke, dass mein Schwiegervater hier ist, geht mir nicht mehr aus dem Kopf. Regina bestellt sich einen Schnaps und teilt dem Barkeeper mit, dass es heute Abend schon ihr siebter ist. Morgen wird es ihr gar nicht gutgehen.

Ich begrüße Bryndís und taxiere in Sekundenschnelle den Mann, mit dem sie sich angeregt unterhält. Er trägt keinen Kragen. Schrecklich, diese Pullover mit V-Ausschnitt ohne ein Hemd oder Poloshirt darunter.

»Gunnar«, sagt er lässig und gibt mir die Hand.

Ich erkläre mich trotzdem mit ihm einverstanden. Gepflegt, entspannt und nicht zu betrunken.

»Inga.«

»Da ist ja die Anwältin! Willst du *mich* nicht begrüßen?«

Ich drehe mich um und blicke in ein Gesicht, das ich in den letzten Tagen mehrmals gegoogelt habe. Der sagenumwobene Marinó Hermann.

»Hallo. Nett, dich kennenzulernen«, sage ich, obwohl ich in Gedanken ganz woanders bin.

Er ist ein großer, kräftiger Mann mit Sommersprossen auf den Armen und hochgekrempelten Hemdsärmeln, weil es ihm im Jackett zu warm ist. Zerknittert. Ich wette darauf, dass er ziemlich stark schwitzt. Ein ungehobeltes Gesicht mit großer Nase und breitem Mund. Er hat seine Gesichtszüge nicht mehr unter Kontrolle. Seine Augen flackern, und sein Mund weigert sich, sich zu schließen. Und er hat eine große Klappe. Das ist nicht zu überhören.

»Weißt du nicht, wer ich bin?«, fragt er grinsend und versprüht dabei etwas Speichel.

»Doch. Regina hat mir von dir erzählt.« Ich bin verdammt gut in höflichem Smalltalk.

»Danke, Süße«, sagt er und schaut Regina in die Augen.

»Wisst ihr, Mädels, ich bin so froh, dass ich endlich ein Bier habe! Ich war den ganzen Tag im Studio!«

»Aha, macht doch bestimmt Spaß, oder?«

»Doch, klar. Ist aber auch echt anstrengend. Ich muss immer spritzig und gut drauf sein, verstehst du. Was ich nicht unbedingt immer bin.«

Ich beschließe, von dem Mann Abstand zu nehmen. Bryndís klopft auf den freien Platz neben sich auf dem Ledersofa und ich gehe so unauffällig wie möglich zu ihr und setze mich.

»Alles in Ordnung bei dir?«, fragt sie eindringlich und nimmt meine Hand. Ich spüre, wie ich bei der Berührung zusammenzucke. Bryndís spürt es auch, das sehe ich ihr an, aber sie sagt nichts.

»Nein«, antworte ich, und ihr aufmunternder Blick bringt mich dazu, weiterzusprechen. »Meine Schwiegermutter macht mich wahnsinnig.« Ich habe einen Kloß im Hals.

»Scheiße, was ist denn passiert?«

Ich wäge jedes Wort ab und will so wenig wie möglich erzählen.

»Man könnte sagen, dass es ihr sehr gelegen kommt, Nói als Geisel zu halten«, sage ich nach kurzer Überlegung.

»Puh.«

Ich lasse ein paar Sekunden verstreichen, bevor ich fortfahre.

»Und sie verbietet ihm, aus dem Bett aufzustehen! Für sechs Wochen!«

Ich rühre mit zwei schwarzen Röhrchen, die der Barkeeper vor ein paar Minuten in mein Glas gesteckt hat, in meinem Gin.

»Aber dann liegt er sich doch wund, oder?«, sagt sie lachend.

»Wahrscheinlich.« Ich lächle brav, beschließe, heute Abend nicht weiter über meine Schwiegermutter zu reden, und stoße Bryndís mit dem Ellbogen an.

»Taugt der was?«, flüstere ich und spähe zu dem Typen neben ihr.

»Er kommt in die nähere Auswahl«, antwortet sie geheimnisvoll.

Ich schaue wieder in mein Glas, rühre darin herum und starre auf die Limettenscheiben, die im Rhythmus mit den schwarzen Röhrchen auf- und abtauchen. Sie sind eindeutig noch nicht reif genug. Ich begreife überhaupt nicht, wieso mir das egal ist.

TINNA

FJÖLNISVEGUR. MARY J. BLIGE UND KREISCHENDES GELÄCHTER.

»Weeee are the chaaaaampions my friiiiiiiiend!«

Ich fahre erschrocken hoch. Was ist hier los? Neben mir stößt Gauti einen markerschütternden Schrei aus. Das Nächste, was ich sehe, ist sein Hintern in der *Dolce & Gabbana*-Unterhose. Die grellweißen Buchstaben flirren in der Dunkelheit, und die Unterhose huscht zur Tür. Ich versuche, mich zu orientieren. Ich befinde mich in Gautis Wohnung. Ich habe geschlafen, und jetzt bin ich hellwach. Es hört sich an, als wäre ein furchtbar falsch singender Chor in seine Wohnung eingebrochen. Sind das die betrunkenen Nachbarn, die ihre Afterparty mit alten Queen-Schlagern starten? Das ist doch nicht normal! Gauti reißt die Tür auf, und ich höre kreischendes Gelächter. Der Lärm kommt tatsächlich aus Gautis Wohnung.

»SEID IHR TOTAL DURCHGEKNALLT?«, brüllt er, während er die Tür weit aufstößt. Sie knallt gegen die Wand, und dem Geräusch nach zu urteilen, zerbricht etwas, das dahinter steht, in tausend Stücke.

»FUCK! FUCK! FUCK!«

Anscheinend ist Gauti in die Scherben getreten. Sein Gebrüll und der Krach werden mit heulendem Gelächter quittiert. Wie Hyänen. Was ist hier eigentlich los?

»Relax, Gauti, du bist der Coolste!«, sagt jemand theatralisch mit tiefer Männerstimme.

»ICH BRINGE DICH UM! KOMM SOFORT HER!«

Ich höre, wie Gauti das Wohnzimmer betritt. Die Höhle der Löwen. Den Geräuschen nach zu urteilen, findet eine Rangelei statt. Nein. Das kann er mir nicht antun. Ich taste im Bett nach meinen Klamotten und greife ins Leere. Wickle die Bettdecke fester um mich und warte auf das, was kommen mag.

»Ach nee, bist du am Poppen? Süß, die Kleine! Hab ich die schon mal gesehen?«

Sie ist stockbesoffen. Gauti gibt ihr einen brutalen Schubs und knallt die Tür zu. Jetzt sind wir zu dritt im Schlafzimmer. Ein Mädchen, von dem ich annehme, dass es seine Schwester Sigríður Sólveig ist, Gauti in Unterhose und mit Stoppeln auf der rasierten Brust, und ich. Gerade aufgewacht. Das Mädchen trägt eine rot-weiße Perücke und ist von Kopf bis Fuß in die Farben des Fußballvereins Valur gehüllt. Sie hat Kriegsbemalung im Gesicht, die schon ziemlich verschmiert ist, und ich würde schätzen, dass sie seit mindestens acht Stunden exzessiv gefeiert hat. Die anderen Stimmen aus der Wohnung sind keineswegs verstummt. Sie grölen einen grauenhaften Rap-Song von Mary J. Blige. *Family Affair.* Ein alter Song. Gauti schlägt blitzschnell mit der Hand gegen die Wand, woraufhin das Licht angeht. Die beiden fixieren sich mit animalischem Blick, tänzeln ein paar Schritte zur Seite, als würden sie sich aufwärmen, halten intensiven Augenkontakt und atmen hörbar. Sigríður Sólveig – falls sie es ist – zieht eine lüsterne Grimasse und lutscht obszön an ihrem Finger. Dann löst sie den Blick von ihrem Bruder und dreht sich schnell zu mir – so schnell, wie sich eine Sturzbesoffene in voller Montur umdrehen kann.

»Ist die Schnitte gut im Bett?«, sagt sie und nickt in meine Richtung.

Das war der Tropfen, der das Fass zum Überlaufen bringt. Das Unfassbare geschieht. Gauti packt sie mit beiden Händen an den Schultern, sie tut es ihm nach, und dann vollführen die beiden einen stürmischen Tanz, bis Gauti sie brutal schüttelt.

Mit Kriegsgeheul. Es scheint ihr richtig Spaß zu machen. Jedenfalls am Anfang. Dann lässt der Spaß nach, denn Gauti hat einen harten Griff. Sie wehrt sich und schafft es irgendwie, sich seinem Griff zu entwinden. In Sekundenschnelle ist sie bei mir im Bett, blinzelt mir übermütig zu und reißt mir die Bettdecke weg. Gegen Gautis volltrunkene Schwester habe ich keine Chance. Sie stößt einen irren Schrei aus und springt auf ihren großen Bruder, die Bettdecke wie einen Fallschirm ausgebreitet. Er merkt zu spät, was los ist, und landet halb unter der Bettdecke. Ich trage nur einen Slip und ziehe die Tagesdecke über mich, wobei ich den Blick nicht von den Geschwistern lösen kann. Gautis Kopf schwenkt unter der Bettdecke direkt vor mir unbeholfen hin und her, während das Monster in Fußballmontur sich an seinem Rücken festkrallt. Kräfteausgleich. Ich ahne, dass sich jemand verletzten wird.

»Geeeet the partyyyy starteeeeed!«, dröhnt es viel zu laut und viel zu falsch aus dem Wohnzimmer. Die Geschwister bringen dagegen kein Wort über die Lippen und vollführen weiter diesen völlig verrückten Tanz. Auf einmal ist die Schwester barfuß. Wie hat sie sich ihrer Schuhe entledigt? Die beiden stöhnen vor Anstrengung, und dann gelingt es Gauti, seine Schwester von seinem Rücken abzuschütteln und aufs Bett zu schleudern. Blitzschnell wickelt er sich aus der Bettdecke und wirft sie auf seine hilflos daliegende Schwester. Er drückt ihre Arme nach unten und rammt ihr sein Knie in den Bauch.

»Gibst du auf?« Er ist knallrot im Gesicht, und Schweiß rinnt ihm über die Stirn.

»Niemals!«, brüllt sie zurück.

»GIBST DU AUF?«

»No chance. Määääädels!«

Gauti nimmt einen Zipfel der Bettdecke und stopft ihn in Sigríður Sólveigs Mund. Unterdessen versucht sie krampfhaft, das Laken von der Matratze zu ziehen, was auch immer das bringen soll. Die Mädels haben ihre Freundin gehört und stürmen das Schlafzimmer.

»Uhuuu, sexy!«, ruft die Erste, die natürlich sofort Gautis hochgereckten Hintern sieht. Sie klatscht ihm mit der Hand darauf und entdeckt dann mich.

»High five, Baby!«

Ich schlage automatisch ein und denke schon gar nicht mehr darüber nach, wie absurd die Situation noch werden kann. Dann poltern Sigríður Sólveigs Freundinnen herein. Alle in rot-weißer Montur. Einige mit Perücken, eine mit einer riesigen Trommel, Fahnen, Tröten, und wenn mich nicht alles täuscht, hat ein Mädchen eine Rakete unter dem Arm. Ich kriege nicht mehr mit, was die Geschwister machen, aber die Mädels scheinen es gewohnt zu sein, dass die beiden sich prügeln. Plötzlich schlägt die Stimmung um, und die Schwester lacht kreischend. Gauti hat angefangen, sie zu kitzeln. Die Mädels kommen ihm sofort zu Hilfe, und das gesamte Bataillon versucht, an Sigríður Sólveigs nackte Haut zu gelangen und sie durchzukitzeln.

»HÖÖÖÖÖÖRT AUF, HAHAHAHAHA. HÖRT AUF! HIHIHIHIHI, ICH STEEEEERBE!«

Bei ihrem letzten Schrei löst sich das Gedränge auf. *On the Floor* von Jennifer Lopez dröhnt in voller Lautstärke aus dem Wohnzimmer. Gerade läuft der Rap-Teil. Das Chaos im Schlafzimmer lichtet sich, und ein paar Mädchen helfen Sigríður Sólveig auf die Beine. Sie sieht mitgenommen aus und wirkt erschöpft, überrascht mich jedoch aufs Neue.

»Abstimmung! Wer ist dafür, dass wir sie in Ruhe knutschen lassen und zu Þóra gehen?«

Die Fußballmädels sind es offensichtlich gewohnt, auf Anweisung ihrer Mannschaftskapitänin per Handzeichen abzustimmen. Ein paar Rufe werden laut, Gauti und ich sollten doch in Þóras Wohnung gehen, aber alle Hände bis auf zwei schnellen hoch.

»Super Stimmung for ever«, singt die Schwester zu einem Song von Páll Óskar und versetzt ihrem Bruder einen kräftigen Schubs, als sie aus dem Zimmer geht. »LOVE YOU – DIE GEFÄLLT MIR!«

Die Horde ist verschwunden, bevor ich richtig begreife, was für eine Horrorszene sich hier soeben abgespielt hat.

INGA

EIN CLUB IN DER INNENSTADT. QUOTENREGELUNG UND GEKNUTSCHE.

Der Radiomann wird plötzlich wieder lebhaft und will unbedingt mit Reginas Freundinnen ins Gespräch kommen. Die beiden hocken uns gegenüber wie Affen, beide mit Kautabak unter der Oberlippe.

»Mädels!« Seine Stimme ist laut und übertönt die Musik. »Was haltet ihr eigentlich von der Quotenregelung?« Er lallt schon ein bisschen.

Auf was für Gesprächsthemen der Mann kommt! Sind wir nicht hier, um uns zu amüsieren?

»Meinst du die Frauenquote im Management von Firmen, oder was?«, frage ich ruhig.

»Nee!«, stößt der Blogger hervor. »Ich meine die Quotenregelung. Die allgemeine Quotenregelung. Wenn Frauen unterstützt werden, weil sie Frauen sind!«

Ich versuche, Marinó in die Augen zu schauen, aber es ist unmöglich. Zu glasig.

»Männer sind natürlich in den Führungsetagen großer Firmen in der Überzahl. Und das liegt nicht unbedingt daran, dass sie klüger oder besser ausgebildet sind …«, setze ich an.

»Doch!«, ruft Marinó Hermann. »Klar sind sie klüger! Der Markt muss sich ja die klügsten Leute für Führungspositionen rauspicken.«

»Entschuldige mal bitte«, wirft Bryndís ein. »Es gibt Untersuchungen, die zeigen, dass gemischte Teams am besten funktionieren. Männer und Frauen haben unterschiedliche Führungsstile und …«

Er fällt ihr ins Wort und sagt laut: »Ja, aber wenn ich eine Tochter hätte, würde ich nicht wollen, dass sie was umsonst kriegt. Willst du das? Habt ihr Kinder?«

»Hör mal, mein Freund. Wenn du mit mir diskutieren willst, musst du mich auch ausreden lassen.« Marinó Hermann hebt entschuldigend die Hand und starrt Bryndís an. Sie lässt sich ihre Verärgerung nicht anmerken und bleibt ganz ruhig. »Frauen stellen nun mal andere Fragen als Männer. Und ich stimme Inga zu, ich glaube nicht, dass Männer im Management seit Jahren in der Überzahl sind, weil sie so klug sind.«

»Warum werden sie denn dann eingestellt?«, mischt sich Regina in das Gespräch ein.

»Ich glaube, weil sie forsch sind und ein übersteigertes Selbstwertgefühl haben. Frauen sind wesentlich selbstkritischer und stellen höhere Anforderungen an sich. Darüber gibt es auch Untersuchungen.«

»Dass Frauen selbstkritischer sind als Männer?« Davon hat der Radiomann offenbar noch nie etwas gehört.

»Ja, die Frauenzeitschriften sind doch voll davon. Da wird uns vorgegaukelt, wir wären nicht schlank genug, nicht hübsch genug, nicht jung genug ...«

»Das hat nichts mit dem Thema zu tun, Bryndís«, wirft Regina ein und wedelt mit dem Zeigefinger vor dem Gesicht ihrer Mitbewohnerin herum.

»Natürlich«, lautet die prompte Antwort.

»Aber es ist doch euer Problem, wenn ihr nicht resolut genug seid!«

Ich muss zugeben, dass der Radiomann nicht ganz unrecht hat. Genau das habe ich auch schon oft gedacht, zum Beispiel bei Wahlen für bestimmte Gremien an der juristischen Fakultät. Den männlichen Kandidaten war es völlig egal, wenn sie sich lächerlich machten, während die Frauen sich meistens im Hintergrund hielten und auf keinen Fall unangenehm auffallen wollten.

»Ja, aber ist es denn erstrebenswert, dass die resolutesten Leute immer die besten Jobs bekommen? Ist man eine bessere Führungskraft, wenn man sich selbst gegenüber völlig unkritisch ist?«

»Dann hat man Selbstbewusstsein!«

»Für das es nicht unbedingt eine Grundlage gibt«, erwidert Bryndís. »Psychopathen sind vermutlich die selbstbewusstesten Menschen überhaupt, leben aber in völligem Irrglauben. Sollen wir denen etwa sämtliche Führungspositionen überlassen?«

»Aber Bryndís, das sagt doch niemand. Du weißt doch selbst, dass du auf der Arbeit wesentlich resoluter sein müsstest.« Regina begibt sich auf dünnes Eis, indem sie die Diskussion auf eine persönliche Ebene bringt. Zum Glück nimmt Bryndís es ihr nicht übel.

»Ja, das stimmt wahrscheinlich.« Sie überlegt ein paar Sekunden. »Aber wenn wir uns darüber einig sind, dass Frauen weniger Selbstbewusstsein haben als Männer, sollte man das bei der Vergabe hoher Posten dann nicht berücksichtigen? Warum gilt immer nur *survival of the fittest*?«

»Es gibt keinen anderen Weg, als den Fähigsten auszuwählen!«, tönt der Mann aus Selfoss.

»Das stimmt nicht«, entgegne ich bedächtig. »Man könnte zum Beispiel voraussetzen, dass ein Führungsgremium aus unterschiedlichen Personen bestehen muss. Und dabei geht es mir nicht nur um das Geschlecht, sondern auch um das Alter, damit man unterschiedliche Sichtweisen zusammenbringt. Ich glaube, dabei können wir nichts verlieren. Zu homogene Gruppen sind nie gut für die Führung großer Firmen.«

Plötzlich mischt sich der Ingenieur in das Gespräch ein.

»Da stimme ich dir vollkommen zu! Auf die Anwältin!«, sagt er und hebt sein Glas.

»Aber in einem Punkt hast du recht«, sage ich zu Marinó Hermann. »Dass Frauen selbstbewusster auftreten sollten.«

»Nieder mit den Mauerblümchen«, schreit Regina über den Tisch. »Ich kann diese zurückhaltenden, braven Frauen nicht ausstehen, die nie etwas sagen und glauben, sie kämen im Leben voran, wenn sie einfach nur hübsch sind. Wisst ihr, wie viele es davon in der Bank gibt? Viel zu viele!«

»Das ist doch bestimmt positiv für dich – du bist hübsch, klug und auch noch souverän. Du steckst die anderen bestimmt in die Tasche!« Gunnar meint das offensichtlich ernst, und Bryndís himmelt ihn lächelnd an.

»Na ja, ich profitiere schon davon, dass ich nicht auf den Mund gefallen bin«, sagt Regina laut und blinzelt Bryndís und mir zu.

Sie wirkt sehr selbstsicher, was auf ihren Alkoholpegel zurückzuführen ist. Wobei sie durchaus auch selbstsicher und souverän ist, wenn sie nichts getrunken hat. Nur in einer Beziehung nicht: Sie ist unfähig, Kontakt zum anderen Geschlecht aufzunehmen, wenn sie keinen Alkohol intus hat.

»Aber wir sind uns doch darüber einig, dass Quotenregelungen Unsinn sind, oder?«, reitet Marinó Hermann weiter auf dem Thema herum.

»Sag mal, willst du darüber schreiben?«, fragt Gunnar neugierig.

»Woher weißt du, dass ich blogge?«, entgegnet Marinó Hermann geschmeichelt.

»Ich kenne niemanden, der das nicht weiß«, antwortet der Ingenieur mit einem Hauch von Ironie. Sowohl Regina als auch Marinó Hermann fassen das als Kompliment auf, weil sie zu betrunken sind, um die Zwischentöne zu erfassen.

»Äh, aber du da …« Marinó Hermann scheint Bryndís' Name entfallen zu sein. »Bryndís!« Sein Gesicht hellt sich auf, als ihm der Name wieder einfällt. Bryndís schaut ihn misstrauisch an, bereit, ihn in der Luft zu zerreißen, falls er etwas Unverschämtes sagt. Er macht eine todernste Miene und lässt ein paar Sekunden verstreichen. »Du solltest nicht zu sehr die Feministin raushängen lassen.« Er kostet die Stille aus und beugt sich über den Tisch, ganz nah an Bryndís' Gesicht. »Sonst findest du nie einen Mann!«

Ich werfe Bryndís einen Blick zu und warte gespannt auf ihre Reaktion. Aus dem Augenwinkel sehe ich Regina an, dass sie einen höllischen Spaß an diesem Kommentar hat. Bryndís starrt Marinó Hermann ungläubig an und ist sprachlos. Doch Marinó Hermann ist noch nicht fertig. Er fixiert sie und lehnt sich dann auf seinem Stuhl zurück.

»Man weiß nämlich nie, woran man bei dir ist«, fährt er tiefschürfend fort. »Entweder kriegt man eins auf die Fresse …« Er wartet einen Moment, bis die Stille absolut unerträglich wird. »… oder man kriegt dich ins Bett.«

Diese Runde steht unter einem schlechten Stern. Ich möchte mich auf keinen Fall einmischen und hoffe inständig, dass Bryndís nicht darauf eingeht, denn dann wäre der Teufel los. Alle warten gespannt auf eine Reaktion, doch zur allgemeinen Überraschung ergreift Gunnar das Wort.

»Moment mal, ich sitze neben einer Feministin?«, sagt er mit gespielter Panik in der Stimme. »Bist du nicht gesetzlich verpflichtet, das umgehend zu erwähnen, wenn du in einer Bar mit einem Mann sprichst?« Er schaut Bryndís tief in die Augen. »Ihr seid doch so fanatisch!«

Bryndís und ich lachen los, und ich sehe ihr an, dass sie keine weiteren Worte an den Radiomann verschwenden wird.

Das Nächste, was ich mitbekomme, ist, wie Regina und

Marinó Hermann direkt vor mir wild knutschen. Da ich diesen Flüssigkeitsaustausch nicht aus erster Reihe mitverfolgen möchte, stehe ich auf, um mir ein Glas Wasser zu holen. Es ist leichter gesagt als getan, sich durch die Menge zu kämpfen, und mich beschleicht der Gedanke, dass hier bestimmt einige meiner Mandanten herumlaufen. Was nicht weiter schlimm ist, ich muss mich nur davor hüten, mit ihnen zu reden.

Ich sehe ihn, lange bevor er mich sieht. Meinen Schwiegervater, den Vater von Nói, der mit gebrochenem Bein zu Hause liegt. Es besteht kein Zweifel. Was zum Teufel macht der hier? Ich halte mich in gebührendem Abstand und schiebe mich durch die Menge Richtung Theke, von wo ich ihn unauffällig beobachten kann. Er ist mit einem Mann da, wahrscheinlich ein Kollege, und sieht ziemlich gut aus. Beide tragen dunkle Anzüge. Ich schaue auf die Uhr. Fast eins. Ich beobachte die beiden, die an einem hohen Tisch stehen und sich angeregt unterhalten. Wenn mich nicht alles täuscht, ist der andere der Miteigentümer der Kanzlei. Der stille Teilhaber. Jóhann ist ständig in den Medien, schreibt alle möglichen Artikel und unterrichtet an der Uni, und dann gibt es noch diesen stummen, zweiten Kopf der Kanzlei. Ist er das wirklich? Man hat ihn mir nie vorgestellt. Ziemlich clever, mit zwei so unterschiedlichen Typen. Jóhann ist garantiert derjenige, der den Mitarbeitern Weihnachtsgeschenke überreicht und bei Betriebsfeiern Reden schwingt. Sein Partner ist das Gehirn, das weiß jeder, aber mein Schwiegervater ist das Gesicht. Und was für eins! Wie Nói, nur ungefähr dreißig Jahre älter. Dunkelhaarig mit grauen Schläfen. Er hat sich gut gehalten, ist sonnengebräunt vom Golfen, was er meistens während der Arbeitszeit macht. Er trägt teure Klamotten und eine Luxusuhr. Ich komme mir vor wie in der Brandung, die Menschenmenge wogt vor und zurück, im Takt mit dem Service an der Theke. Ich trinke in großen Schlucken Gin Tonic, der angenehm im Hals brennt, und betrachte diesen Mann, der seit fünfunddreißig Jahren mit der Frau verheiratet ist, die mir das Leben zur Hölle macht. Jóhann zieht an seinen Fingern, keine Ahnung, was er da macht. Er wirkt ein bisschen gestresst, dabei kann ich mich nicht erinnern, ihn jemals gestresst gesehen zu haben. Immer nur lächelnd, aber das Lächeln reicht nie bis zu seinen Augen, ist immer nur ein unverbindliches Anwalt-Lächeln. Jetzt wirkt er irgendwie getrieben. Er tunkt die Finger in ein Glas mit einer durchsichtigen Flüssigkeit und knetet seine Hände. Hat er eine Bazillenphobie? Das müsste ich eigentlich wissen, wo ich doch seit bald fünf Jahren mit seinem Sohn liiert bin. Aber was weiß ich eigentlich über ihn? Furchtbar wenig. Bei unseren Gesprächen geht es immer um andere Leute. Ist es normal, dass ich den Mann, der mir ein Auto und ein Reihenhaus geschenkt hat, nicht begrüßen will? Mein Schwiegervater knetet weiter seine Hände, besonders einen Finger, und ist dabei ganz hektisch. Endlich wird mir klar, was er da macht. Er zieht seinen goldenen Ehering ab und zeigt ihn mit stolzem Gesicht seinem Kollegen, offensichtlich erleichtert, dass er ihn abbekommen hat. Sein Partner starrt den Ring bewundernd an. Ich muss aufpassen, dass ich nicht umkippe, weil die Leute heftig schubsen und stoßen. Was ist das für eine Rüpelei? Ich darf Jóhann nicht aus dem Blick verlieren und halte mich an der Theke fest. Bei dem, was als Nächstes passiert, läuft mir ein kalter Schauer über den Rücken. Mein Schwiegervater schaut sich hastig um und schiebt den Ring dann ganz tief in seine Hosentasche.

BRYNDÍS

IM STADTTEIL ÁRBÆR. EIN UMGETRETENER GARTENZWERG.

»Hallo!«

Die Stimme klingt fröhlich, geradezu sportlich. Sie gehört einer Person, die im Leben nur das macht, was ihr gefällt. Stelle ich mir jedenfalls vor. Und das geht mir gehörig auf die Nerven.

»Gunnar?«, fragt die Stimme liebevoll. Die Besitzerin der Stimme möchte wirklich wissen, wo Gunnar ist, wie es ihm geht und ob er etwas braucht. Eine schöne und klangvolle Stimme.

Meine Augen sind unglaublich trocken. Ich reibe sie fest, und es tut richtig weh, sie zu öffnen.

»Gunnar, Schatz?« Die Stimme ist jetzt viel näher. Ich begreife überhaupt nicht, was los ist. Bin ich wach? Doch, ich bin wach. Und ich lebe.

Ich fühle mich beschissen, habe wahnsinnige Kopfschmerzen und das Gefühl, meine Augen wären voller Sand. Aber das ist kein Sand, ich kenne das Gefühl, dabei dachte ich, es würde mir nie wieder passieren! Ich habe den fatalen Fehler begangen, mit Kontaktlinsen zu schlafen. Ich fasse mit den Fingern in beide Augen gleichzeitig und drücke die Linsen heraus. Sie sind hart und knochentrocken. Meine Augen brennen fürchterlich. Wo bin ich eigentlich? Verwirrt schaue ich mich um. Das ist nicht meine Zimmerdecke. Diese Decke ist viel höher und in einem hellgelben Farbton gestrichen. Ich drehe den Kopf ganz langsam nach rechts. Wenn ich mich zu schnell bewege, könnte etwas Schreckliches geschehen. Das ist nicht mein Nachttisch. Ich bekomme ein mulmiges Gefühl. Was ist hier los? Und das Foto in dem weißen Rahmen auf dem Nachttisch, offensichtlich an einem Strand im Süden aufgenommen, ist kein Foto von meinen Kindern. Aber das sind meine Klamotten, die dort auf dem Boden liegen. Ich erkenne meine Jeans, obwohl ich ohne Kontaktlinsen nicht viel sehen kann. Die Tatsachen dringen schlagartig in mein Bewusstsein, eine nach der anderen. Nein. Das ist zu viel. Nein! Neben mir rührt sich jemand und legt tastend den Arm um mich. Ich versteife mich und begreife die Situation allmählich, obwohl ich sie lieber nicht wahrhaben möchte.

»Gunnar?«

Die dritte Person betritt den Raum, bei dem es sich eindeutig um ein Elternschlafzimmer handelt. Sie sieht, dass ich wach bin und starrt mich an. Glaube ich jedenfalls. Ich starre zurück, da ich es einfach nicht schaffe, die Augen zu schließen, weil sie so trocken sind. Ich kneife sie nur zusammen, dabei fällt mein Blick auf die Bettdecke. Meine eine Brust ist gut sichtbar, und falls Gunnar ihr Sohn ist, worauf einiges deutet, dann umfasst ihr Sohn gerade meine andere Brust. Ich blicke wieder zu ihr, und sie starrt zurück.

»Ich wusste nicht …«, sagt sie entschuldigend, offensichtlich kurz vorm Nervenzusammenbruch. Ich bringe kein Wort heraus.

»Das ist mein Schlafzimmer«, fügt sie vorsichtig hinzu.

Was soll ich dazu sagen? Sie trägt einen Trainingsoverall, das kann ich immerhin erkennen, und hat gerötete Wangen, wahrscheinlich nach ihrem morgendlichen Sportprogramm. Eine vierte Person betritt das Schlafzimmer, vermutlich ihr Ehemann und der Vater von Gunnar, der immer noch tief und fest schläft. Der Vater trägt eine grüne Windjacke und eine Schirmmütze. Ich kann den Schriftzug darauf nicht erkennen, aber es sind weiße Buchstaben. Das sind alles Gründe dafür, warum man niemals mit jemandem nach Hause gehen sollte, der noch bei seinen Eltern wohnt. Selbst wenn der Betreffende einem versichert, er sei alleine zu Hause.

»Oh!«, ist das Erste, was der Mann sagt. »Gunnar?«

Warum gehen sie nicht einfach wieder? Ich schaffe es, mich notdürftig mit der elterlichen Bettdecke zu verhüllen. Sie stehen immer noch mitten im Raum und starren uns an. Jede Sekunde fühlt sich an wie eine halbe Ewigkeit. Ich blinzele und merke sofort, dass ich das nicht hätte tun sollen. Mann, sind meine Augen trocken! Ich brauche unbedingt Augentropfen. Das ist eine Notsituation. In diesem Moment stellt sich der Vater neben das Bett und stößt seinen Sohn an, woraufhin der nach mir tastet. Was wollen sie eigentlich?

»Soll ich ihn wecken?«, wispere ich.

Mein Mund ist staubtrocken. Ein wilder afrikanischer Clan vollführt einen stampfenden Tanz in meinem Kopf. Alles dreht sich.

»Gunnar!«, macht der Vater einen letzten Versuch.

Hat sein Sohn, der sich immer noch nicht rührt, gestern etwa zum ersten Mal Alkohol getrunken?

»Wir waren im Osten und sind früher als geplant zurückgekommen«, erklärt die Mutter entschuldigend.

Wie schön, aber könntet ihr bitte mal für fünf Minuten rausgehen, damit ich mich anziehen und schnellstmöglich aus dem Staub machen kann? Wegen des Sahara-Feelings in meinen Augen traue ich mich nicht, noch einmal zu blinzeln, checke aber, ob ich einen Slip anhabe, und danke Gott für das positive Ergebnis. Die Eltern verlassen rückwärts den Raum, peinlich berührt, und ziehen die Tür hinter sich zu. Ich springe auf und taste schwankend nach meiner Handtasche. Kann kaum das Gleichgewicht halten und träufele mir den gesamten Rest des Fläschchens in die Augen. Die Flüssigkeit rinnt mir über die Wangen. Was für eine Erleichterung! Ich blinzele hektisch, schnappe mir meine Klamotten und ziehe mich in Rekordzeit unter der Bettdecke an. Falls sie wieder reinkommen sollten. Mir ist furchtbar schwindelig. Und schlecht. Muss ich mich übergeben? Ich kann mich nicht erinnern, jemals in einer unangenehmeren Situation gewesen zu sein. Ich drehe mich um mich selbst, kämpfe mit dem Gleichgewicht und fühle mich, als hätte ich nur eine halbe Stunde geschlafen. Schüttele Gunnar kräftig, der sich zu freuen scheint, mich zu sehen.

»Hi«, sage ich heiser und lächle verführerisch.

Er findet mich offenbar immer noch süß. Das sehe ich ihm an. Warum fühlt es sich immer so an, als lägen hundert Jahre zwischen dem Abend davor und dem Morgen danach?

»Und … tschüss«, füge ich schnell hinzu und merke, wie anstrengend es ist, die Worte in meinem Kopf zu bilden und über die Lippen zu bringen. Ich kriege gar nichts mehr auf die Reihe.

»Keine Morgengymnastik?«, fragt er sorglos, streicht die Bettdecke glatt und schaut mich erwartungsvoll an.

»Okay, du hast also überhaupt nichts mitbekommen?«

Ich werde sofort sauer. Die afrikanischen Tänzer haben angefangen, in meinem Kopf zu trommeln. Womöglich kollabiere ich, wenn ich nicht bald Sauerstoff bekomme. Und Wasser. Ich brauche unbedingt Wasser.

»Doch! Ich mag dich«, sagt er ehrlich.

Ich habe ein bisschen Mitleid mit ihm. Anscheinend kennt er die Spielregeln nicht und zeigt sofort seine Karten. Dieser Mann wird von den Frauen zerrissen werden.

»Nee, das meine ich nicht. Deine Eltern sind früher als geplant zurückgekommen und haben soeben das Zimmer verlassen.«

Ich klinge viel empörter, als ich eigentlich bin. Natürlich

ist das komisch – zumindest im Nachhinein, vielleicht in drei Monaten. Wieder kostet es mich große Anstrengung, die Worte zu bilden und richtig auszusprechen. Ich fasse mir mit beiden Händen an den Kopf.

»Nein!« Gunnar setzt sich abrupt im Bett auf und ist plötzlich ganz ernst. »Fuck, fuck, fuck.« Er schiebt die Hand unter die Bettdecke und schaut sich hektisch um. Entdeckt seine Boxershorts, die halb unter dem Bett liegt, und zieht sie unter der Bettdecke an. Die Sache fängt langsam an, mir Spaß zu machen.

»Und willst du das Beste hören?« Ich spanne ihn ein wenig auf die Folter und sage dann: »Sie haben meine nackte Brust gesehen. In deiner Hand.«

»Nein!« Sein Gesicht wird ganz grau. Er liegt immer noch im Bett und zieht sich schnell die Decke über den Kopf.

»Befinden wir uns in ihrem Schlafzimmer?«, frage ich behutsam, um ihn vor weiterem Stress zu bewahren.

Gunnars Gesicht verrät die Antwort. Jetzt reicht's mir wirklich. Schnell erhebe ich mich von der Bettkante und verlasse den Raum.

Die Schlafzimmertür ist wie eine Grenze zwischen zwei verschiedenen Welten. Zumindest was die Lichtverhältnisse angeht. Draußen ist es im Vergleich zu dem abgedunkelten Schlafzimmer viel zu hell. Ich spüre ein heftiges Stechen in den Augen, das hinauf in meinen Kopf zieht, und bin gezwungen, sie für ein paar Sekunden zu schließen. Öffne sie dann vorsichtig wieder und spähe durch die großen Fenster. Ich glaube, ich befinde mich in Fossvogur. Oder Kópavogur? Keine eindeutigen Hinweise. Wo ist das Wahrzeichen der Stadt, die Heißwassertanks mit dem Restaurant Perlan, wenn man es mal braucht? Ich bin völlig orientierungslos. Von rechts höre ich Küchengeräusche. Das Radio läuft, und anscheinend frühstücken sie gemütlich wie normale Menschen an einem Samstagmorgen! Warum kann ich jetzt nicht nüchtern sein und in einem Vorort Toast mit Käse und Tomaten essen? Bitte, lasst mich gehen. Mein ganzer Körper tut so weh, dass ich am liebsten heulen würde. Ich fühle mich wie gerädert. Was ist letzte Nacht passiert?

Ich spähe in alle Richtungen. Wie zum Teufel komme ich aus diesem Haus? Es macht die Sache nicht leichter, dass ich nicht richtig sehen kann. Ich taste mich ein paar Schritte vorwärts. Ich finde bestimmt einen Ausweg, zumindest erkenne ich die Umrisse meiner Schuhe. Als ich an der Küche vorbeigehe, sehe ich, wie die Mutter mich anstarrt. Mir fällt nichts Passendes ein, das ich zu ihr sagen könnte, und starre nur zurück. »Danke, dass ich in Ihrem Bett mit Ihrem Sohn schlafen durfte« wäre meiner Meinung nach unangemessen. »Schönen Tag noch« wäre viel zu leichtfertig für die traumatische Erfahrung, die wir gemeinsam gemacht haben. »Lassen Sie sich das Plundergebäck schmecken« würde so klingen, als wollte ich ihr das Plundergebäck wegessen, falls es das ist, was sie in der Hand hält und das ich im Übrigen gar nicht essen möchte. »Tschüss« klänge so, als würde ich sie kennen, was nicht der Fall ist. Verwirrt und suchend schaue ich zur Küchentür. Sie denkt bestimmt dasselbe wie ich, aber ich kriege kein Wort heraus. Schließlich senke ich den Blick, schlüpfe in meine flachen Schuhe, öffne die Haustür und renne los. Dabei stoße ich gegen einen hässlichen Gartenzwerg, der am falschen Platz steht, und komme ins Straucheln. Dieser verfluchte hässliche Zwerg grinst mich auch noch an! Handelt es sich wirklich um Leute, die dieses grauenhafte Gartenzwergbusiness ankurbeln? Vorortpack, das bereitwillig siebentausend Kronen für eine grässliche Statue von einem grinsenden Zwerg mit weißem Bart und roten Shorts hinblättert? Was soll das? Zum Glück trage ich keine Plateauschuhe, sonst käme ich nicht annähernd so schnell aus dieser Hölle. Ich muss jetzt unbedingt einen Orientierungspunkt finden. Und Wasser! Trotz des misslungensten Morgens, den ich je erlebt habe, verspüre ich ein Gefühl von Leichtigkeit. Ich erinnere mich daran, dass der gestrige Abend schön war. Ja, verdammt, jetzt erinnere ich mich, dass Gunnar und ich in der Leifsgata vorbeigegangen sind, wo Inga in meinem Bett schlief! Ich humpele der Sonne entgegen und kriege den umgetretenen Gartenzwerg nicht aus dem Kopf.

REGINA

LEIFSGATA. SCHOCK.

Es ist warm, und ein wohliges Gefühl strömt langsam durch meine Adern. Ich bin entspannt. Sitze auf dem Rand eines Hot Pots. Von oben knallt die Sonne. Meine Hautfarbe harmoniert mit dem dunkelbraunen Bikini. Dazu die passende Sonnenbrille. Herrlich! Plötzlich bekommt das Stillleben einen Riss. Ich werde mit warmem Wasser bespritzt und zwischen zwei Welten geworfen. Sehr unangenehm. Ich möchte wieder schlafen. Aber ich sitze nicht in einem Hot Pot. Und trage keinen braunen Bikini. Ich liege in meinem Bett in der Leifsgata und bin von warmer Flüssigkeit umgeben. Oder träume ich noch? Ich taste umher. Nein, da ist ein warmer Fleck. Habe ich meine Tage bekommen? Oder ein Kind verloren? Befindet sich ein ekliges, schleimiges Tier in meinem Bett? Nein! WIE UNANGENEHM. Besonders weil ich nackt bin, ebenso wie Marinó Hermann neben mir. Meine Adern weiten sich, ich würde sterben für ein Glas kaltes Wasser. Im Raum hängt dicke Luft. Als ich aus dem Bett springe, versuche ich, mit der Matratze möglichst wenig in Kontakt zu kommen. Ich spüre eine warme Flüssigkeit an den Oberschenkeln und an den Händen und rechne im Geiste meinen Zyklus aus. Nicht möglich, dass es schon so weit ist. Es sei denn, etwas stimmt nicht. Ich erstarre und stelle mir das Allerschlimmste vor. Dass meine Gebärmutter mit warmem Schleim aus mir herausläuft. Nein, hör auf. Ich schalte das Licht ein, bleibe vor dem Bett stehen und betrachte den Mann unter der Bettdecke. Dann ziehe ich die Decke mit einer raschen Handbewegung zur Seite und trete einen Schritt zurück. Für einen Augenblick schaue ich in meinen eigenen Abgrund, meinen schlimmsten Albtraum. Die warme Flüssigkeit ist nicht mein Blut. Es ist Urin! Igitt! Er hat ins Bett gemacht, und mein Laken, das gestern noch weiß war, ist jetzt gelb. Ich bin schockiert und kriege eine Gänsehaut. Ich muss sofort unter die Dusche. Breitbeinig und auf Zehenspitzen tippele ich aus dem Zimmer. Rasch öffne ich das Badezimmerfenster und stelle mich unter die Dusche. Was für ein Typ ist das eigentlich? Ich lasse das Wasser auf meinen Kopf prasseln und schrubbe jeden Zentimeter meines Körpers ausgiebig mit Bryndís' teurem Duschgel. Wie konnte das passieren? Einem Dreißigjährigen? Ich vergesse völlig die Zeit und komme erst wieder zu mir, als die Wohnungstür zuknallt. Gut, dass Bryndís das nicht mitbekommt. Was soll ich zu ihm sagen? Was sagt man zu einem Mann, der ins Bett gemacht hat? Ob das öfter vorkommt? Oder nur, wenn er betrunken ist? Er muss das Bettzeug in die Reinigung bringen. Hastig trockne ich mich ab, hülle mich in ein Handtuch, und gehe zu meinem Zimmer zurück. Ich werde nicht sofort ausrasten und ihm den ersten Satz überlassen. Das kann ja schließlich jedem mal passieren. Ich versuche, ganz ruhig zu bleiben. Obwohl ich bestimmt zwanzig Minuten unter der Dusche war, fühle ich mich immer noch besudelt. Die Zimmertür ist angelehnt. Dabei hatte ich sie eben zugemacht. Ich stoße die Tür auf und sehe das leere Bett. Ein erschreckender Anblick. Wie ein dumpfer Schlag in den Brustkorb. Ist er weg? Ich starre auf das gelbe Bettzeug, das mich geradezu anschreit. Dann werfe ich einen Blick unters Bett und öffne zur Sicherheit den großen Kleiderschrank, wobei ich mich mit dem Zeh an einem Bettpfosten stoße. Das tut verdammt weh. Natürlich ist er nicht im Schrank. Ist es tatsächlich möglich, dass der Mann weg ist? Mir wird kochend heiß. Weder aus dem Wohnzimmer noch aus der Küche sind Geräusche zu hören.

»Marinó?«, rufe ich leise. Meine Stimme klingt heiser und belegt. Ich räuspere mich. Gehe schnell zur Wohnungstür. Was für ein Idiot. Seine Schuhe sind weg. Hat sich der Mann etwa wie ein nächtlicher Einbrecher rausgeschlichen, während ich unter der Dusche war? Nein! Das ist zu viel! Ich haste zurück in mein Zimmer, in dem es immer noch stickig ist. Ich hasse es, in einen Raum zu kommen, in dem ein Betrunkener geschlafen hat. Plötzlich erfasst mich dieses unglaublich intensive Gefühl, gedemütigt worden zu sein. Ich flippe aus. Reiße wieder den Kleiderschrank auf und ziehe die erstbesten Sachen an, die ich finde. Ein altes Handball-Sweatshirt und eine helle Jeans. Sie ist zu klein, aber ich quetsche mich trotzdem rein. Mein Bauch wölbt sich über den Hosenbund und wird von dem Knopf zusammengequetscht. Meine Haare sind immer noch nass und ungekämmt, aber das ist mir egal. Ich muss etwas unternehmen! Die Situation verleiht mir auf wundersame Weise eine Extraportion Energie. Wie im Kino.

»Bryndís! Wach auf! Wir haben einen Notfall!«

Meine Stimme klingt mindestens eine Oktave höher als sonst, und ich kann an nichts anderes denken als an den gelben Fleck auf meinem Laken. Der Typ spinnt doch.

»BRYNDÍS!« Ich renne durch die Wohnung und trete ihre Tür auf.

Als ich Inga in Bryndís' Bett liegen sehe, schrecke ich zurück. Sie bewegt sich.

»Was machst du denn hier?«, platze ich heraus, dabei bin ich gar nicht so geschockt wie es sich anhört. Immerhin ist es in dieser Situation besser, eine Anwältin in der Wohnung zu haben als eine Spezialistin für Außenpolitik.

»Wie viel Uhr ist es?«, fragt Inga mit belegter Stimme.

Sie rollt sich unter Bryndís' Bettdecke in Embryostellung zusammen. Es ist unheimlich, sie so mitgenommen zu sehen.

»Scheiß auf die Uhrzeit!«, rufe ich pikiert. »Inga! Jemand hat in mein Bett gepinkelt!«

Ich bekomme fast eine Hitzewallung, laufe feuerrot an und haste zurück in mein Zimmer. Was soll ich tun?

»Was?«

»Marinó Hermann hat heute Nacht in mein Bett gepinkelt und ist abgehauen. Ich bin total sauer!«

»Moment, Moment, Moment – was?« Inga dämmert allmählich der Ernst der Lage. Ich höre an ihrer Stimme, dass sie sich aufgesetzt hat. Unter Stöhnen.

»JA!« Ich starre immer noch fassungslos auf mein Bett.

»Gehörte das … zum Liebesspiel?«, höre ich Inga frotzeln.

»Nein«, antworte ich sehr laut und sehr ernst.

Ich bin wirklich wütend, und meine tropfnassen Haare hinterlassen in der gesamten Wohnung Pfützen, während ich wie ein General von einem Zimmer ins andere stürme. Ich weiß nicht, was ich mit mir anfangen soll. Marschiere immer weiter.

»Ist er nicht mehr hier?« Inga scheint inzwischen aufgestanden zu sein.

»Er? Wer er?«, entgegne ich blitzschnell.

»Na, der Mann!«

»Nein! Er hat sich rausgeschlichen, als ich unter der Dusche war!«

»Das darf ja wohl nicht wahr sein!«, entgegnet sie schockiert. Auf diesen Tonfall habe ich gewartet, seit ich sie geweckt habe. Endlich habe ich eine Verbündete.

»Lass dir was einfallen!«, befehle ich Inga.

»Ich, äh … ich hab das noch nicht so ganz begriffen.«

Inzwischen bin ich in der Küche, um zu checken, ob wir etwas Essbares im Haus haben. Die Wut macht mich wahnsinnig hungrig. Ich nutze den Adrenalinflash, um die Schränke und in den Gemüsefächern des Kühlschranks alle durchsichtigen Plastiktüten zu durchforsten. Natürlich ist nichts Essbares da.

»Schau dir den Tatort an!«, sage ich, während ich hektisch Marmeladengläser hin- und herschiebe. Warum gibt es in diesem Haushalt verdammt noch mal nichts zu essen?

Ich höre, wie Inga durch die Wohnung geht und plötzlich einen Schrei ausstößt. Solche Anblicke ist die perfekte Anwältin aus Grafarholt nicht gewohnt.

»Igitt!«, sagt sie voller Ekel.

»Weißt du, ich bin nicht wütend.« Ich denke über das stärkste Adjektiv für diese Situation nach und brülle: »Ich bin stinksauer!«

Ich spüre, wie der Hosenbund gegen meinen Bauch drückt, und versuche zu ergründen, warum ich in einem so entscheidenden Moment eine viel zu enge Jeans angezogen habe.

»Willst du das Bett nicht abziehen? Du kannst doch Spülhandschuhe benutzen«, schlägt Inga ratlos vor.

»Und dann? Das ganze Zeug verbrennen?«

»Nein, aber das kann ja nicht so bleiben ...«

»Ich wasche das Zeug nicht. Kommt überhaupt nicht in Frage.« Ich ärgere mich über Ingas Vorschlag. Darum kann sich Marinó Hermann gefälligst selber kümmern.

In diesem Moment klingelt Ingas Handy.

»Du telefonierst jetzt nicht!«, herrsche ich sie an. Inga schaut deprimiert aufs Display. Die Frau ist ja völlig fertig.

»Das ist Bryndís«, sagt sie bittend. Das Handy gibt weiter aufdringliche Töne von sich.

»Wo ist die eigentlich? Nun geh schon ran.«

»Mann, du nervst!«, sagt Inga und geht ran. »Hi«, sagt sie. Das schrille Klingeln war anscheinend gar nicht gut für ihren Kopf.

»Wo bist du?«, fragt sie weiter in diesem knappen Ton.

»Was?« Inga macht ein merkwürdiges Gesicht.

»Und wo bist du jetzt?«

»Bei den Stadtwerken??«, fragt Inga geschockt.

»Soll ich dich abholen? Ein Taxi von da kostet bestimmt siebentausend Kronen.«

»Ja, okay.«

»Ich mach mich sofort auf den Weg und hole dich. Das ist ja furchtbar.« Inga legt auf.

»Also …« Inga ist ganz aufgewühlt. »Bryndís hat gerade das Haus von diesem Gunnar verlassen. Seine Eltern haben die beiden heute Morgen im Bett überrascht!«

Ich muss lachen. Die arme Bryndís, die nichts von isländischen Männern hält. Das trägt bestimmt nicht dazu bei, dass sie ihre Meinung ändert! Inga stürmt ins Bad.

»Wo bewahrt sie ihre Augentropfen auf?«

»Im Schrank auf der rechten Seite. Ich rufe Tinna an und sage ihr, dass sie herkommen soll«, verkünde ich und wähle Tinnas Nummer.

»Hi, Tinna? Habe ich dich geweckt? Egal. Hör zu, du musst in die Leifsgata kommen! Wir haben einen Notfall!«

»Kann ich dir am Telefon nicht sagen«, ergänze ich rasch. »Wo bist du?« Ich habe völlig vergessen, dass sie gestern mit dem Homosexuellen den Club verlassen hat.

»Aha, im Fjölnisvegur. Das ist ja direkt um die Ecke! Get your ass over here.«

Als ich aufgelegt habe, weiß ich nichts mit mir anzufangen. Ich kann mich nicht hinlegen, kann nicht stillsitzen, bin ständig in Bewegung. Wenn ich nichts mache, heben meine Gedanken ab, und das will ich nicht. Ich möchte lieber nicht wissen, worauf sie nach den Ereignissen der letzten Nacht noch alles kommen würden.

INGA

LEIFSGATA. DER KRIEGSRAT TAGT. SCHLACHTPLAN.

»Und ich hab geträumt, ich säße im Hot Pot!«, brüllt Regina.

Sie ist zu witzig. In einer grottenhässlichen Jeans, die mindestens eine Nummer zu klein ist, sodass sich ihre Speckröllchen – die sie normalerweise gar nicht hat – über den Hosenbund wölben. In dieser Hose hätte selbst Claudia Schiffer Fettröllchen. Ich glaube, Regina hat sie in der zehnten Klasse auf Mallorca gekauft. Darüber trägt sie ein blaues Sweatshirt, das so alt ist, dass es schon fast zerfällt. Wenn Regina sich umdreht, sieht man die Zahl 4 und darüber in Großbuchstaben den Namen ihres Vaters – der Big Boss, der mit ihr von Rif ins Hlíðar-Viertel zog, als sie noch ein Kind war. Ich bin heilfroh, dass ich nie gegen sie Handball spielen musste. Sie muss ganz schön tough gewesen sein, haben Gegnerinnen erzählt, die sie gefoult hat. Ihre dunklen Haare hängen wirr durcheinander, anscheinend hatte sie heute Morgen keine Lust, sie zu kämmen oder zu föhnen. Wie üblich. Ich verstehe sie einfach nicht. Sie ist bildhübsch, tut aber alles dafür, um es nicht zu zeigen. So wie sie gerade von uns umringt mitten im Raum steht, wirkt sie wie eine Trainerin, die ihrem Team in der Halbzeitpause die Leviten liest. Dabei beschreibt sie nur die Katastrophe, die heute Morgen über sie hereingebrochen ist. Ich kann ein stilles Lachen nicht unterdrücken.

»Nein! Das glaube ich nicht! Ist immer noch alles so, wie es war?«, fragt Tinna und schaut sie ungläubig an. Sie hat zum ersten Mal seit Monaten ihren Pony zur Seite gesteckt, was bedeutet, dass sie heute Morgen nicht geduscht hat.

»Ja, ich hab nichts angerührt«, antwortet Regina.

Ihre Zehen krümmen sich in den Adidas-Schlappen. Warum zieht sie keine Socken an? Oder geht mal zur Fußpflege? Die Schlappen haben auch schon bessere Tage gesehen, genau wie das Sweatshirt.

»Sie wartet auf den CSI-Typen mit den roten Haaren und der Sonnenbrille«, werfe ich ein. »Sie will keine Spuren verwischen, bevor er da war.«

Ich grinse über meinen eigenen Witz, und Bryndís lacht leise. Plötzlich ist mir ganz flau im Magen. Gin Tonic. Mit unreifen Limetten. Dann wird mir schlagartig klar, warum ich Bauchschmerzen habe. Ich habe heute Nacht Pizza gegessen. Eine ganze Pizza Salami. Gott steh mir bei. Das Bild von mir bei Pizza King gräbt sich in mein Hirn. Ich habe seit der sechsten Klasse keine Salami mehr gegessen. Bis letzte Nacht. Wie bin ich eigentlich drauf?

»Igitt!«, ruft Tinna und schließt die Tür zur Hölle schnell wieder. »Willst du nicht doch lieber einen Mann wie Gauti? Bei dem ist alles tiptop.«

»Komm mir nicht mit dem!« Regina ist wirklich sauer. Es ist lange her, seit ich sie so erlebt habe.

»Was meinst du?«, fragt Tinna unschuldig.

»Schaut er Fußball?«, fragt Regina gedankenverloren.

»Nein, er kann Fußball nicht ausstehen.«

»Eben.«

Regina wirft Bryndís einen vielsagenden Blick zu. Die ist nach dem gestrigen Abend in einem merkwürdigen Zustand und nur noch der Schatten ihrer selbst. Seit ich sie aus diesem Vorort abgeholt habe, liegt sie auf dem Sofa und träufelt sich Tropfen in die Augen. Was war gestern eigentlich los? Und dann noch die Sache mit meinem Schwiegervater. Soll ich mit Nói darüber sprechen? Nein. Oder? Nach der Völlerei in dem Pizza-Imbiss durfte ich dann mit in die Leifsgata kommen.

»Mädels, wir müssen einen Schlachtplan entwickeln. Damit lassen wir dieses Schwein nicht durchkommen. Irgendwelche Vorschläge?« Regina stapft wild gestikulierend durchs Wohnzimmer.

»Ich schlage vor, du rufst ihn an …«, beginnt Tinna nach kurzem Überlegen.

»Ich rufe dieses Arschloch nicht an!«, blafft Regina, und ihr Gesicht verfärbt sich rot.

»Lass mich doch mal ausreden!«, blafft Tinna zurück.

»Okay, schieß los!« Schon wieder. Genau wie eine Handballtrainerin in der Halbzeitpause.

Regina zieht einen Esstischstuhl heran, dreht ihn um, setzt sich breitbeinig darauf und lässt die Arme über den Stuhlrücken baumeln. Wenn mich nicht alles täuscht, hat ihre Hosennaht geknirscht, als sie sich gesetzt hat.

»Also. Du rufst ihn an. Wenn er rangeht, sagst du ihm, er soll sofort herkommen, das Zeug abholen und in die Reinigung bringen. Wenn er nicht rangeht, ist Krieg angesagt, und der Mann kann sich auf was gefasst machen.«

»Ja, und weiter?«, sagt Regina und fixiert ihre Freundin.

»Du ziehst Spülhandschuhe an und stopfst alles, was von diesem unerwarteten Flüssigkeitsverlust betroffen ist, in eine schwarze Mülltüte. Dann schreibst du ihm einen Brief, klebst ihn auf die Tüte, und wir bringen sie nach Selfoss«, beendet Tinna ihre Rede breit grinsend.

»Geht das nicht ein bisschen zu weit?«, fragt Bryndís. Den Gesichtern der anderen nach zu urteilen ist das eine angemessene Strafe.

»Wohnt er alleine?«, fragt Tinna.

»Nein, er hat die Erdgeschosswohnung bei seinen Großeltern gemietet.«

Bryndís setzt sich auf.

»O Mann, hab ich trockene Augen!«

»Was ist eigentlich mit dir passiert?«, richtet sich Regina plötzlich mit missbilligendem Gesichtsausdruck an Bryndís, als hätte sie jetzt erst bemerkt, dass ihre Mitbewohnerin ebenfalls ziemlich lädiert wirkt.

»Eins nach dem anderen«, antwortet sie, legt sich wieder hin, greift nach dem Fläschchen mit den Tropfen und träufelt sich genüsslich seufzend mehr davon in die Augen. Sie hat sich einen nassen Lappen auf die Stirn gelegt. Ein heftiger Kater. Das ist bei Bryndís immer so.

»Wir könnten seiner Familie eine Kopie des Briefes schicken, damit er auf keinen Fall darum herumkommt, das Thema anzusprechen«, sagt Tinna ungeduldig.

»Klingt gut«, entgegnet Regina entschieden. Sie holt ihr Handy und wählt Marinó Hermanns Nummer. Bei jedem Klingeln, das er ignoriert, wird ihr Grinsen breiter.

»Glaubt er wirklich, dass er damit durchkommt? Glaubt er, dass ich diese Schweinerei einfach totschweige?« Regina hat wieder angefangen, durchs Zimmer zu laufen. »Inga, kannst du einen Brief formulieren? Mit klaren Worten. Darf ruhig juristisch sein«, stößt sie hervor. Ich stimme zu und suche Papier und Stift.

»Bryndís, wo hast du eigentlich letzte Nacht geschlafen?«, fragt Tinna neugierig.

»Also.« Bryndís setzt sich wieder auf, umfasst sofort mit beiden Händen ihren Kopf und überlegt eine Weile.

»Bei dem Ingenieur?«, fragt Regina aufgeregt.

»Er wird erst im Frühjahr Ingenieur. Und soweit ich weiß, muss man erst seinen Master machen, um sich so nennen zu dürfen«, antwortet ihre Mitbewohnerin förmlich.

»Du weißt doch, was ich meine«, fällt Regina ihr ins Wort.

»Tja, also.«

Bryndís wirkt ungewöhnlich nervös. Wenn sie sich über andere auslässt, ist sie sehr eloquent und argumentationsstark, aber jetzt nicht. Was bedeuten könnte, dass der Typ etwas taugt. Sie räuspert sich und fängt an zu erzählen.

»Ich war letzte Nacht kurz hier, und da lag Inga tot in meinem Bett.«

»Schlafend«, rufe ich aus der Küche, wo ich nach Papier suche.

Als ich zurück ins Wohnzimmer gehe, sehe ich mich mit tausend fetten Milben konfrontiert, dick eingehüllt in Wollmäuse, die sich in allen Ecken der Wohnung befinden. Wenn ich nicht wüsste, dass das Klo immer sofort verstopft ist, würde ich versuchen, die Salami auszukotzen. Am liebsten würde ich sie loswerden, bevor mein Körper sie richtig verdaut hat. Am zweitliebsten würde ich meine Putzutensilien holen und mir diese schludrige Wohnung mal so richtig vorknöpfen.

»Genau«, sagt Bryndís schnippisch und fährt zögerlich fort. »Oder besser gesagt, wir waren hier.«

»Wir?«, fragt Tinna gespannt.

»Ja, so ein Typ, den ich gestern kennengelernt habe. Er hat mich dann zu sich nach Árbær eingeladen. Er dachte, er sei alleine zu Hause«, antwortet sie mit sarkastischem Tonfall.

»Und das stimmte nicht?«, fragt Tinna entsetzt. Ihre Augen sind riesengroß.

Regina fängt an zu grinsen. Ich kann ihr ansehen, wie sie es auskostet, dass auch noch andere einen schlechten Morgen hatten.

»Nein, nicht wirklich«, antwortet Bryndís.

»Jetzt erzähl schon!«, fordert Tinna.

»Ich wurde heute Morgen von Gunnars Eltern geweckt. Es wäre vielleicht nicht so schlimm gewesen, wenn ich nicht barbusig neben ihm gelegen hätte, als sie ins Zimmer kamen.

Wir haben nämlich im Elternschlafzimmer übernachtet«, sagt sie, als würde sie es bereuen.

Ich weiß, dass sie das nicht tut, und merke ihr an, dass dieser Typ zumindest nicht so ein Idiot ist wie die anderen in den letzten Monaten.

»Nein!« Tinna macht ein überaus theatralisches Gesicht und schlägt sich die Hand vor den Mund, während Regina dreckig lacht.

»Doch. Barbusig ohne Bettdecke«, sagt Bryndís.

»Nein!«, sagt Tinna noch einmal. »Und was hast du gemacht?«

»Was ich gemacht habe? Ich hab mich natürlich aus dem Staub gemacht!«

Regina hat es sich gegenüber von Bryndís mit einem Energy-Drink bequem gemacht. Als ich höre, dass das Kaffeewasser, das ich aufgesetzt habe, zu kochen beginnt, gehe ich in die Küche.

»Tinna und Bryndís, Kaffee?« Die beiden bejahen. Regina ist die Einzige von uns, die keinen Kaffee trinkt. Sie mag ihn nicht, wie so vieles andere. Ich suche in den Küchenschränken nach Kaffeepulver. Die würde ich auch liebend gerne mal aufräumen. Alles besser sortieren, die Backutensilien in einem Fach unterbringen, die Konserven in einem anderen, Kekse und Süßigkeiten im dritten. Sämtliche Schubladen, Regale und Schränke beschriften. Das wäre so schön praktisch! Warum gibt es hier keine Ordnung? Ich weiß, dass ich mit den Mädels nicht darüber reden kann. Das ist nicht dein Problem, Inga, komm runter, beschwichtige ich mich selbst. Plötzlich scheint die Zeit stillzustehen. Ich berühre mit meinen langen Fingernägeln mein Gesicht und streiche fest über die Augenbrauen. Lege den Kopf ganz weit in den Nacken und spüre, wie ich am ganzen Körper eine Gänsehaut bekomme. Ich widme mich wieder dem Kaffee. Das ist nicht mein Zuhause. Das ist nicht mein Problem. Hör. Auf. Daran. Zu. Denken.

»War ja klar, dass du das alles ganz genau wissen willst, du Nervensäge«, sagt Bryndís gerade lachend zu Regina.

Trotz ihrer Wortwahl klingt alles so liebevoll, was sie zueinander sagen. Aber diesmal kämpfe ich mit ganz anderen Gefühlen als sonst. Diesmal ist es mir egal, dass sie so gute Freundinnen sind, denn ich denke an diese Horrorfamilie in Arnarnes. Und natürlich an die Salami, die in meinen Gedärmen rumort.

»Also.« Bryndís setzt sich auf dem Sofa zurecht. »Ich wache also davon auf, dass jemand nach Gunnar ruft. Und habe dieses Gefühl, ihr wisst schon, Scheiße, wo bin ich eigentlich?« Regina kringelt sich vor Lachen, und ich muss auch grinsen. »Und dann steht plötzlich eine Frau im Raum. Ich hätte mich am liebsten tot gestellt!«

»O mein Gott!«

»Jepp!«

»Moment mal, ist der Typ nicht aufgewacht?«

Regina kriegt die Worte vor Lachen kaum heraus. Ich glaube, sie hat einen Teil ihres Energy-Drinks auf das Handball-Sweatshirt gespuckt.

»Erst als sie wieder draußen waren und ich ihn geweckt habe. Ich musste ihn geradezu wach prügeln. Und wisst ihr, was er gemacht hat? Stellt euch vor, er wollte auch noch Morgensex!«

Wir sind den Tränen nah. Bryndís ist jetzt richtig in Fahrt.

»Das erinnert mich an die Geschichte von dem Typen, der mit irgendeinem Aufriss in einem fremden Schlafzimmer lag und auf dem Nachttisch ein Foto von seiner Zahnärztin sah!« Regina lacht über ihren eigenen Witz.

Ich muss an die Familienfotos denken, die auf dem Nachttisch in dem Ferienhaus in Vík standen. Kurz bevor Nói zwischen die Betten rutschte, sah ich noch ein Foto von ihm mit seinen Eltern. Alle in Angelklamotten, und das Muttersöhnchen mit einem riesigen Fisch im Arm. Irgendwie tragikomisch. Die Salami wandert meine Speiseröhre hinauf. Stelle ich mir jedenfalls vor. Ich denke an die Milben in den Ecken, und der Pizzabelag schiebt sich weiter nach oben.

»Und?« Tinna schlägt auf dem Sofa die Beine übereinander und wartet gespannt auf die Fortsetzung.

»Und nichts«, sagt Bryndís rasch. »Ich bin einfach gegangen. Hab auf dem Weg nach draußen noch einen hässlichen Gartenzwerg umgetreten. Aber der stand halt im Weg.«

»Hast du ihn wieder aufgestellt?«, fragt Tinna.

»Nee«, sagt Bryndís mit Nachdruck. »Der war so hässlich! Und hat gegrinst!«

»Für diese Geschichte hast du echt den Nobelpreis verdient«, sagt Regina bewundernd.

»Willst du dich heute nicht mal bei Gunnar melden?«, fragt Tinna.

Stille tritt ein, und ich erwische mich dabei, dass ich mich wieder einmal darüber ärgere, wie hübsch sie ist. Makellos. Nicht ein einziges Haar auf ihrem Pullover. Im Gegensatz zu Regina und Bryndís, die aussehen wie Vogelscheuchen.

»Spinnst du?« Bryndís wirft Tinna einen vernichtenden Blick zu.

»Nein. Findest du es so absurd, dich bei dem Mann zu melden, mit dem du die Nacht verbracht hast? Schließlich habt ihr vor einer Stunde noch nackt im selben Bett gelegen!«, entgegnet Tinna schnell.

»Nein, ich werde mich nicht bei ihm melden.«

»Warum denn nicht, Bryndís? Bitte nenn mir einen guten Grund, dann rede ich nicht weiter davon.«

»Hast du mir nicht zugehört? Die Sache war furchtbar peinlich!«, platzt Bryndís heraus.

»Ja, aber auch furchtbar lustig«, entgegnet Tinna hoffnungsvoll. »Außerdem sind peinliche Situationen kein Grund, nie wieder mit dem Mann zu reden.«

»Ja, äh, nein, Tinna. Danke für den Vorschlag, aber ich werde ihn nicht anrufen«, sagt Bryndís bestimmt.

»Hast du ihm deine Nummer gegeben?«, werfe ich ein.

Die Augen, mit denen Bryndís mich fixiert, sehen aus, als würden sie Funken sprühen.

»Meinst du, ob ich sie ihm aufgeschrieben habe, bevor oder nachdem sein Vater meine Titten gesehen hat?«

Ich muss lachen und beschließe, nicht weiter darauf herumzureiten.

»Okay, wie klingt das, Regina? *Lieber Marinó Hermann. Ich musste heute Morgen feststellen, dass du in meinem Bett Wasser gelassen und anschließend das Weite gesucht hast. Da ich nicht bereit bin, die Reinigungskosten zu übernehmen, schlage ich vor, dass du die betreffenden Sachen möglichst schnell in die Reinigung bringst. Ich habe versucht, dich anzurufen, um eine Übereinkunft zu treffen, aber du bist nicht rangegangen. Daher sehe ich keine andere Möglichkeit, als das Bettzeug bei dir abzugeben. Viele Grüße, Regina.*«

»Sehr schön«, sagt Regina zufrieden.

»Okay, ich weiß, dass das ausgerechnet aus meinem Mund komisch klingt, aber demütigen wir den Mann damit nicht total?«, sagt Bryndís.

»Hört, hört!«, echauffiert sich Regina.

»Bryndís, lass uns doch mal kurz rekapitulieren, was letztes Wochenende geschehen ist«, sage ich in meiner Amtsgericht-Stimme und setze mich in Positur. »Da hat ebenjener Mann euer Klo verstopft. Du hast dich bereit erklärt, ihn nach

Selfoss zu fahren, weil du keinen Ärger wolltest. Willst du wirklich, dass Regina nichts in der Sache unternimmt?«

»Ja, genau. Die Rechnung muss an die richtige Person gehen. Man darf sich nicht aus der Verantwortung stehlen«, wirft Tinna ein, eine Weisheit, die sie von ihrer Mutter hat.

»Ist das denn unbedingt notwendig?«

Ich verstehe nicht, wie Bryndís den Mann nach all den Beleidigungen, die sie ihm an den Kopf geworfen hat, verteidigen kann. Hat sie tatsächlich Mitleid mit ihm?

»Wer hat sich denn am meisten über Marinó Hermann beschwert? Und jetzt hast du auf einmal Schiss?« Regina schaut ihre Mitbewohnerin erbost an.

»Nein, schon gut. Vielleicht hat Tinna ja recht. Man darf sich nicht aus der Verantwortung stehlen. Ich weise ja nur darauf hin, dass das vielleicht ein bisschen zu weit geht.«

»Nein, das geht nicht zu weit. Der Mann hat seine Chance verspielt!«, beendet Regina die Diskussion, während ich immer noch darüber nachdenke, ob mein Körper die Salami bereits verdaut hat.

BRYNDÍS

LEIFSGATA. DIE VERGANGENHEIT KLOPFT AN.

Ich konnte in dem Moment nicht darüber sprechen, aber ich weiß, dass dieses Mitleid, das ich auf einmal für den Mann aus Selfoss empfand, mit meinem Vater zusammenhängt. Ich muss andere immer verteidigen und beschützen und fühle mich für deren Mist verantwortlich. Ich will immer, dass alles harmonisch ist und dass es allen gutgeht. Zwar kann ich durchaus über andere Leute herziehen, wenn sie nicht dabei sind, aber ich lasse es sie nie spüren. Es geht mir immer darum, die Familie, den innersten Kern zu schützen. Ich weiß, dass das ein erlerntes Verhalten ist, aber ich kann es nicht abstellen.

Ich weiß noch, wie das mal bei uns zu Hause passiert ist. Eigentlich hätte ich es nicht sehen sollen, aber ich hörte zufällig, wie meine Mutter genervt aus dem Schlafzimmer kam. Es war Sonntag, und ich war längst wach. Mein Vater schlief wie üblich noch. Er war am Wochenende immer angeschlagen und schlecht gelaunt. Meine Mutter bat meine Schwester und mich, leise zu spielen, um ihn nicht zu wecken. Wir mussten immer leise spielen. Erst als ich von zu Hause ausgezogen war, merkte ich, dass es nicht normal ist, kleine Mädchen Wochenende für Wochenende zu bitten, beim Spielen leise zu sein, damit der Säufer in der Familie ausschlafen kann. Das ist völlig absurd. Wir wurden ständig gemaßregelt, durften nie frei und ungezwungen sein, wurden immer ausgeschimpft. Dabei waren wir gar nicht laut! Wir hatten permanent Angst, tippelten auf Zehenspitzen herum und versuchten, uns so unauffällig wie möglich zu verhalten.

Ich weiß noch, dass mir der Flur ungewöhnlich düster

vorkam. Ich achtete darauf, keinen Mucks von mir zu geben, darin war ich richtig gut. Als ich durch die Tür spähte, sah ich meinen Vater neben dem Bett stehen. Seine Haare standen in alle Richtungen ab. Im Schlafzimmer war es dunkel, und ich schaute auf den Wecker auf dem Nachttisch. Es war halb sechs. Er kratzte sich am Kopf, verwirrt und verkatert, nur mit einer Unterhose bekleidet. Die Unterhose hätte weiß sein sollen, war es aber nicht. Sie war gelb. Es fühlte sich an wie ein Schlag in den Magen. Ein schreckliches Gefühl für ein zwölfjähriges Mädchen. Ich wusste, dass ich nichts sagen durfte und so tun musste, als hätte ich nichts gesehen. Auf keinen Fall darüber sprechen. Ich wich zurück in den düsteren Flur, damit mein Vater mich nicht sah. Anschließend schlich ich zurück in die Küche, wo meine Schwester und ich Perlen steckten. Meiner Schwester erzählte ich nichts, aber meine Mutter beobachtete ich genau. Nachdem mein Vater aus dem Schlafzimmer gekommen war, zog sie das Bett ab. Dann ging sie ins Kinderzimmer, zog unsere Betten ebenfalls ab und rief, heute würden alle in sauberem, frisch gebügeltem Bettzeug schlafen. Ich wusste genau, weshalb sie die gesamte Bettwäsche wusch. Sie brachte mir bei, zu schweigen und meinen Vater zu schützen. Noch heute erinnere ich mich daran, dass er nach dem Aufwachen nicht duschen ging.

TINNA

AN DER ABZWEIGUNG ZU DEN BLÁFJÖLL-BERGEN. DIVERSE AUFREGER.

»Es macht trotzdem keinen Sinn, teureren Kaffee zu kaufen, nur weil die Firma behauptet, dass die Bauern in Indonesien ein Prozent vom Verkaufspreis erhalten. Darauf kannst du dich nicht verlassen.«

»Ich finde es aber wichtig, dass er fair gehandelt ist. Und dass die Firmen sich grundsätzlich Gedanken über Recycling und so was machen«, sage ich, obwohl ich keine Lust habe, mit Regina zu diskutieren. Das ist keine richtige Diskussion, weil sie immer auf ihrem Standpunkt beharrt. Dabei weiß ich, dass ich recht habe. Wir kamen darauf, weil sie sich weigerte, an einem Café mit einem Fair-Trade-Siegel anzuhalten. Am Ende gab sie zwar klein bei, wollte aber nicht mit in den Laden kommen und fing stattdessen an, über den Sinn der Sache zu diskutieren.

»Ja, aber du kannst dich nicht darauf verlassen.«

»Natürlich kann man sich darauf verlassen. Da gibt es jede Menge Kontrollen, und wenn eine Firma dieses Siegel bekommt, muss sie bestimmte Bedingungen erfüllen.«

»Diese Fair-Trade-Waren sind doppelt so teuer, und nur ein winziger Bruchteil davon fließt tatsächlich an die Bauern zurück. Die verkaufen den Kaffee für 800 Kronen, und die Bauern kriegen vielleicht fünf Kronen. Das ist doch Schwachsinn!«

»Die Zahlen saugst du dir doch aus den Fingern«, unterstützt mich Bryndís unerwartet vom Beifahrersitz.

»Nein. Die genauen Zahlen spielen keine Rolle. Das gilt alles als super fair, und die Konsumenten werden ordentlich zur Kasse gebeten, nur damit sie ein besseres Gewissen haben, wenn sie ihren Jahresurlaub in der Karibik verbringen. Du lässt dir von Betrügern wissentlich Geld aus der Tasche ziehen, Tinna, herzlichen Glückwunsch!«

»Ich finde es aber wichtig, dass Firmen ökologische Ziele verfolgen. Wir können nicht endlos so weitermachen, ohne darüber nachzudenken, dass wir unsere Ressourcen ausbeuten. Das ist natürlich schwierig, weil wir noch nicht an dem Punkt sind, dass der Klimawandel Einfluss auf unseren Alltag hat. Aber dazu wird es kommen. Und zwar sehr bald. Es ist unverantwortlich, sich keine Gedanken darüber zu machen und den ganzen Mist auf kommende Generationen abzuwälzen.«

Regina hört plötzlich auf zu widersprechen und schaltet einen Gang zurück.

»Tinna, du bist echt süß. Soll ich dich zu Sputnik fahren, damit du dir ein Gardinenkleid kaufen kannst?« Regina lacht über ihren eigenen Witz. »Oder lieber direkt runter zum Austurvöllur? Da ist bestimmt eine Demo gegen irgendwas.«

»Ach, hör doch auf«, sagt Bryndís vom Beifahrersitz. »Tinna hat vollkommen recht. Wir machen uns nur keine Gedanken darüber, weil es uns nicht direkt betrifft. Aber es betrifft Menschen an anderen Orten der Welt. Ganze Inseln werden überflutet, die Flüchtlingsströme steigen massiv an, und Orkane und Naturkatastrophen nehmen auf der ganzen Welt zu. Selbst in New York!«

Nach diesem Vortrag herrscht Stille im Wagen. Wir wissen alle, dass man dagegen nichts sagen kann.

»Mädels, Themawechsel,« rufe ich und steigere die Erwartungen, indem ich noch ein paar Sekunden schweige und einen Schluck von meinem Fair-Trade-Kaffee trinke.

»Ja?«

»Da gibt es so eine Sache bei Gauti.«

»Aha?«, entgegnet Regina.

»Es ist vielleicht nicht so wichtig, aber lustig.«

»Nun erzähl schon! Wir sind gleich da!«

Ich lache. Inga und ich haben es uns auf der Rückbank von Reginas Schlitten gemütlich gemacht, und die schwarze Mülltüte mit dem nassen Bettzeug ist sicher im Kofferraum verstaut.

»Also, heute Morgen, das war schon ein bisschen speziell.«

»Wieso?« Jetzt sind alle neugierig geworden.

»Ich bin aufgewacht, als du mich angerufen hast, Regina. Und da war er schon seit über einer Stunde wach.«

»Topfit trotz der vielen Cocktails?«, entgegnet Regina schnippisch.

»Ja, genau. Topfit ist das richtige Wort. Er hat nämlich gerade den Boden gewischt, als ich aufgestanden bin. Das war so gegen elf Uhr.«

»Waaaas?«, sagt Bryndís entsetzt.

»Ja, mit Putzhandschuhen und Ajax, das volle Programm. Richtig profimäßig!«

»Tinna«, sagt die Frau am Steuer ernst. »Du weißt ja, dass du jederzeit wieder aus der Sache rauskannst.«

»Na ja, nicht nur Schwule putzen samstags ihre Wohnung!«, wirft Bryndís ein.

»Nein, das stimmt. Für meine Schwiegermutter gibt es nichts Schöneres, als samstagsmorgens bei klassischer Musik ihr Silber zu polieren«, ergänzt Inga.

»Die hat ja auch schwer einen an der Waffel«, kommentiert Regina.

»Jepp«, stimmt Inga ihr ungerührt zu.

»Aber das mit dem Putzen ist noch nicht alles.«

»Aha?«

»Er hatte auch schon ein Bananenbrot gebacken«, erzähle ich zögernd.

Alle fangen an zu lachen. Ich auch.

»Und?«, fragt Bryndís ernst.

»Und heute Morgen hatte er genauso eine Hose an wie Inga gestern Abend, die war nur nicht so eng.«

»Okay, Inga, jetzt mal ehrlich. Bitte beschreib die Hose, die du anhattest, bevor du dir meine Jogginghose geschnappt hast. Übrigens habe ich dich seit der siebten Klasse nicht mehr in einer Jogginghose gesehen. Du siehst richtig sexy darin aus!« Wir halten alle die Luft an, und Inga räuspert sich.

»Danke, Bryndís. Das war eine Jeans, die ich im Sommer gekauft habe, allerdings keine blaue, sondern sie ist, nun ja, pastellrosa.«

Stille, bis auf das Gedudel aus dem Autoradio. Regina drückt auf den Ausschaltknopf und tilgt sämtliche Hintergrundgeräusche.

»Inga, würdest du die Ereignisse bitte kurz für uns zusammenfassen?«, sagt sie.

»Gerne. Im Fjölnisvegur erwachte heute Morgen ein Produktdesigner mit einer der schönsten Frauen der Stadt neben sich im Bett. Anstatt mit ihr zu kuscheln, zog er eine rosafarbene Hose an, backte Bananenbrot und beschäftigte sich mit Putzutensilien. Darüber hinaus muss unbedingt erwähnt werden, dass der besagte Junggeselle gestern Abend in rauen Mengen Piña Colada zu sich nahm«, erklärt Inga mit Nachrichtensprecherstimme, und wir lachen.

»Tinna, weißt du, wann er Geburtstag hat?«

»Im Dezember.«

»Aha, das war's dann wohl«, sagt Bryndís behutsam.

»Wieso?«

»Er ist keine Jungfrau mehr, sorry, Honey. Ich glaube, wir

können nicht länger ignorieren, dass der Mann schwul ist. Inga, was meinst du?«

»Tja, ich muss den Mädels zustimmen. Es gibt untrügliche Beweise dafür, dass der Mann eine Neigung zum eigenen Geschlecht hat. Spürst du das nicht, wenn du ihn küsst?«

»Ja, beschreib uns bitte ausführlich, wie er küsst!«, fordert Regina ironisch.

»Ganz normal eigentlich. Aber viel mehr läuft nicht. Es reicht ihm, meine Hand zu halten. Er hat zum Beispiel nicht versucht, mit mir zu schlafen.« Ich zögere einen Moment. »Wir haben ja auch erst eine Nacht im selben Bett verbracht. Aber wir waren viel zusammen unterwegs. Seine Wohnung ist todschick. Wenn er nur nicht diese Stoppeln auf der Brust hätte!«

Wir lachen. Ein klassisches Problem, wenn man mit zu gepflegten Männern nach Hause geht.

»Und gestern Abend, als ihr bei ihm wart? Lief da nichts?«

»Erst hat er mich ins Wohnzimmer gebeten, und wir haben Mineralwasser getrunken. Dann haben wir uns auf dem Sofa geküsst, allerdings auf meine Initiative hin, und dann sind wir schlafen gegangen.«

»Habt ihr euch im Bett nicht geküsst?«

»Nein.«

»Wolltest du nicht?«

»Ich weiß nicht genau«, antworte ich wahrheitsgemäß.

»Tja, ich würde sagen, du solltest dich nach etwas anderem umschauen. Wie hat er reagiert, als du heute Morgen gegangen bist?«

»Er war total enttäuscht, weil ich sein Bananenbrot nicht probieren wollte.«

Die Mädels sind baff, was ich an der Stille merke, die auf diesen Satz folgt. Ich weiß wirklich nicht mehr, was ich für Gauti empfinde. Mein Handy klingelt.

»Pst, das ist meine Mutter.«

»Hallo, Mama!«

»Bist du schon im Hotel?«

»Gut.«

»Ja! Hast du das Foto bekommen?«

»Er war Türsteher und hat sich mit mir angelegt, weil ich in der VIP-Schlange stand.«

»Nein, mit Gauti.«

»Ja, das ließ sich nicht vermeiden.«

»Nett.«

Inga wirft mir einen Blick zu, Bryndís macht ein Time-out-Zeichen, und Regina prustet los.

»Na ja.« Ich mache eine kurze Pause. »Die Mädels glauben, dass er schwul ist.«

»Ja, er ist ein bisschen seltsam. Vielleicht ist das alles zu schön, um wahr zu sein.«

»Ach, du weißt schon. Er backt ständig, trägt rosa Hosen, liest Männermagazine, hasst Fußball ...«

»Und trinkt Cocktails«, ruft Regina dazwischen. Inga hat ganz offensichtlich das schallende Gelächter meiner Mutter durchs Telefon gehört. Den ganzen Weg von Ägypten. Natürlich findet Mama das total lustig.

»Ja, kennst du ihn?«

»Nein, es eilt nicht. Wir checken das, wenn du zurück bist. Kommst du am Donnerstag?«

»Okay, ich hab dich auch lieb.«

»Nein, mehr als du.«

»Tschüss.«

»Inga! Hast du eigentlich gedacht, wir würden dich verschonen?«, ruft Regina, als sei ihr plötzlich etwas eingefallen, das sie schon die ganze Zeit fragen wollte.

»Was meinst du?«

»Das war doch tatsächlich Jóhann gestern Abend!«

»Wieso weißt du das noch? Daran solltest du dich eigentlich gar nicht mehr erinnern«, entgegnet Inga und wird rot.

»Welcher Jóhann?«, frage ich gespannt, froh über den Themawechsel. Gauti wird vorübergehend in Frieden gelassen.

»Mein Schwiegervater!« Ingas Gesicht nach zu schließen ist das keine gute Nachricht.

»Moment, Moment, Moment. Nóis Mutter pflegt zu Hause ihren Sohn, während sein Vater einen saufen geht?«, fragt Bryndís, die den Mann gestern offenbar nicht gesehen hat.

»Ja, genau, das war schon seltsam«, sagt Inga mit ernstem Gesicht.

»Was meinst du?«

»Ich hätte Ástrós gestern umbringen können. Sie provoziert mich ständig!«

»Himmel. Ich verstehe, dass du einen Drink brauchtest.«

»Sag mal, Inga?« Reginas Stimme klingt neckisch.

»Hm.«

»War die Limette eigentlich reif genug?«, fragt Regina und fängt lauthals an zu lachen.

»Ach, Regina.«

»Jetzt komm mal runter und konzentrier dich auf die Straße. Wenn nicht, kriegst du einen Fair-Trade-Kaffee in den Nacken. Ich hab noch einen Rest übrig! Inga, erzähl weiter«, sage ich, und Regina schnaubt enttäuscht, weil ihr Limetten-Witz so schlecht ankam.

»Ich habe gestern mitgekriegt, dass jemand in Nóis und meinem alten Zimmer schläft und Nói im Gästezimmer einquartiert wurde. Das habe ich erst nicht verstanden. Dann sah ich gestern Abend seinen Vater. Und stellt euch vor, ich habe beobachtet, wie er seinen Ehering auszog. So was macht man doch nicht nach Mitternacht in einem Club!«

»Wo denn sonst!«, tönt Bryndís.

»Ach du Scheiße!«, rufe ich pikiert.

»Ich habe es nicht fertiggebracht, ihn zu grüßen. Ich ertrage es einfach nicht, von diesen Leuten finanziell abhängig zu sein.« Für einen Moment sieht es so aus, als würde Inga anfangen zu weinen, aber sie reißt sich zusammen und erzählt weiter. »Als ich dann eine Stunde später aufs Klo gegangen bin, habe ich ihn wieder gesehen. Er saß auf einem Ledersofa mit einem Mädchen auf dem Schoß. Die hat gerade mal das Jura-Examen. Er hat sie bestimmt letzten Winter unterrichtet.«

»Scheiße, soll das ein Witz sein?«, sagt die Frau am Steuer bestürzt.

»Saß sie wirklich auf seinem Schoß?«

»Ja. Das ist total absurd. Der Mann hält an Feiertagen die Familientradition hoch, hat die perfekte Ehefrau, das perfekte Haus, den perfekten Sohn. Und ist außerdem noch ein landesbekannter Mann.«

»Das ist ja der Hammer, Inga.«

»Ich war natürlich total geschockt. Er hat mich gesehen, und wir haben uns einen Augenblick in die Augen geschaut. Er hatte diesen Auf-frischer-Tat-ertappt-Blick. Dann ist er aufgesprungen und hat das Mädchen aufs Sofa gestoßen. Ich wollte die Treppe rauf, und er ist mir nach und hat meinen Namen gerufen.«

»Und was hast du gemacht?«

»Er ist ja mein Schwiegervater, also wusste ich, dass ich ihm früher oder später wieder begegnen würde, und bin stehengeblieben. Er hat mich eingeholt und wollte mich wie immer umarmen, als wäre überhaupt nichts passiert. Dann sagte er ›wie geht's, meine Liebe‹, und ich hab geantwortet, ›gut‹, aber kein Lächeln zustande gekriegt und krampfhaft überlegt, was ich sagen soll. Ich fand es einfach nicht fair, so zu tun, als hätte ich nichts gesehen, und habe ihn gefragt, was er im Club macht. Dann ging's erst richtig los. Er wollte mit mir woanders hingehen, aber ich habe mich geweigert. Am Ende haben wir uns dann auf die Treppe gesetzt.«

»O Mann.«

»Und dann fing er an, sich über Ástrós zu beklagen. Wie hinterlistig und krank sie sei. So habe ich ihn noch nie erlebt. Es tat ihm plötzlich furchtbar leid, dass ich ihn mit einer seiner ehemaligen Studentinnen gesehen hatte, angeblich nur eine gute Freundin.«

»Klar«, wirft Bryndís ein.

»Jedenfalls stimmt in ihrer Ehe so einiges nicht. Ich habe bestimmt zwei Stunden mit ihm geredet.«

»Stimmt, ich hab dich nämlich irgendwann gesucht und bin euch in die Arme gelaufen.«

»Woran du dich alles erinnerst! Marinó Hermann hat Jóhann doch noch die Hand geschüttelt. Als Jóhann geschnallt hat, dass Marinó ihn als ›Staranwalt‹ kennt, hat er direkt einen Schalter umgelegt. Die beiden haben sich gegenseitig mit ihrem Macho-Gehabe übertrumpft, und es endete damit, dass Jóhann Marinó seine Visitenkarte gab, falls er mal in Schwierigkeiten geraten würde. Hat dich das überrascht, Regina?«

»Na ja, ich fand dich nur ungewöhnlich still. Dein Schwiegervater ist natürlich ein richtiger Schleimer. Von dem habe ich eigentlich nichts anderes erwartet.«

»Als ihr weg wart, fing er jedenfalls an, mir vorzuheulen, was für eine tolle Frau Nói gefunden hätte. Er hatte sogar Tränen in den Augen.«

»Hilfe!«

»Es endete damit, dass ich ihm ein Taxi gerufen habe. Ich hätte besser die Polizei gerufen. Er war stockbesoffen. Hatte die ganze Zeit eine Schnapsflasche in der Hand, die er an der Bar gekauft hatte.«

»Ist Nói seinem Vater eigentlich ähnlich?«

»Ja, äußerlich schon, aber Nói ist nicht so durchtrieben. Er hat nicht diesen Geltungsdrang. Ihr kennt ihn doch. Er ist nicht so.«

»Stimmt, das ist wirklich der Hammer!«

»Bist du danach gegangen? Ich hab das gar nicht mehr mitgekriegt.«

»Ja, ich war total fertig. Ich hab dir noch gesagt, dass ich in die Leifsgata will, um mich kurz hinzulegen. Anschließend wollte ich nach Hause fahren, aber ich bin nicht mehr aufgewacht, weshalb Bryndís in Árbær gelandet ist.«

»O Mann!« Und ich war die ganze Zeit im Fjölnisvegur! Höchstwahrscheinlich mit einer Schwuchtel. »Was willst du jetzt tun? Du besprichst das bestimmt mit Nói«, beantworte ich mir meine Frage selbst.

»Nein«, antwortet Inga entschieden.

»Was?«, sagen alle im Chor.

»Nein, ich bespreche das auf keinen Fall mit Nói. Er ist viel zu sensibel.«

»Sensibel? Inga, das sind Fakten! Ist Nói nicht der Mann, mit dem du dein Leben teilen möchtest?«

»Doch, aber es sind schließlich seine Eltern. Und Nói weiß offensichtlich nichts davon. Er wurde immer aus allem rausgehalten. Seine Mutter liebt ihn abgöttisch, und sein Vater geht einmal im Jahr mit ihm Lachsfischen und regelmäßig zum Fußball. Da führen sie dann Männergespräche. In dieser Familie redet man nicht wie normale Menschen miteinander. Nach außen hin ist alles perfekt und hinter der Fassade total kaputt. Sie reden immer nur über andere Leute und oberflächliche Dinge. Wie Golfausrüstungen. Oder die Gemeindepolitik in Garðabær, versteht ihr? Das ist ihre Welt. Und natürlich, wo die nächste Auslandsreise hingeht. Ein unerschöpfliches Gesprächsthema.«

Nach dieser Abrechnung sind alle still. Wir warten, ob Inga noch etwas hinzufügen will.

»Dubai soll ja ganz toll sein!«, ahmt sie ihre Schwiegermutter nach. »Ich würde so gerne noch mal in dieses urige Fünfsterne-Skihotel in Aspen! Wisst ihr noch, das Restaurant daneben mit dem Michelin-Stern? Die Calamari waren ein Traum!«

Wir lachen alle.

»So ist das immer. Aber ich bringe euch um, wenn ihr das weitererzählt. Obwohl, eigentlich ist es mir egal. Das ist alles nicht übertrieben. So ist es. So sind sie. Diese Leute haben mein Selbstwertgefühl zerstört und mir eingeredet, ich sei nicht gut genug für diese Familie! Tatsache ist, dass ich viel zu gut für sie bin!«

Sie verstummt und beruhigt sich wieder ein wenig.

»Ich will das alles nicht mehr. Ich weiß es einfach. Jede Pore meines Körpers sagt mir, dass ich diese Familie loswerden muss. Selbst wenn ich Nói dann auch verliere. Ich kann nicht länger zulassen, dass sie mit ihrem Geld mein Leben zerstören.«

»Wow, Inga, das war wirklich ein dramatisches Schlusswort, aber wo wohnt denn nun eigentlich unser Schmutzfink?«, fragt Regina plötzlich.

Bryndís weist ihr den Weg, und wir fahren in den Ort hinein. Ich rücke näher zu Inga und nehme ihre Hand. Sie schaut mich vorsichtig an und fängt dann an zu weinen.

»Schon gut, Liebes, es war mutig von dir, uns das zu erzählen.«

Inga lächelt mich an, während ihr Tränen über die Wangen strömen.

»Vielleicht ist es ja noch schlimmer, weil ich verkatert bin. Vielleicht mache ich zu viel Wirbel um die Sache.«

»Nein, das machst du nicht«, sagt Regina mit Nachdruck. »Ehrlich gesagt, rechne ich schon seit langem damit, dass du mal so was erzählst. Du bist Lichtjahre von diesen Leuten entfernt. Das bestätigt nur, dass man Glück nicht kaufen kann. Ich verstehe gar nicht, was ich in dieser Bank mache.« Wir lachen alle. »War nur ein Witz! Und wohin jetzt, Bryndís?«

Bryndís sucht weiter nach dem richtigen Weg, und Regina fährt fort:

»Du hast jetzt zwei Möglichkeiten, Inga. Entweder du nimmst die Sache in Angriff, aber das könnte bedeuten, dass du das Haus, das Auto, die Arbeit und womöglich Nói verlierst. Oder du gibst dich damit zufrieden. Aber dann darfst du dich auch nicht länger beschweren.«

Es ist lange her, seit Regina etwas so Schlaues gesagt hat.

»Du kannst natürlich auch versuchen, einen Mittelweg zu gehen. Den Frieden wahren und dich regelmäßig bei uns ausheulen. Ich habe nichts dagegen, wenn du dich über dieses Pack beschwerst. Aber ich glaube, das würde dich allmählich von innen zerfressen.«

»Ja, das stimmt. Im Augenblick habe ich das Gefühl, dass ich genau weiß, was ich tun muss. Aber ich habe Angst, dass ich es nicht schaffe, sobald ich wieder zu Hause auf meinem gemütlichen Sofa sitze.«

»Dann schreib auf, wie du dich fühlst«, rate ich ihr und halte immer noch ihre Hand. Ich spüre, wie schwer ihr das alles fällt.

»Was meinst du, Bryndís?«

»Das muss man gut abwägen. Ehrlich gesagt, glaube ich, dass es mir schwerfallen würde, mich von allem loszusagen, selbst wenn ich wüsste, dass es das Richtige ist.«

»Warum?«, frage ich verwundert, und Bryndís lässt ein paar Sekunden verstreichen.

»Es ist immer leichter, nichts zu tun«, antwortet sie leise vom Beifahrersitz.

»Aber das wäre falsch«, entgegne ich schnell.

»Kann schon sein, aber überleg doch mal. Es ist für alle am bequemsten, wenn Inga Stillschweigen bewahrt. Weißt du, was für Folgen eine solche Abrechnung hätte? Wenn Inga Ástrós von ihrem gestrigen Gespräch mit Jóhann erzählt, was wäre dann der Preis dafür?«

Ich traue meinen eigenen Ohren nicht. Es ist höchst merkwürdig, dies aus dem Mund einer meiner ältesten und besten Freundinnen zu hören. Unglaublich, dass sie es so weit im Leben gebracht hat, so großen Abstand von ihrer Familie hat, aber immer noch in alten Verhaltensmustern feststeckt.

»Aber Bryndís, wenn Inga Ástrós erzählt, dass ihr Mann gestern Abend im Club seinen Ehering ausgezogen und mit einer seiner Studentinnen geflirtet hat, macht sie dann etwas falsch? Es geht doch nicht um sie! Inga wäre nur die Überbringerin der schlechten Nachricht, und dafür sollte niemand erschossen werden.«

»Ja, aber sie weiß Dinge, die Ástrós' und Jóhanns Ehe zerstören könnten.«

»Diese Ehe ist doch schon total kaputt, ob Inga es nun erzählt oder nicht«, werfe ich mit lauter Stimme ein.

»Okay, eine Frage, Bryndís. Findest du es wirklich besser, wenn Ástrós und Jóhann das alles unter den Teppich kehren, anstatt sich zu trennen und zu versuchen, ein glücklicheres Leben zu führen?«

»Nein, natürlich nicht. Aber das ist ihre Entscheidung. Ich finde, es ist nicht Ingas Aufgabe, die Ehe ihrer Schwiegereltern zu zerstören«, gibt Bryndís zu bedenken.

»Das haben sie ja schon selber getan«, sagt Inga entschieden.

»Aber es ist trotzdem nicht deine Aufgabe,« wiederholt Bryndís trotzig.

»Meine Aufgabe ist es, das riesengroße Loch in meinem Inneren zu füllen. Und das hat mit meinen schlechten Gefühlen und dem inhaltslosen Lebensstil zu tun, den meine Schwiegereltern mir aufzwingen. Deshalb muss ich etwas unternehmen. Soll ich einfach weiter die brave Anwaltsschwiegertochter spielen, die ihnen vorlügt, sie fände ihre schwarzen Fliesen schön? Das ist nicht meine Art! Soll ich meine Erwartungen ans Leben runterschrauben, damit ihre Ehe hält? Meinst du das?«

»Nein, du überinterpretierst meine Worte.«

»Okay, dann erklär sie mir besser. Und halt deine persönlichen Probleme da raus.«

»Was meinst du?«, fragt Bryndís erregt.

»Es ist doch klar, dass du alle davon überzeugen willst, dass du das Richtige gemacht hast, indem du deine familiäre Situation jahrelang akzeptiert hast.«

»Wovon sprichst du?«

»Bryndís, wir wissen doch alle, wovon ich spreche.« Inga ist schon ganz rot im Gesicht, und Bryndís geht an die Decke.

»Nein, ich weiß nicht, wovon du sprichst. Das scheint ja ein beliebtes Thema unter euch Dreien zu sein. Also bitte erklär es mir!«

»Bryndís, wir wissen alle, dass dein Vater Alkoholiker ist«, sage ich so umsichtig wie möglich.

»Darüber habe ich nie mit euch geredet.«

»Nein, aber wir wissen es trotzdem. Und du darfst ruhig darüber reden. Wie lange sind wir jetzt schon befreundet, seit der siebten Klasse?«

»Seit der fünften.«

Ich traue mich kaum noch, etwas zu sagen, und merke erst jetzt, dass wir angehalten haben. Wie lange stehen wir schon hier? Plötzlich stößt Bryndís heftig die Tür auf, knallt sie hinter sich zu und rennt weg.

»Scheiße«, sagt Inga leise. Es ist das erste Mal, dass ich sie fluchen höre. »Bin ich zu weit gegangen?«

Ich beruhige sie. Bryndís muss ihren Problemen früher oder später ins Auge sehen, auch wenn sie es bequemer findet, es nicht zu tun.

BRYNDÍS

IRGENDWO IN SELFOSS.

Natürlich habe ich auch schon darüber nachgedacht, ob mein Vater und diese schreckliche Familiensituation, in der er uns ordentlich tyrannisiert hat, der Grund dafür sind, dass ich bisher immer Beziehungen zu Verlierertypen hatte. Ich habe den Genpool der Loser in Island kartographiert und war mit einem Großteil von ihnen im Bett. Lebensgefährten kann man sie wohl nicht nennen, da kaum einer von ihnen sich als solcher bezeichnet hätte. Und ich würde natürlich niemals zugeben, dass ich von irgendeinem mehr gewollt hätte. Das war im Grunde wie Resteficken. Natürlich übertreibe ich, aber die Typen wären alle keine guten Familienväter geworden, da würden mir die meisten vernünftigen Menschen wohl zustimmen. Und danach war ich immer diejenige, die verletzt war. Natürlich ohne mit irgendjemandem darüber zu sprechen, schon gar nicht mit dem Beteiligten selbst. Ich bin lieber alleine unzufrieden, als dass ich über meine Unzufriedenheit rede. Mir fällt das alles so schwer, dass ich es lieber in die Problemkiste tief in meinem Inneren stecke und diese gut abschließe. Ich verstehe auch nicht, warum solche Typen immer auf mich abfahren. Was finden die an mir? Steht mir etwa auf der Stirn geschrieben, dass ich mich ihnen stets unterordnen und fünf Tage in der Woche ihre Sauferei erdulden werde? Lieber würde ich gar nicht darüber nachdenken, was ich für diese Idioten schon alles gemacht habe. Ich habe ihnen Geld geliehen, ihnen morgens das Frühstück gemacht und ihre Klamotten gewaschen, weil sie die Waschmaschine nicht bedienen konnten! Das Schlimmste war, als ich mit einem von ihnen in eine Kellerwohnung in einem Vorort gezogen bin, weil er sich weigerte, woanders hinzuziehen. Er fand es so praktisch, nah bei seinem Elternhaus zu wohnen. Wie schön für ihn. Es ist schwer nachvollziehbar, dass ich mehrere Wochenenden hintereinander zu Hause gesessen habe, ohne einen Tropfen Alkohol zu trinken, nur um ihn aus der Innenstadt abholen zu können. Was war mit mir los? Was ist mit mir los? Ein Taxi war ihm zu teuer, aber er fand es völlig okay, sich von seiner Freundin abholen zu lassen. Und die tat natürlich so, als sei das alles ganz normal, bis sie irgendwann ausrastete und sich der nächsten menschlichen Tragödie zuwandte. Erst als Regina mir eine Standpauke hielt, begriff ich, dass diese nächtlichen Abholaktionen nichts damit zu tun hatten, dass ich ein guter Mensch bin, sondern ein Zeichen für krankhafte Co-Abhängigkeit waren. Dass ich andere über mich habe bestimmen lassen. Ich war völlig unfähig, Grenzen zu setzen oder von anderen etwas einzufordern. Aber das ist besser geworden. Nach und nach. Besonders, seit ich mit Regina zusammenwohne.

Trotzdem hat mich dieses ganze Chaos nie vom Studium oder von der Arbeit abgehalten. Und ich war nie alkoholabhängig. Aber ich bin auf der Hut. Ich war immer in allem gut und bin es noch. Ich weiß, dass ich mich dahinterklemmen muss, aber ich will auf keinen Fall dadurch auffallen, dass ich etwas schlecht mache. Am liebsten würde ich überhaupt keine Aufmerksamkeit auf mich ziehen. Ich fühle mich am besten, wenn ich meinen Teil beitrage, mit allen gut klarkomme und mich im Hintergrund halte. Ganz hinten. Nur im engsten Freundeskreis rede ich offen. Nur meine Freundinnen bekommen mit, wie ich über irgendwelche Leute herziehe, die mir völlig egal sind.

Tinna hat ein paar Mal versucht, mit mir über meinen Vater zu reden, aber ich kann es nicht. Mir ist schon klar, dass sie wissen, wie chaotisch er früher war. Einmal stand er mitten in der Nacht bei Tinnas Mutter auf der Matte, um sich über einen Minister in dem Ministerium, in dem sie damals arbeitete, zu beschweren. Das war lange bevor sie Ministerialdirektorin wurde. Sie hat mir das nie übel genommen, sondern mich sogar für meinen jetzigen Job empfohlen. Trotzdem konnte ich nicht darüber sprechen. Tinna ist die Einzige, die ganz selten danach fragt, während die anderen so schlau sind, das Thema zu umschiffen. Bis eben. Was ist bloß in Inga gefahren? Manche Dinge gehören nun mal der Vergangenheit an. Die Sauferei meines Vaters zum Beispiel. Mir wird schlecht, wenn ich nur daran denke.

Aber damit habe ich abgeschlossen. Ich war immer ein Überflieger und in allen Jobs die Beste. Ich traue mich kaum, das zu denken, aber es hat vielleicht auch damit zu tun, dass ich meine Gefühle so gut unterdrücken und mich verstellen kann. Dass ich so sein kann, wie andere mich gerne hätten. Ich bin nie diejenige, die bei Meetings Klartext redet. Ich gehe andere Wege, um zum Ziel zu kommen, Wege, die niemanden verletzen. Außer mich selbst. Ich bin keine gute Führungsperson und habe nicht das Bedürfnis, anderen Menschen Anweisungen zu erteilen, auch wenn ich weiß, dass ich intelligent bin. Oder zumindest nie Schwierigkeiten mit dem Lernen hatte. Ich bin nicht hochbegabt. Aber ich bin total abhängig von der Meinung anderer. Darin bin ich richtig gut.

Wovon träume ich? Ich träume davon, die Erinnerungen an meinen Vater komplett zu tilgen, auch wenn das traurig ist. Ich würde mir wünschen, dass all das Schlimme, das er getan hat, nicht so großen Einfluss auf mich hätte. Wie die Sache mit Marinó Hermann. Die Tatsache, dass er in Reginas Bett gepinkelt hat, hat mich um Jahre zurückgeworfen. Zurück in den Kopf des kleinen Mädchens, das im Dunkeln im Flur steht und sieht, dass sein Vater sich in die Hose gemacht hat. Ich möchte ein Leben, in dem Männer sich in die Hose machen können, so oft sie wollen, ohne dass es mich in irgendeiner Weise tangiert.

INGA

SELFOSS. VOR EINEM EINFAMILIENHAUS.

»Bist du dir sicher, dass es hier ist?«

»Jepp.«

»Bryndís meinte doch, dass er im Erdgeschoss wohnt. Sollen wir sie mal anrufen?«

»Lass ihr noch ein bisschen Zeit. Ich glaube, es war gut, das Thema mal anzusprechen und sie ein bisschen wachzurütteln. Sie schleppt dieses Päckchen schon viel zu lange mit sich herum. Also, Mädels, ich gehe jetzt.«

Regina schaltet den Motor aus und öffnet den Kofferraum. In diesem Augenblick hätte ich gerne eine riesengroße, schwarze Sonnenbrille gehabt. Und einen breitkrempigen Filzhut. Die Situation ist absurd und fühlt sich eher so an wie das, was meine Mandanten erleben. Regina schwenkt die vollgestopfte schwarze Mülltüte mit dem aufgeklebten Brief, wuchtet sie auf den Bürgersteig und eilt dann die Treppe herunter. Im Obergeschoss regt sich nichts, und Regina steigt keuchend zurück in den Wagen und lässt den Motor an.

»Jetzt kommt die Verfolgungsjagd«, sagt sie und fährt viel zu schnell rückwärts aus der Straße.

»Aber es verfolgt dich niemand«, sage ich lachend.

»Hört zu, ich hab keinen Bock mehr auf diesen Mist. Wir rufen Bryndís jetzt an. Sie weiß, dass sie mit uns über alles reden kann. Lasst uns zur Feier des Tages eine fette Pizza essen«, schlägt Regina vor.

»Was willst du denn feiern?«

»Na, die gerechte Strafe!«

»Natürlich«, sage ich mehr zu mir selbst.

Ich bin nicht ganz bei der Sache. Eine fette Pizza klingt zwar in den Ohren der meisten Leute gut, aber in meinen nicht. Ich überlege immer noch, ob mein Verdauungssystem mit der Salami klarkommt, die ich letzte Nacht gegessen habe.

TINNA

IM HAUS DER MINISTERIALDIREKTORIN, DIE IM AUSLAND IST.

Mama: *Der Sohn von Steinunn. Teneriffa 2002.*

Klar, das ist er! Den hatte ich total verdrängt. Jetzt begreife ich einiges. Mein Gott, ich hatte gehofft, nie mehr an diese Reise erinnert zu werden. Ich simse zurück:

Stimmt. Hast du mit ihr gesprochen? Bitte erzähl ihr nichts davon.

Mama: *Okay, Honey.*

Ich schäme mich und bekomme sofort ein schlechtes Gewissen. Der Typ vor der Tür zur Kaffibarinn war der Sohn von Steinunn, einer Freundin meiner Mutter. Wie schrecklich. Ich verstehe ihn so gut. Zum Glück weiß Mama nicht mehr darüber. Es war ein Fehler, ihr überhaupt von der Sache zu erzählen, denn sie gibt bestimmt keine Ruhe, bis ich ihr alles gesagt habe. Wie die Vergangenheit einen doch einholen kann, wenn man sie nicht richtig aufgearbeitet hat. Der arme Kerl. Ich kann mich nicht erinnern, jemals so gemein zu jemandem gewesen zu sein. Aber er hat mich damals ständig verfolgt und war total verknallt in mich. Was ja auch kein Wunder ist. Ich war voll in der Pubertät, ich erinnere mich noch an die Fotos. Haare bis zum Hintern, die er unbedingt kämmen wollte, und immer in diesem grellrosa Sport-Top. Ich weiß noch, wie wichtig es mir war, meine Brüste zu stützen, die langsam wuchsen. Verdammt, ich muss ihn anrufen. Wie heißt er noch mal? Ich schnipse dreimal mit den Fingern, bis es mir wieder einfällt. Laut Einwohnerverzeichnis wohnt er noch bei seinen Eltern. Soll ich ihn wirklich anrufen? Das wird nicht leicht. Aber ich muss es tun. Ich kann mich nicht mehr in der Kaffibarinn blicken lassen, bevor ich das nicht geklärt habe. Mist! Ich wähle seine Nummer.

»Hallo, ist das Sigfús?«

»Hier ist Tinna, die Tochter von Herdís ... die Freundin deiner Mutter.« Ich höre, dass er sofort schaltet.

»Leg bitte nicht auf.« Hoffentlich hört er die Verzweiflung in meiner Stimme.

»Sorry wegen der Sache letzten Freitag.«

»Ehrlich. Bitte entschuldige.«

»Ja, das kann ich gut verstehen. Ich hätte mich sofort in die andere Schlange stellen sollen.«

»Nein, auch wegen dieser anderen Geschichte.«

»Damals in Teneriffa.«

»Dafür möchte ich mich auch entschuldigen.«

»Sorry. Ich will mich auf keinen Fall rechtfertigen, aber ich war noch sehr jung und total pubertär.«

Ich spüre, dass ihm das nahegeht. Ich kann mich zwar nicht mehr an alles erinnern, weiß aber noch, dass damals die Polizei gerufen wurde und dass er mich nicht verraten hat. Mama erzählte mir später, er habe zu einem Psychologen gemusst. Niemand wusste, dass es meine Schuld war.

»Ich hätte das nicht tun dürfen. Ich habe es schon oft bereut.«

»Kannst du mir verzeihen?«

»Natürlich, natürlich.«

»Das verstehe ich.« Bevor ich mich verabschieden kann, hat er schon aufgelegt.

Mein Handy piept. Eine SMS von Gauti. Ich bin total aufgewühlt. Sigfús' Pöbelei vor der Kaffibarinn war vollkommen berechtigt. Ich kann mir gut vorstellen, dass er lange darauf gewartet hat, sich an mir zu rächen. Ich habe es nicht anders verdient. Unglaublich, wie sehr ich diese Geschichte verdrängt hatte. Der arme Junge. In diesem Moment wird mir klar, dass ich Gauti den Laufpass geben muss. Ich darf meine kostbare Zeit, die für die Suche nach meinem zukünftigen Ehemann bestimmt ist, nicht an einen homosexuellen Produktdesigner verschwenden. Der sich affektiert benimmt.

REGINA

LEIFSGATA. STREIT ÜBER POLITIK UND GESPRÄCH ÜBER EINE SCHWIERIGE VERGANGENHEIT.

»Antworte mir!«, sage ich langsam und werde immer lauter.

»Du spinnst doch. Ich soll dir sagen, ob ich mir ein Boot kaufen und fischen gehen würde, wenn die Fischereigesetze geändert würden?«, erwidert Bryndís entnervt.

»Was soll daran so absurd sein?«

»ALLES!«

»Es ist typisch, dass die Leute sich über das jetzige System beklagen, obwohl sie überhaupt keine Ahnung von der Fischindustrie haben und alles vermasseln würden, wenn sie die Gelegenheit bekämen, sich ein Boot zu kaufen. Erstens wäre das ein wesentlich ineffektiveres System und der Warenwert würde rapide sinken, was nicht gut für den Staatshaushalt wäre …«

»Regina, du machst mich fertig! Warum hörst du nicht auf?«

»Du hast doch angefangen!«

»Vergiss es!«

»Doch, du hast dich über die Firma beschwert, in der dein Vater arbeitet und linke Theorien über die Notwendigkeit neuer Fischereigesetze propagiert. Ich weise dich lediglich auf die Fakten hin, die von Leuten stammen, die in dem Bereich arbeiten und sich auskennen.«

»Ich hab wirklich keine Lust mehr, darüber zu diskutieren.«

»Das sagst du nur, weil du keine Argumente mehr hast.«

»Stimmt nicht«, sagt Bryndís von oben herab, weil ihr nichts mehr einfällt.

Stille. Mein Handy piept, und ich werfe einen Blick aufs Display. Blitzartig ändert sich mein Tonfall.

»Bryndís, er hat eine SMS geschrieben!«

»Weiß er, dass sein Großvater hier war?«

»Keine Ahnung.«

»Was schreibt er?«

»*Damit bist du zu weit gegangen!!!!*« Ich muss grinsen.

»Der Arme! Aber sein Großvater ist ja ein wahrer Schatz!«

»Na ja.«

»Hast du noch länger mit ihm geredet?«

»Nee, eigentlich nicht. Aber sag mal, heißt das jetzt, dass ich Marinó Hermann für immer los bin?«

»Jepp.«

»Glaubst du, er schreibt über diese interessante Lebenserfahrung eine Kolumne?«

»Nein«, sagt Bryndís und fügt hinzu: »Ich könnte mir eher vorstellen, dass sich die Nächste, die er anbaggert, damit rumschlagen muss.«

»Wie meinst du das?«

»Wahrscheinlich traut er nach der Geschichte keiner Frau mehr.« Wir schauen uns an und lachen.

Ich finde überhaupt nicht, dass ich mich Marinó gegenüber unfair verhalten habe. Schließlich habe ich versucht, ihn anzurufen, und er hätte rangehen können. Nur blöd, dass seine Großeltern in die Sache mit reingezogen wurden. Sein Großvater hat das Bettzeug in die Reinigung gebracht und es dann zu mir gefahren. Peinlich. Aber leider nicht mehr rückgängig zu machen. Hoffentlich hat Marinó seine Lektion gelernt.

»Regina«, setzt Bryndís an, und ich ahne, was jetzt kommt.

»Ja?«

»Ach nichts.«

»Was ist?«, sage ich möglichst sanft, obwohl ich überhaupt nicht der sanfte Typ bin.

»Das, was Inga da im Auto gesagt hat …«

Ich lasse die Stille eine Weile in der Luft hängen.

»Ja?«, entgegne ich schließlich.

»Was, äh … du weißt schon. Findest du, dass das ein Problem ist?«

»Von ihr oder von dir?« Ich weiß, dass wir uns auf dünnem Eis bewegen, und bin ganz vorsichtig.

»Von mir.«

»Tja, man kann wirklich nicht mit dir darüber reden. Das ist ein wunder Punkt.« Ich warte. Womöglich fliegt mir gleich eine Handgranate gegen den Kopf. Schweigen. Ich spreche weiter.

»Ob es dir nun gefällt oder nicht.«

»Ja«, sagt Bryndís nur.

Ingas Worte im Auto haben sie zum Nachdenken gebracht, sonst würde sie nicht vier Tage später mit mir darüber reden wollen.

»Meinst du, ich sollte was unternehmen?«, fragt sie.

»Was denn zum Beispiel?«

»Keine Ahnung, zu einem Psychologen gehen.«

»Belastet es dich denn?«

Ich will, dass sie merkt, dass sie etwas unternehmen muss, aber niemand sagt Bryndís Helgadóttir, was sie zu tun hat. Darauf muss sie selber kommen.

»Wie meinst du das?«

»Na ja, ob es dich im Alltag behindert.«

»Was?«

»Deine Vergangenheit. Du weißt doch genau, wovon ich spreche«, antworte ich leicht gereizt. Sie tut so, als wüsste sie nicht, wovon ich rede, obwohl sie das Thema selbst angesprochen hat. Dann kommt es endlich. Das Eingeständnis. Es fällt ihr furchtbar schwer, es auszusprechen.

»Ja«, sagt sie niedergeschlagen. »Eigentlich schon. Ich ziehe ständig über andere Leute her, und wenn ich ihnen gegenüberstehe, kriege ich den Mund nicht auf. Ich bin immer so harmoniesüchtig.«

»Aber warum?«, frage ich.

»Ich bin damit groß geworden. Ein erlerntes Verhalten.«

»Ja«, sage ich nur, um ihr zu signalisieren, dass ich zuhöre.

»Ich habe immer mitgekriegt, wie meine Mutter meinen Vater mit Samthandschuhen angefasst hat. Er war, na ja, ein furchtbarer Säufer. Und ist es natürlich immer noch. Ich weiß schon gar nicht mehr, wie viele Entzüge er gemacht hat. Ich glaube elf. Das gesamte Familienleben drehte sich darum, meinen Vater bei Laune zu halten, damit er nicht trank. Ich durfte beim Spielen nicht laut sein, damit ich ihn nicht wecke, weil er sonst schlecht gelaunt war. Ich durfte keine Freundinnen nach Hause einladen, musste gut in der Schule sein. Ich musste immer perfekt sein, damit mein Vater keinen Grund hatte, wieder zu trinken oder gewalttätig zu werden.«

Bei Bryndís' letztem Satz wird mir eiskalt.

»Hat er dich misshandelt?«

Mir wird schlagartig bewusst, dass ihre Kindheit womöglich schlimmer war, als ich dachte. Für mich war ihr Vater immer ein armes Schwein, aber nie wirklich böse.

»Nein, nicht direkt.«

Etwas an ihrem Tonfall gefällt mir nicht, und ich muss der Sache auf den Grund gehen.

»Wie meinst du das?«

»Er hat uns nicht sexuell missbraucht, falls du darauf hinauswillst. Aber er hat mich geschlagen.« Sie hält inne. »Zweimal.«

Ich höre, dass sie mit den Tränen kämpft. Es ist schlimm, ihr zuzuhören, aber ich zwinge mich dazu, weil ich weiß, wie wichtig es ist. Langsam taste ich mich zu ihrem Zimmer. Es war leichter, mit ihr zu reden, ohne ihr ins Gesicht schauen zu müssen. Endlich sehe ich sie. Sie sitzt auf ihrem Bett. Mit leeren Augen.

»Beim ersten Mal, weil ich sein Brot nicht richtig getoastet habe«, erzählt sie schleppend, doch dann überschlägt sich ihre Stimme. »Er wollte sein Essen am Wochenende immer ans Bett haben. Meine Schwester und ich haben es ihm gebracht. Er hat es uns befohlen, weil er nicht wollte, dass meine Mutter es macht. Was ich nicht ganz verstehe. Sie hat ja sonst immer alles gemacht.«

Sie verstummt und starrt an die gegenüberliegende Wand. Ich setze mich neben sie aufs Bett.

»Was war der Grund für das zweite Mal?«, frage ich.

»Da hat ein Junge bei uns angerufen. Lúðvík.«

In meinem Kopf erscheint das Bild eines kleinen, dunkelhaarigen Mitschülers.

»Lúlli Gríms?«

Bryndís nickt.

»Mein Gott, warum hast du das nie erzählt?«

Sie antwortet mir nicht. Ich überlege, ob ich nachfragen soll, wie er sie geschlagen hat, entscheide mich aber dagegen und lasse sie weiterreden. Es scheint, als wäre sie um Jahre gealtert. Auf einmal sehe ich dunkle Ringe unter ihren Augen, die ich vorher noch nie bemerkt habe.

»Regina, ich habe noch nie darüber geredet«, sagt sie dumpf.

»Das ist okay«, entgegne ich sanft.

»Ich weiß. Ich habe das Gefühl, dass ich es endlich loswerden muss. Diese ganzen Gefühle. Das, worüber ihr gesprochen habt, die Scham. Ich schleppe seit Jahren die Probleme meines Vaters mit mir herum. Das ist so anstrengend. Und schmerzhaft.«

»Und es sind nicht deine Probleme«, sage ich. Bryndís schaut mich schnell an und lächelt ein wenig. Dann senkt sie sofort wieder den Blick.

»Ich weiß, aber ich habe das Gefühl ...« Sie stockt. »Ich weiß, dass mein Leben besser werden kann, verstehst du? Wenn ich das loswerde, wird alles leichter.«

»Ja, das ist wie im Sport. Manchmal behindert etwas Seelisches den sportlichen Erfolg. Es ist total wichtig, dass man solche Erlebnisse aus der Kindheit nicht mit sich herumschleppt. Dass man sie verarbeitet, damit sie einen nicht mehr belasten, verstehst du?« Langes Schweigen.

»Ja.« Wieder Schweigen. »Aber was soll ich tun?«

Ich überlege und weiß, dass das, was ich als Nächstes sage, sehr wichtig ist.

»Als Erstes solltest du mit Leuten darüber reden, denen du vertraust. Mit uns zum Beispiel. Bryndís, du weißt doch, dass ich das niemandem weitererzähle!« Ich denke nach und sage dann: »Irgendwann musst du auch mit deinen Eltern darüber reden.«

Sie schaut mich wieder ganz kurz an, und ich spüre, wie schwer ihr der Gedanke daran fällt.

»Wie ist es denn, wenn ihr euch trefft?«, frage ich.

»So ähnlich wie das, was Inga beschrieben hat«, antwortet Bryndís leise und starrt eindringlich die Wand an.

»Wir reden über alles, nur nicht über das, was wichtig ist.«

Ich halte es nicht aus, sie so unglaublich leer und traurig zu sehen. Da ist es viel besser, wenn sie sich lautstark mit mir streitet.

»Scheiße. Ich weiß gar nicht, was ich dazu sagen soll.«

»Ich auch nicht.«

Ich weiß, dass das Gespräch damit beendet ist, genauso schnell wie es begonnen hat. Dennoch bleibe ich noch eine Weile neben ihr sitzen, ohne etwas zu sagen. Ob ich sie in den Arm nehmen soll? Ihre Hand nehmen? Ich würde es gerne tun, obwohl ich solche Berührungen eigentlich nicht mag.

»Was hältst du eigentlich von dieser neuen Partei?«, fragt sie unvermutet, immer noch mit leerem Blick.

»Welche Partei?«

»Na, diese Rassisten-Partei!«

TINNA

EIN CAFÉ. MIT EINEM STAPEL ZEITSCHRIFTEN AUF DEM TISCH. GEWISSENSBISSE.

Ich weiß, dass ich überdurchschnittlich gut aussehe. Trotzdem kriege ich immer Panik, wenn ich Frauenzeitschriften lese. Am liebsten möchte ich gar nicht die nächste Seite umblättern, weil ich immer einen »Star« finde, der schlanker ist als ich, coolere Klamotten trägt als ich, strahlendere Augen hat als ich, weichere und glänzendere Haare hat als ich. Besser ist als ich. Ich weiß, dass das Quatsch ist, aber was soll man denn sonst empfinden, wenn man sich massenweise makellose Frauen in Bademode oder Glamour-Kleidern anschaut? Die einen alle anstarren und beurteilen. Eine Jury aus perfekten Frauen. Die gute Nachricht – oder eigentlich die schlechte – ist, dass sie alle mit Photoshop bearbeitet sind. Die Frauen, mit denen ich mich vergleiche, sind noch nicht einmal echt. Ich befinde mich in einer Hass-Liebe zu diesen Zeitschriften. Meine Vorbilder sind photogeshoppte Amerikanerinnen. Was ist mit mir los? Es sollte weniger solche Zeitschriften geben, und sie sollten Frauen auf andere Weise zeigen. Im Grunde sollte man sie verbieten. Die Botschaft lautet immer: Frauen müssen extrem schön und extrem dünn und extrem jung sein. Die Überschriften auf den Covern beginnen oft mit den Worten »Wie man …«. Wie man eine bessere Mutter wird, wie man erotischer wird, wie man organisierter wird und wie man seinen Traumjob bekommt. Nichts als Klischees. Man ist nie gut genug. Die Herausgeber dieser Zeitschriften machen Frauen ständig Vorschläge, wie sie sich verändern können. Damit die Anzeigenkunden ihre Produkte besser verkaufen. Was allerdings nichts daran ändert, dass ich das lese. Alles. Und mich danach in meinem eigenen Körper unwohl fühle. Natürlich ist es Heuchelei, diese Zeitschriften zu hassen, sie aber dennoch immer wieder zu lesen. Dabei ist dieser Stoff für Frauen gemacht. Das ist das, was wir lesen sollen. Die Herausgeber beruhigen ihr Gewissen, indem sie ab und zu einen Girl-Power-Artikel bringen, und paradoxerweise stimmen alle bei der Kritik an Frauenzeitschriften mit ein. Und lesen anschließend weiter. Inzwischen habe ich den ganzen Stapel durchgeblättert. Wie fühle ich mich? Ich habe definitiv nicht genug schicke Klamotten, brauche unbedingt neue Kleider, Schmuck und Make-up. Ich bin fest entschlossen, öfter ins Fitness-Studio zu gehen. Natürlich lese ich diesen Schund nur, weil ich es endlich darf. Mama hat mir nämlich immer verboten, so was zu lesen. Aber jetzt darf ich es, und deshalb mache ich es auch.

Immer noch besser, als an diesen Albtraum in Teneriffa zu denken. Unglaublich, dass mir das nach so vielen Jahren noch im Kopf herumspukt. Ich reise in Gedanken zurück und bekomme sofort wieder ein schlechtes Gewissen. Obwohl ich Sigfús angerufen und mich bei ihm entschuldigt habe, was er natürlich nicht akzeptiert hat. Ein kalter Schauer läuft mir über den Rücken. Er war noch so klein! Wie konnte ich so bösartig sein? Er war total süß und hatte eine Frisur wie Michel aus Lönneberga. Als hätte Steinunn ihm eine Schüssel über den Kopf gestülpt und seine Haare am Rand entlang abgeschnitten. Er kam immer zu mir und fragte, ob wir was zusammen machen. Ich weiß noch, wie er einmal an die Tür unseres Hotelzimmers klopfte, um mir anzubieten, seine Luftmatratze auszuprobieren. Ich war mitten in der Pubertät, und ein isländisches Mädchen aus Sandgerði stachelte mich an. Særún, ein unangenehmer Typ. Frech, immer in Flipflops und mit einer Stoppelfrisur mit Unmengen von Gel. Strähnchen, wenn ich mich recht erinnere. Wobei das eigentlich nicht sein kann. Wir waren ja noch Kinder. Sie stiftete mich immer an, ihn zu ärgern. Ich wollte es eigentlich nicht, ließ mich aber dazu überreden. Doch ich gebe ihr nicht die Schuld. Ich hätte nein sagen können. Schlimm ist allerdings, wie sehr ihn die Sache belastete und wie lange er daran zu knabbern hatte.

Es war kurz vor dem Abendessen, und Særún und ich aalten uns auf den Sonnenliegen am Hotelpool. Ich trug das grellrosa Sport-Top. Keine Ahnung, warum ich das immer anhatte. Sie sah Sigfús zuerst, als er mit seiner Luftmatratze auf uns zugelaufen kam.

»Komm, wir ärgern ihn«, flüsterte sie mir zu. Ich weiß nicht, warum ich mitmachte, aber ich tat es. Sie war ein Jahr älter als ich, und ich schaute zu ihr auf. »Ich mache das schon«, sagte sie, da ich nicht protestierte. Sie fand das irgendwie spannend. Als Sigfús nah genug bei uns war und uns hören konnte, fing sie an.

»Tinna hat mir von einem geheimen Ort erzählt, den sie entdeckt hat.« Ihre Stimme klang verheißungsvoll. Sigfús' Augen wurden immer größer, und er schaute mich an. Ich schaute mit möglichst überzeugender Miene zurück und nickte.

»Willst du ihn mal sehen?« Sie hatte den Satz noch nicht zu Ende gesprochen, als er schon bejahte.

»Aber wir müssen dir die Augen zubinden, damit du ihn nicht verrätst …«

»Muss das sein?«

Ich höre immer noch das Misstrauen in seiner Stimme. Ich weiß, dass er sich die Augen nicht zubinden lassen wollte. So etwas würde niemand angenehm finden.

»Ja, das muss sein. Sonst darfst du nicht mitkommen.«

Sigfús stimmte widerwillig zu, und Særún band ihm mit ihrem Pullover die Augen zu. Er griff nach meiner Hand. Danach wurde für ihn alles dunkel.

»Bitte lass mich nicht los«, flüsterte er mir zu. Særúns Grinsen gab zu erkennen, dass sie es gehört hatte. Seine Handfläche war ganz verschwitzt, und Særún zog uns mit sich, aus dem Hotelgarten auf eine breite Straße.

»Ist es noch weit?«, fragte Sigfús erwartungsvoll.

»Nein, nicht sehr weit«, sagte Særún und zog ihn weiter. Sie gab diverse Anweisungen, wohin wir ihn führen sollten, und ich grinste zustimmend zu allem, was sie sagte. Unterwegs redete sie laut über den Geheimort und wie spannend er sei. Ich gebe zu, dass wir es genossen, den kleinen Jungen komplett in unserer Gewalt zu haben. Nachdem wir etwa fünf Minuten gegangen waren, bedeutete sie mir, ihn in eine enge Gasse zu führen.

»Jetzt sind wir gleich da. Aber wir müssen alle unsere Kleider ausziehen.«

Ich schaute Særún verwundert an.

»Warum denn?« Sigfús' Stimme klang ängstlich. Ich spürte, dass ihm die Sache unheimlich wurde.

»Weil ich es sage.«

Ich warf Særún wieder einen Blick zu und fand sie kaltherzig, sagte aber nichts. Erklärte mich stumm einverstanden.

»Darf ich meine Unterhose anbehalten?«, bat Sigfús. Ich warf Særún einen flehenden Blick zu. Sie hatte das Sagen.

»Okay, wir erlauben dir, deine Unterhose anzulassen.«

Særún begann, Sigfús auszuziehen, und ich weiß noch, wie schlecht ich mich dabei fühlte. Ich half ihr, ihm das T-Shirt über den Kopf zu ziehen, ohne dass sich der Pullover um seinem Kopf lockerte. Wir unterhielten uns darüber, dass wir jetzt auch unsere Shorts und Oberteile ausgezogen hätten. Als Nächstes befahl Særún ihm, mucksmäuschenstill an der Wand stehen zu bleiben.

»Wir müssen hundert Sekunden warten«, erklärte sie und gab mir zu verstehen, seine Kleidung aufzuheben, was ich auch tat.

Er jammerte leise vor sich hin und tat mir so leid.

»Du musst ganz ruhig an der Wand stehenbleiben. Jetzt darfst du anfangen zu zählen. Zähl laut.«

Sigfús fing bei hundert an und zählte.

»Ganz ruhig an der Wand bleiben«, wiederholte Særún und begann, die Ärmel des Pullovers, der seine Augen verdeckte, an einem Rohr an der Wand festzubinden. Als er bei 37 angelangt war, schaute sie mich streng an und legte den Zeigefinger auf den Mund. Dann schlich sie langsam aus der Gasse. Ich folgte ihr. Nach all den Jahren höre ich das arme Kind immer noch zählen. Als er endlich bei Null war, waren wir mit seinen Kleidern über alle Berge. Wir Miststücke.

Ich zucke zusammen. Ich bin immer noch im Café. Es ist dunkel geworden, und ich spüre, dass mir Tränen über die Wangen laufen. Sie erreichen meine Lippen und schmecken salzig. Wie konnte ich nur so gemein sein? Er war noch ein Kind! Unglaublich, dass er uns nicht verraten hat. Wir rannten schnell zurück ins Hotel und warfen Sigfús' Klamotten unterwegs in einen Busch. Dann schlichen wir uns in den Hotelgarten, wo wir nach Luft schnappten und uns schlapplachten über unseren »Erfolg«. Kurz darauf kamen Sigfús' Eltern aus dem Hotelgarten und fragten, ob wir wüssten, wo ihr Sohn sei. Særún machte ein todernstes Gesicht und sagte, sie habe ihn heute noch gar nicht gesehen. Ich erstarrte und schüttelte hastig den Kopf. Die Eltern waren besorgt. Ich weiß noch, wie Særún sagte, dass er vielleicht im Spielzimmer des Hotels sein könnte. Kurz darauf ging ich mit meiner Mutter zum Abendessen und dachte nicht mehr an die Geschichte. Gegen Mittag des nächsten Tages nahm Mama mich beiseite und fragte, ob ich Sigfús gestern gesehen hätte. Sie erzählte mir, einige Hotelgäste hätten ihn spätabends alleine in der Altstadt gefunden. Danach habe ich ihn nie wieder gesehen, bis letzten Freitag. Da stand er mit einer Jacke mit der Aufschrift TÜRSTEHER vor der Kaffibarinn. Mama hatte mir später gesagt, man habe die Polizei eingeschaltet, doch der Junge habe sich geweigert zu erzählen, wie er nur mit einer Unterhose bekleidet in der Innenstadt gelandet sei. Seine Eltern vermuteten, ein Pädophiler hätte ihn angelockt. Er hatte Schürfwunden am Rücken. Später redete Mama manchmal davon und bezeichnete ihn als den jüngsten Jungen, der je in mich verliebt gewesen sei. Mir war das unangenehm, und ich bat sie, damit aufzuhören. Natürlich war es mein schlechtes Gewissen, das mich wünschen ließ, es hätte ihn nie gegeben.

BRYNDÍS

LEIFSGATA. WO ICH EIGENTLICH GAR NICHT SEIN WOLLTE.

Es fällt mir im selben Moment wieder ein, als ich die Wohnungstür in der Leifsgata aufschließe. Ich merke es an der Atmosphäre und blicke auf zwölf hässliche Schuhe mit hohen Absätzen. Sechs rechte und sechs linke. Mein Gesicht entgleitet, und ich blecke die Zähne. Zum Glück sieht man mich vom Wohnzimmer aus nicht. Na gut, die Geschmäcker sind verschieden, aber ich würde mir niemals solche Schuhe kaufen! Ich würde mich noch nicht einmal in ihnen beerdigen lassen. Selbst wenn ich mich auf direktem Weg in die Hölle befände. Was vermutlich eines Tages der Fall sein wird. Es handelt sich um Stiefel unterschiedlichen Hässlichkeitsgrades. Alle gleich, aber irgendwie auch nicht. Sie sind unterschiedlich hoch und unterschiedlich verziert. Dazu ein Haufen Taschen mit silbernen Verschlüssen und blassrosa glitzernden Strasssteinchen. Eine Tasche hat einen G-Verschluss. Steht wahrscheinlich für *Gucci*. Auf meinem antiken Stuhl, dem alten Stuhl, den ich von meiner Oma geerbt habe, liegt ein ganzer Berg tantenhafter Mäntel. Wahrscheinlich alle von *Karen Millen*. Die meisten in beigen und grellroten Farbtönen. Wie erniedrigend für den Stuhl, das Zeug einen ganzen Abend lang tragen zu müssen. Auf die Mäntel sind große Knöpfe genäht, die man nicht durch die Knopflöcher kriegt. Sie haben Gürtel mit riesigen Schnallen, mit denen man sich den Bauch einschnüren kann. Ich lasse den Blick über die Kulisse – den Flur – schweifen. Sieht aus wie eine Performance der Kostümabteilung eines Straßentheaters oder wie eine Ausstellung nutzloser Kleidungsstücke. Reginas Freundinnen vom Handelsgymnasium sind zu Besuch. Und ich muss wohl nicht erwähnen, dass ich sie nicht ausstehen kann? So ein Mist. Ich wollte eigentlich gar nicht zu Hause sein. Wollte eigentlich ganz weit weg von der Leifsgata sein. Aber jetzt kann ich nicht mehr entfliehen. Sie haben mich gehört.

»Hi, hi«, tönt es im Chor aus dem Wohnzimmer.

Ich höre erwartungsvolle Spannung in ihren Stimmen. Natürlich finden sie es toll, mich alleine zu erwischen. Eine gegen alle.

»Hi.«

Schnell checke ich die Lage. Komme ich damit durch, wenn ich sofort in mein Zimmer gehe? Einfach am Wohnzimmer vorbeihusche und sage, ich sei furchtbar müde? Um acht Uhr? Nein, damit komme ich auf keinen Fall durch. Ich drehe mich im Flur um die eigene Achse. Ich sitze in der Klemme und habe keine andere Wahl. Totenstille im Wohnzimmer. Sie erwarten, dass ich reinkomme.

»Was gibt's Neues bei dir?«, fragt eine.

Ich taste mich gegen meinen Willen näher heran. Sehe, wie sie sich um 90 Grad dreht, um mich anschauen zu können. Sie ist noch eine der Erträglicheren.

Wenn ich ehrlich wäre, würde ich ihr antworten, dass ich zur Zeit in einem tiefen Loch stecke und nach einem Weg suche, um meine von Co-Abhängigkeit und Alkohol geprägte Kindheit aufzuarbeiten, ja, eigentlich, um mein ganzes bisheriges Leben aufzuarbeiten. Objektiv betrachtet müsste ich auch erwähnen, dass ich ein großes Problem habe, »nein« zu sagen, selbst wenn ich es eigentlich möchte, und stattdessen immer versuche, es allen recht zu machen. Ich mache immer das, was alle von mir erwarten. Zudem müsste ich meine ehrliche Ansprache selbstverständlich damit beenden, dass ich keineswegs in der Stimmung bin, oberflächliche Gespräche mit sechs Tussis vom Handelsgymnasium zu führen, die alle so tun, als fänden sie das, was ich mache, toll. »Wir sollten uns nicht unterhalten«, könnte ich vielleicht sagen, akzentuiert und dramatisch, und es damit begründen, dass ich mich auf einer anderen Ebene befinde als sie. Mein Gesichtsausdruck würde zu erkennen geben, dass ich über ihnen stehe, ob sie es nun begriffen oder nicht. »Lasst uns einfach akzeptieren, dass wir unterschiedlicher Meinung sind.« Damit würde ich enden, anschließend langsam und würdevoll das Wohnzimmer verlassen und auf direktem Weg in mein Zimmer gehen. Vorsichtig die Tür zuziehen, von einem beschwingten Gefühl der Freiheit ergriffen.

Stattdessen falle ich in das klassische Muster zurück und sage das, was sie von mir erwarten. Ich stelle ihre Erwartungen über meine eigenen Bedürfnisse. Natürlich.

»Alles prima! Und bei euch?«, frage ich, während ich meine Jacke auf den *Karen Millen*-Mantelberg werfe und aus meinen Turnschuhen schlüpfe.

»Du kommst wie gerufen«, sagt Regina grinsend, und ich sehe mich gezwungen, sie anzulächeln. Verkrampft hebe ich die Augenbrauen. Ihrem Gesicht nach zu urteilen, soll ich mich an der Unterhaltung dieser grauenhaften Runde beteiligen.

»Mein Gefühl sagt mir, dass dich das interessieren wird«, fährt sie fort, und die Bank-Tussis kichern. »Þórgunnur hat uns gerade von ihrem Vetter erzählt, der einen Job bei einem Pornoproduzenten in Los Angeles bekommen hat.«

»Aha?«, entgegne ich und schaue Regina fragend an.

Sie soll mir erklären, warum ich bei diesem Thema »wie gerufen« komme. Das lässt sie sich nicht zweimal sagen.

»Wir haben gerade über die Pornoindustrie in Amerika

diskutiert. ... Dazu hast du doch bestimmt eine dezidierte Meinung.«

Mir ist nicht ganz klar, worauf Regina hinauswill. Möchte sie wirklich, dass ich dieses Thema mit ihren sechs Freundinnen diskutiere, die völlig anderer Meinung sind als ich? Möchte sie sehen, wie ich mich dabei schlage, oder will sie mich direkt schlachten lassen? Oder soll ich die anderen von meiner Meinung überzeugen? Oder ihren Standpunkt annehmen? Alle schauen mich erwartungsvoll an. Ich tue ihnen nicht den Gefallen, sofort etwas zu sagen. Þorgunnur, eine madamehafte Versicherungsjuristin mit blonden, glatten Haaren und hervorstehenden Augen, bricht das Eis.

»Bist du gegen Pornos?«, sagt sie nicht direkt unfreundlich, aber ziemlich anklagend. Ich weiß, dass ich dieses Mittwochstreffen wahrscheinlich in den nächsten Minuten sprengen werde.

»Das ist ein sehr weites Feld ...«, sage ich vorsichtig.

Ich habe mich noch nicht entschieden, wie ich mit der Situation umgehen soll.

»Bryndís, du weißt doch, worauf sie hinauswill«, ergänzt Regina, und ich beschließe zu antworten.

»Ja, ja«, setze ich ruhig an. »Es gibt einige beachtenswerte Dinge in dieser Branche. Zum Beispiel, dass männliche Pornodarsteller keine Kondome benutzen müssen und Geschlechtskrankheiten in ihrem Kollegenkreis verbreiten. Und es ist abstoßend, dass die Pornodarstellerinnen in den Filmen größtenteils erniedrigt werden. Dass sie zum Beispiel gezwungen werden, Sex mit drei Männern gleichzeitig zu haben. In diesen Filmen ist es normal, dass die Frau unterwürfig ist und alles macht, was die Männer wollen. Nein, ich finde das nicht gut und hätte gerne mehr Ausgeglichenheit, mehr Erotik und weniger Hard Core. Mehr Filme, in denen niemand erniedrigt wird. Aber ich möchte betonen, dass ich mir nicht anschaue …«

»Das sind solche Vorurteile!«, sagt Þorgunnur und schaut mich eindringlich an, halb lachend, als wolle sie unterstreichen, wie kindisch sie mich findet. »Wenn diese Frauen Pornostars sein wollen, dann muss man sie doch lassen. Jeder hat die freie Wahl.«

»Nach allem, was ich gelesen habe, haben sich die meisten Frauen nicht ausgesucht, Pornodarstellerinnen zu werden. Viele von ihnen – und natürlich auch Männer – haben keine andere Möglichkeit, ihren Lebensunterhalt zu verdienen. Sie haben nur in den seltensten Fällen die Wahl zwischen Juristin und Pornodarstellerin. Abgesehen davon ist es fragwürdig, sie als Pornostars zu bezeichnen. Das finde ich nicht unbedingt passend …«

»Du ermunterst ja regelrecht dazu, Frauen zu entmündigen!«

Dieser Einwurf überrascht mich wirklich. Jetzt legt Þorgunnur erst richtig los.

»Die armen Pornodarstellerinnen, bemitleidenswert und elend«, sagt sie mit gespielt rührseliger Stimme und verzieht das Gesicht. »Sie können keine eigenen Entscheidungen treffen, wir müssen sie retten! Ich kann diese ständige Entmündigung von Frauen nicht ausstehen! Warum gehen wir nicht einfach davon aus, dass sie diesen Job machen wollen, und lassen sie in Ruhe?«

»Es wäre sicher einfacher, die Augen vor den Abscheulichkeiten dieser Branche zu verschließen, aber das ist absurd angesichts der Kenntnisse …«

»Was für Kenntnisse?«, unterbricht sie mich mit funkelnden Augen.

»Na ja, angesichts dessen, was ich in Untersuchungen gelesen habe. Die Entscheidung, Pornodarstellerin zu werden, ist oft keine freie Wahl …«

»Willst du damit sagen, dass mein Vetter gezwungen wurde, nach Amerika zu fahren und gegen seinen Willen bei dieser Filmproduktionsfirma zu arbeiten? Hahaha. Das ist sein absoluter Traumjob!«

»Aber ich …«

»Und diese Untersuchungen, die du da zitierst, die sind völliger Unsinn! Ich sage ja nicht, dass Pornodarstellerinnen immer megahappy sind, aber indem wir sie ständig bemitleiden, entmündigen wir sie. Das hilft niemandem.«

Þorgunnur ist nicht zu bremsen und redet immer schneller. Ihre Stimme wird zu einem Rauschen. Ich brenne darauf, ihr Kontra zu geben, ihr zu sagen, dass meine Argumente kein Unsinn sind, selbst wenn sie das hundertmal behauptet, ihr klarzumachen, wie schlimm es ist, dass Pornoproduzenten Tausende von Menschen ihrer eigenen Vorstellungen von Sex und Intimität beraubt haben. Sie zu fragen, ob sie stolz darauf wäre, wenn ihre Freundin, Schwester oder Mutter beschließen würde, Pornodarstellerin zu werden, und ob sie dazu bereit wäre, sich von drei Männern gleichzeitig ficken zu lassen, während ihr Vetter das alles mit einer Kamera aufnähme und dadurch die Erfolgsleiter bei dieser Firma hochstiege, bei der er schon immer arbeiten wollte. Ihr dann zu sagen, dass es sich dabei nicht um Entmündigung von Frauen, sondern um Tatsachen handelt. Sie darauf hinzuweisen, dass wir erst vernünftig miteinander reden können, wenn wir beide auf demselben Wissenstand sind. Und dass sie mir nicht ständig ins Wort fallen soll, wenn sie mit mir über das Thema diskutieren möchte. Doch ich mache nichts davon. Sie hört mir nicht zu und labert immer weiter.

Als sie endlich aufhört, sieht sie mich anklagend an. Ich

spüre, wie alle Augen auf mir ruhen. Die Stille ist unangenehm und erdrückend. Sie starren mich an, und ich senke den Blick. Die Erwartung liegt nahezu greifbar in der Luft, aber ich sage nichts.

INGA

IM VORORT GRAFARHOLT. VÖLLIG DURCHEINANDER.

Ich darf mich von diesen Leuten nicht unter Druck setzen lassen. Ich hatte noch nie ein so starkes Bedürfnis nach Unabhängigkeit. Ich starre diese Sätze an, die ich im Auto vor dem Haus von Marinó Hermanns Großeltern geschrieben habe. Genau so fühlte ich mich. Und genau so fühle ich mich noch immer. Warum ist alles viel komplizierter, sobald ich auf meiner weißen Couchgarnitur in Grafarholt sitze? Habe ich Angst davor, das Leben ohne ihre Hilfe zu meistern? Die ersten zwanzig Jahre meines Lebens bin ich doch auch gut ohne sie zurechtgekommen. Bin ich ängstlich? Nein, nicht ängstlich, nur vernünftig. Realistisch. Das Leben ist so leicht mit ihrem Geld, und ich müsste mich massiv einschränken, wenn ich ihre Hilfe nicht mehr annähme. Schaffe ich das? Möchte ich das?

Ja, ich möchte es wirklich, bin mir aber nicht sicher, ob ich es schaffe. Und dann noch diese dämliche Mail, die mein Schwiegervater mir gestern geschickt hat. *Liebe Inga, wirklich schön, dich am Freitag zu treffen. Hat mir gut getan, dich ins Vertrauen zu ziehen. Schicke rosa Hose! MFG, Jóhann.* Ekelhaft. Er will sich nur Gewissheit verschaffen, dass ich nicht mit Nói über unser »vertrauliches Gespräch« rede. Er ist ein Intrigant, hat immer das letzte Wort und gibt den Ton an. Das belastet mich. Ein deprimierendes Gefühl, das ich nicht in den Griff bekomme. Dabei gibt es nur zwei Möglichkeiten: einfach weitermachen und nicht darüber nachdenken oder Nói verlassen. Und beides ist schlecht.

Ich betrachte mein Gesicht, das sich in dem riesigen Flatscreen spiegelt und schwarz und silbern zurückstarrt. Keine tiefen Falten, aber unbestreitbare Vorboten, als wäre meine Haut unter den Augen aus Ton, in den kleine Finger Dellen gedrückt haben. Ich werde älter. Meine Augen sind nicht fröhlich, sondern müde und leblos. Hat das Leben nicht mehr zu bieten als elf Stunden täglich arbeiten und abends aufs Sofa vor den Fernseher? Ich bin total aufgewühlt, und meine Gedanken drehen sich im Kreis. Das ist doch das, was alle von einem erwarten! Das ist das, wonach die Leute streben. Aber es erfüllt mich nicht. Dabei habe ich es doch immer so gewollt! Will ich es jetzt nicht mehr? Und wenn ja, was soll ich stattdessen tun? Geht es mir besser, wenn ich die Beziehung aufgebe, den Job aufgebe, das Auto, das mit meinen Initialen versehen ist, aufgebe und mich ins Ungewisse stürze?

Welche Möglichkeiten habe ich? Sind sie realistisch? Entweder ich höre auf, mir den Kopf darüber zu zerbrechen, und mache einfach weiter wie vorher, oder ich rede mit Nói. Wenn er der Mann ist, der mich durchs Leben begleiten soll, dann muss er damit klarkommen. Gibt es noch eine dritte Möglichkeit? Am liebsten würde ich natürlich nie wieder mit seinen Eltern reden, aber ich muss jetzt strategisch handeln. Ich habe die Wahl: Weitermachen wie immer, Stillschweigen bewahren und keinen Wirbel verursachen, oder offen mit Nói darüber sprechen. Regina hat recht. Wenn ich mich dafür entscheide, diesen Mann zu behalten, darf ich mich auch nicht mehr über ihn oder seine Eltern beschweren. Falls ich mich hingegen entschließe, mit ihm zu reden, dann natürlich erst, wenn er wieder zu Hause ist. Also in viereinhalb Wochen. Die Zeit bis dahin werde ich nutzen, um mir darüber klarzuwerden, was ich tun soll. Ich greife nach meinem Handy und öffne die letzte SMS von Nói. Ein Lächeln schleicht sich auf meine Lippen. *Liebling, weißt du, worauf ich mich am meisten freue, wenn ich nach Hause komme? Einmal darfst du raten.*

BRYNDÍS

LEIFSGATA. EIN DATE HEISST NICHT GLEICH HOCHZEIT IM INDISCHEN STIL.

»Warum hast du ihr nicht widersprochen?«, fragt Regina, die in der Tür zu meinem Zimmer steht.

Ihr Alltagsoutfit toppt wie üblich alles. Sie schreckt weder vor alten Handball-Klamotten noch vor ausgelatschten Adidas-Schlappen zurück.

»Was?«, sage ich gedankenverloren und werde zurück in die Realität gerissen.

»Þórgunnur. Warum hast du sie nicht zusammengefaltet? Ich dachte, ich hätte eine interessante Diskussion angeleiert.« Ihr Tonfall lässt erkennen, dass sie es bedauert, mich in das Gespräch ihrer Freundinnen über die Pornoindustrie verwickelt zu haben. Regina würde sich niemals für so etwas entschuldigen, aber ich höre ihr an, dass es ihr leidtut.

»Puh …«

»Nicht, dass ich deiner Meinung wäre, aber ich weiß, dass du viel bessere Argumente gehabt hättest. Du hast dich zurückgehalten.«

»Sie hat mir nicht zugehört«, sage ich resigniert.

»Aber die anderen haben dir zugehört. Unter uns gesagt, glaube ich, dass Þórgunnur bei dieser Diskussion mit ihrer Meinung in der Minderheit war.«

»Aha, okay.«

Ich fühle mich immer noch seltsam nach dieser »Diskussion« vorhin. Oder vielmehr nach Þórgunnurs Monolog und meiner Reaktionsunfähigkeit, über die Regina offenbar nachgegrübelt hat. Das zieht mich alles ziemlich runter.

»Linda hat mich auf dem Nachhauseweg angerufen und sich darüber aufgeregt, dass du Þórgunnur nichts entgegnet hast.«

Ich spüre, wie mir plötzlich ganz heiß wird. Dieses Tussis sind doch bescheuert.

»Warum hat Linda ihr nicht selber etwas entgegnet?«

»Du bist doch die erklärte Feministin«, antwortet Regina eingeschnappt.

»Na und? Muss ich deshalb immer diejenige sein, die gegen den ganzen Scheiß, den andere verzapfen, protestiert?«

Regina grinst.

»Du weißt doch, wie das läuft. Offiziell dürfen sie nicht deiner Meinung sein.«

Ich weiß genau, wie das läuft, und drehe mich wieder zu meinem Computer. Regina bleibt stehen, als wollte sie noch etwas sagen, aber es kommt nichts. Stattdessen ploppt ein Fenster auf Facebook auf.

»Ach nee«, sage ich wie erstarrt.

»Was ist?«, fragt Regina, die immer noch in der Tür steht.

»Er hat mir eine Freundschaftsanfrage geschickt«, antworte ich knapp, und starre auf sein Foto. Er trägt ein viel zu tief ausgeschnittenes Shirt mit V-Ausschnitt und hat, wie mir scheint, Käse-Nachos vor sich. Ich kneife die Augen zusammen. Spinnt der Mann? Wer stellt denn ein solches Profilbild von sich ins Netz?

»Wer?«

»Na, das Kind!«, entgegne ich scharf.

»Welches Kind?«, fragt Regina leicht genervt. Anscheinend denkt sie gerade an etwas ganz anderes und hantiert in der Küche herum.

»Na, der Knabe. Der noch bei seinen Eltern wohnt. Der Ingenieur.« Ich muss lachen.

»Was?« Sie bricht in schallendes Gelächter aus. »Und?«

»Ich weiß nicht, ob ich die bestätigen soll. Wäre das nicht der Eintritt in die Schlangengrube?«

»Nee, wieso?«

»Das Gute ist, dass es völlig ausgeschlossen ist, dass ich mit diesem Mann jemals eine noch peinlichere Situation erleben werde.«

»Bestätige die Freundschaftsanfrage! Er war doch ganz nett, oder?«

»Du hast ihn ja kennengelernt.«

»Ich war viel zu beschäftigt, um irgendwas mitzukriegen. Er war doch ein netter Typ, oder nicht?«

»Aber wenn ich sie bestätige, dann schickt er mir bestimmt eine SMS oder ruft mich an, und in drei Monaten bin ich eine verheiratete Frau mit einem Kombiwagen.«

»Bryndís!«, herrscht mich Regina an.

»Mit drei Hundewelpen und einer Waschmaschine mit 1400 Umdrehungen. Nächstes Frühjahr schwanger. Hochzeit im Herbst. Wahrscheinlich in der Domkirche.«

»Bestätige sie!«

»Die Hochzeitsfeier vielleicht im Iðnó-Restaurant …«

»Bestätige die verdammte Freundschaftsanfrage! Was soll das?«

»Im indischen Stil?«

»BESTÄTIGE SIE!«

»Ich muss erst noch darüber nachdenken.«

»Dann denk in Gottes Namen ausgiebig darüber nach. Das ist natürlich wahnsinnig kompliziert und bedarf monatelanger Abwägung. Ist ja völlig klar.«

Ein Teil von mir weiß, dass er zu jung und überhaupt irgendwie zu viel ist. Ein größerer Teil von mir freut sich über das Interesse. Natürlich möchte ich gemocht werden. Natürlich freut es mich, dass er nach der Nacht in seinem Elternhaus Kontakt zu mir haben möchte. Wenn nicht, würde ich an mir zweifeln und mir tausend Gedanken darüber machen, ob es daran liegt, dass sein Vater meine Brüste gesehen hat. Meine Brust. Ich bestätige. Er fängt sofort an, mit mir zu chatten.

Gunnar: hi süße ;)

Als ich das Fenster anklicke, um seine Nachricht zu lesen, weiß ich, dass er es gesehen hat. Mist. Das heißt, ich muss sofort antworten. Oder darf zumindest nicht zu lange warten. Diese Funktion ist wirklich blöd.

Bryndis Helgadottir: hallo

Gunnar: danke für letztens …

Bryndis Helgadottir: ach das …

Gunnar: hehehe meine Eltern haben sich wieder eingekriegt, falls du das meinst

Bryndis Helgadottir: ja, genau daran dachte ich

Gunnar: cool

Gunnar: Meine Mutter war allerdings sauer, weil du ihren Gartenzwerg umgetreten hast.

Ich merke, wie mein Gesicht zu glühen beginnt.

Bryndis Helgadottir: o Gott

Gunnar: Lass dich nicht ärgern ;)

Bryndis Helgadottir: Ja, das war alles sehr interessant.

Gunnar: Findest du?

Ich werde schon wieder rot. Jetzt bringt er bestimmt gleich sein Anliegen vor.

Bryndis Helgadottir: Zumindest vom gesellschaftlichen Standpunkt aus betrachtet.

Gunnar: Echt?

Bryndis Helgadottir: Sind wir uns da nicht einig?

Gunnar: allerdings

Ich sehe, dass er schreibt und weiß, dass es gleich kommt.

Gunnar: Ich würde dich gerne treffen.

Ich versteife mich innerlich. Was soll ich ihm antworten? Ich sehe, dass er noch mehr schreibt, innehält, weiterschreibt, innehält. Hilfe! Was soll ich sagen?

Bryndis Helgadottir: Hast du einen Vorschlag?

Trocken und abgeklärt. Ich gebe zu, dass das nicht das Beste ist, was ich hätte schreiben können, aber mir fällt nichts anderes ein. Ich möchte nicht zu begeistert und aufgeregt klingen, obwohl ich es natürlich bin. Ein bisschen.

Gunnar: Wie wär's mit der Stand-up-Comedy im Hemmi og Valdi ;)

Warum macht er immer diese dämlichen Smileys?

Bryndis Helgadottir: okay

Ich bin wie versteinert und weiß nicht, ob ich mich mit ihm treffe, weil ich es wirklich will oder weil ich das Gefühl genieße, dass sich jemand für mich interessiert.

Gunnar: Du scheinst ja schon ganz aufgeregt zu sein!

Bryndis Helgadottir: haha ja, bin ich auch! Wann willst du hingehen?

Gunnar: Morgen! Ich ruf dich an.

Bryndis Helgadottir: Hast du meine Nummer?

Gunnar: Yes.

»Okay, Regina. Ich habe die Anfrage bestätigt.«

»Wahnsinn! Das ist eine Schlagzeile für die erste Seite! Ich rufe sofort beim Fréttablaðið an«, schreit sie total überdreht.

»Halt die Klappe.«

»Und?«

»Nichts und. Wir haben morgen ein Date.«

»WAS?«

Ich höre Regina durch die Wohnung stapfen. Ihre Adidas-Schlappen knallen hektisch auf den Fußboden, und die Geräusche nähern sich meinem Zimmer. Kurz darauf baut sie sich mit verschränkten Armen in meiner Türöffnung auf.

»Ja! Ist das ein Verbrechen, oder was?«

»Hat das etwa jemand behauptet?«, entgegnet sie gespielt pikiert.

»Nein, nein.«

»Und?«

»Und was?«

»Wo wollt ihr hin?«

»Zu einer Stand-up-Comedy.«

»Und da gehst du mit?«, fragt Regina erstaunt.

»Ja, wieso nicht?«

»Ich frage ja nur. Wann hattest du das letzte Mal ein Date?«

»Weiß ich nicht mehr.«

»War das nicht vor deiner Zeit mit Guðmundur?«

»Der hat mich jedenfalls nicht oft eingeladen …«

»Stimmt.«

»Interessierst du dich denn für diesen Mann?«

»Ich weiß nicht …«

»Oder triffst du dich nur mit ihm, weil er sich für dich interessiert?« Regina kennt mich einfach zu gut. Ätzend.

»Ich weiß es nicht … Ja, vielleicht. Aber ich finde ihn eigentlich ganz süß.«

»Eben.« Reginas Grinsen verrät, dass sie mich genau kennt und weiß, dass mir die Sache schnell zu viel werden könnte.

»Ein Date tut mir bestimmt gut. Macht man das nicht so?«

»Normale Leute schon!«, entgegnet Regina grinsend.

»Willst du damit sagen, dass ich nicht normal bin?«

»Äh … ja«, antwortet sie prompt, und wir müssen lachen.

BRYNDÍS

LEIFSGATA. KITSCHIGE MUSIK AUF EINEM USB-STICK.

Es ist natürlich absurd, splitternackt eine Nacht miteinander zu verbringen und sämtliche Körperstellen, die normalerweise von Kleidung bedeckt sind, zu berühren, sich aber, sobald die Leber den Alkohol verarbeitet hat, nicht vorstellen zu können, dass man sich vielleicht küssen könnte. Warum eigentlich? Liegt die Wahrheit im Alkohol? Heißt das, dass ich gerne mit diesem Mann nackt im Bett liegen will? Oder kommt die Wahrheit doch erst ans Licht, wenn ich wieder nüchtern bin? Wenn es um diesen Knaben geht, macht das, was ich sage, und das, was ich tue, einen Riesenunterschied, je nach Nüchternheitsgrad. Was sagt das über mich aus? Womöglich gar nichts. Oder dass ich nicht weiß, was ich will, und seine Berührungen nur genießen kann, wenn ich mir vorher Mut angetrunken habe. Jedenfalls ist mir diese Absurdität durchaus bewusst. Ich Idiotin bin der Meinung, dass es wesentlich mehr Bedeutung hat, sich nüchtern am helllichten Tag zu küssen, als im Suff miteinander zu schlafen. Warum ist das so? Bin ich sexsüchtig, traue mich aber nicht, das in nüchternem Zustand zuzugeben?

Das Hupen reißt mich abrupt aus meinen Gedanken über Gunnar, der just in dem Fahrzeug sitzt, das dieses vorlaute Hupen von sich gegeben hat. Ich versteife mich und bläue mir ein, dass ich ihn auf keinen Fall küssen darf. Wenn ich ihn jetzt küsse, an einem Donnerstagabend, gebe ich zu erkennen, dass ich seine Freundin werden will. Was ich nicht will. Jedenfalls noch nicht. Ich bin mir meines Aussehens viel zu bewusst, als ich einen letzten Blick in den Spiegel werfe. Habe mich für den Casual Look entschieden: Jeans und Turnschuhe, Lederjacke und hoher Pferdeschwanz. Das wirkt so, als hätte ich mir überhaupt keine Gedanken darüber gemacht, was ich anziehe, was natürlich nicht stimmt. Der Kleiderstapel in meinem Zimmer beweist es. Warum ist mir das nicht egal? Warum ist es mir so wichtig, dass er mich umwerfend findet, obwohl ich gar nicht weiß, was ich von dem armen Jungen will. Von dem Kind. Er ist natürlich noch ein Kind.

Ich bin fest entschlossen, Gunnar keinen Kuss zu geben, wenn ich ins Auto steige. Auf gar keinen Fall. Als ich auf den Wagen zugehe, starrt er mich an. Findet er mich etwa zu dick? Ich mache mir viel zu viele Gedanken – was ist los mit mir? Ich öffne die Wagentür und steige ein. Er lässt mich nicht aus dem Blick, dreht den Kopf nach rechts und schaut mir in die Augen. Ich spüre, dass ich rot werde wie eine Tomate. Er spitzt die Lippen und kommt ganz nah an mich heran. Kein Entkommen. Ich bin gezwungen, den Mann zu küssen. Auf den Mund! Das ist der erste Fehler. Ich fühle mich, als käme ich nie wieder von diesem Beifahrersitz herunter. Ich sitze fest. Was soll ich sagen? Er nimmt mir die Entscheidung ab, während er den Rückwärtsgang einlegt.

»Ich hab ein Geschenk für dich«, sagt er nervös.

»Ja?« Meine Stimme klingt total piepsig. Ich überlege, ob er meine Gedanken lesen kann. Hoffentlich nicht.

Gunnar gibt mir einen USB-Stick und lächelt. Er hat meinen Namen auf einen Klebezettel geschrieben und ihn auf den Stick gepappt. Hinter dem Namen ist ein Smiley.

»Das ist meine Lieblingsmusik.«

Ich weiß nicht, was ich sagen soll, murmele nur »ja« und »danke«. Ich hatte noch nie ein Date mit einem Mann, der so etwas gemacht hat. Das ist furchtbar süß, aber überhaupt nicht mein Ding. Und ich war auch noch nie mit einem Mann liiert, der so etwas gemacht hat. Wobei mir nicht klar ist, ob der Kleine neben mir sich bei unserem ersten Date viel zu weit aus dem Fenster lehnt oder ob die Männer, mit denen ich bisher zusammen war, schlicht und ergreifend der letzte Abschaum sind. Darüber kann ich jetzt nicht nachdenken, weil ich vollauf damit beschäftigt bin, weiter zu atmen. Ich sitze wie angewurzelt auf dem Beifahrersitz, während das Auto durch die Stadt kurvt, und fühle mich wie ein Roboter, der nie mehr von diesem Sitz hochkommt. Die Situation ist völlig absurd, aber ich kann leider nichts daran ändern.

REGINA

HALBINSEL SELTJARNARNES. BANKER-PARTY.

Sehr angenehm, dieses wohlige Gefühl nach einem gewissen Alkoholkonsum. Ich habe diesen Pegel erreicht. Der Alkohol dringt in meine Adern und strömt durch meinen Körper. Das ist der beste Zustand, bevor ich zu betrunken werde und dumme Sachen mache. Ich bin so schön sorglos, ein Gefühl, das ich nüchtern nur selten habe. Irgendwie befreiter, geistreicher, relaxter. Es gibt nichts, das ich mir nicht zutraue, und keine Leute, die mir unangenehm sind. In diesem Zustand kann ich mich sogar mit Friðfinnur unterhalten. Er ist total witzig, ich bin total witzig!

»Prost, Regina!«

»Prost, Chef!«

Wir stoßen miteinander an. Ich bin schon ziemlich abgefüllt, ebenso wie Friðfinnur.

Wir sprechen über diesen peinlichen Moment, als er mich bei meinem Chat mit Inga erwischt hat. Ihm war das genauso unangenehm wie mir, und seitdem ist er total gehemmt. Außerdem habe ich herausgefunden, dass seine Frau Krebs im Endstadium hat, was erklärt, warum er noch nie bei einer Kollegen-Party war, seit ich in der Bank arbeite. Er beobachtet gerne Vögel und hat zwei erwachsene Kinder, die etwas älter sind als ich. Warum kam das in unserer dreijährigen Zusammenarbeit noch nie zur Sprache? Erst jetzt, nachdem wir ordentlich getankt haben, können wir über private Themen sprechen. Aber vielleicht ist das ja auch ganz normal. Ich werde jedenfalls die Gelegenheit beim Schopf ergreifen und endlich in Erfahrung bringen, wie Friðfinnur es bis zur mittleren Führungsebene mit schätzungseise vier Millionen Kronen Monatsgehalt gebracht hat.

»Nee, ich meine nach dem Handelsgymnasium. Da warst du doch auch, oder?« Ich höre, dass ich resolut klinge und schon ein bisschen lalle. Ist mir scheißegal.

»Ja.«

»Und nach dem Abi?«

»Na ja, es war klar, dass ich BWL studiere. Meine Frau ist Halbdänin, und es hat uns nach Kopenhagen verschlagen.«

Ich höre ihm nicht besonders aufmerksam zu, so interessant ist es nun auch wieder nicht, aber schließlich ist er mein Chef und dies die einmalige Gelegenheit, ihn besser zu fassen zu kriegen. Wir unterhalten uns bestimmt eine Stunde lang weiter. Plötzlich werden mir zwei Dinge klar. A) wir sind alleine, ganz weit hinten im Saal, und B) ich muss furchtbar dringend aufs Klo. Ich entschuldige mich und gehe zur Toilette. Mein Spiegelbild ist super. Auf den ersten Blick. Trotzdem hätte ich nichts gegen einen Abdeckstift und ein bisschen Puder, was ich aber nicht dabei habe. Ich sehe etwas angeschlagen aus, aber das fällt Friðfinnur garantiert nicht auf. Warum denke ich darüber nach, was Friðfinnur auffällt? Beim Pinkeln halte ich mich am Waschbecken fest, und als ich meine Hose hochziehe an der Kiste mit den Abtrockentüchern, dann gehe ich wieder raus. Friðfinnur ist immer noch am selben Platz, aber eine andere Frau sitzt ihm gegenüber.

Ich mache einen Abstecher zur Bar und knalle mit ungelenken Bewegungen zwei Amaretto-Red-Bull und zwei Bier auf den Tisch. Erst jetzt sehe ich, dass Reese es sich auf meinem Platz bequem gemacht hat, und kapiere sofort, was sie ziemlich hartnäckig bei Friðfinnur probiert. Natürlich.

»Komm, sag schon! Ich will wissen, auf was für Frauen du stehst!«

Ich kann nicht umhin, an Friðfinnurs Ehefrau zu denken, von deren Krebserkrankung er mir soeben erzählt hat. Offenbar hat er sie komplett aus seinen Gedanken verbannt.

»Tja, ich stand eigentlich schon immer auf kluge Frauen.«

Man muss es ihm lassen, er ist echt süß.

»Oh, là, là! Eher dunkelhaarig oder eher blond?«, fragt Reese, die wahrscheinlich hofft, dass er blond sagt. Was für eine Idiotin. Wer redet denn so mit seinem Chef?

Mir ist nicht klar, ob sie wirklich versucht, mit ihm zu flirten, oder ob sie sich bei ihm einschleimen will, damit sie eine gute Empfehlung bekommt und die nächste Stufe innerhalb der Bank erklimmt. Was es auch sein mag, es hindert mich nicht daran, den ersten Amaretto-Red-Bull runterzukippen. Er schmeckt grauenhaft, aber zum Glück saufe ich hier umsonst. Reese schaut mich an und nimmt das andere kleine Glas. Ich glaube, sie will mich provozieren und mir beweisen, dass sie genauso viel trinken kann wie ich. Wir wissen beide, dass das nicht stimmt.

»Ups, war der etwa für Friðfinnur?«, fragt sie mit neckischer Stimme, die sie dümmer macht, als sie ist, und wischt sich aufreizend über den Mund.

Ihr Atem steigt mir in die Nase, und ich rieche, dass sie Chips gegessen hat. Will sie etwa andeuten, ich würde Friðfinnur anbaggern? Sie provoziert mich eindeutig. Ich mustere diese kleine Frau. Es lässt sich nicht leugnen, dass sie verdammt hübsch ist. Äußerst gepflegt. Im Gegenteil zu mir. Sie ist mit sich selbst im Reinen, obwohl sie nicht die Interessanteste ist. Plötzlich habe ich das Gefühl, dass ich an diesem Tisch überflüssig bin. Die Situation ist peinlich, und wir sind alle viel zu betrunken, um ein Gespräch in Gang zu halten. Offensichtlich flirtet er lieber mit dieser XS-Tussi, als sich mit mir über die Entwicklung auf dem Aktienmarkt oder seine Karriere zu unterhalten. Ich entschuldige mich erneut, entferne mich schwankend vom Tisch und stolpere. Ich trage viel zu hohe Absätze für diesen Zustand. Die meisten Frauen würden das zwar nicht als Absätze bezeichnen, aber ich bin nicht die meisten. Ich muss über mich selbst lachen. Warum gehen Frauen nicht in Moonboots aus? Oder in *Ecco*-Schuhen mit dicker Sohle so wie Männer es tun? Das wäre Gleichberechtigung nach meinem Geschmack! Friðfinnur ruft mir nach, ob alles in Ordnung sei. Ich winke möglichst lässig und frage mich, wie es mir wohl morgen früh gehen wird. Dann beschließe ich spontan, in die Innenstadt zu fahren. Es ist schon fast drei Uhr. Das schaffe ich nicht ohne weiteren Alkohol, obwohl ich schon nicht mehr zählen kann, wie viele Schnäpse ich auf Rechnung der Bank getrunken habe. Wieso können die sich eigentlich so kurz nach der Krise freie Drinks erlauben? Whatever. Es befinden sich bereits sehr viele davon in meinem Magen, aber trotzdem noch nicht genug. Als ich an der Bar vorbeischwanke, fällt mein Blick auf eine fast volle Captain-Morgan-Flasche, von der ich annehme, dass niemand sie vermissen wird. Ich schnappe mir die Flasche, rufe ein Taxi und sage dem Fahrer, er soll mich in die Bankastræti fahren.

Während ich halb bewusstlos im Taxi sitze, spüre ich ein Vibrieren in meiner Jackentasche. Konfus taste ich nach dem Handy und trinke einen großen Schluck von dem Captain.

FRIÐFINNUR steht auf dem Display. Schlagartig werde ich nüchtern und bekomme Panik. Was zum Teufel will er? Habe ich etwas Unpassendes gesagt? Ich erinnere mich, dass ich unglaublich lange mit ihm geredet habe. Ob er Ärger machen will? Hat Reese hinter meinem Rücken über mich hergezogen? Und vor allem: Soll ich rangehen? Ich entscheide mich dagegen und drücke ihn weg. Ich könnte ja schon in einem Club sein, wo ich das Handy nicht höre. Er ruft wieder an.

FRIÐFINNUR. Ich drücke ihn wieder weg, setze die Flasche an und trinke. Das Taxi fährt schon über die Sæbraut, und es ist nicht mehr weit bis zur Innenstadt. Wieder vibriert mein Handy. Muss ich rangehen? Nein, ich schaffe es nicht. In diesem Moment ist er nicht mein Chef. Er will mich bestimmt zu sich nach Hause einladen. Mein Körper ist angenehm betäubt, genau so wie es sein sollte, bevor man einen Club betritt. Schon wieder vibriert mein Handy, das ich inzwischen in der Hand halte, aber zum Glück hat der Mann aufgehört, anzurufen. Stattdessen schickt er eine SMS!

FRIÐFINNUR: *Hallo. Hast du die Captain Morgan Flasche mitgenommen? Das war meine.*

TINNA

NATIONALMUSEUM. NACH SCHLIESSUNG.

Ich bin schon den ganzen Tag ein bisschen nervös, weil ich auf meine SMS an Gauti gestern Abend keine Antwort bekommen habe. Dabei hatte ich gar keine Zeit, groß darüber nachzudenken, aber es ist untypisch für ihn, nicht zu antworten. Ich kann solche Spielchen nicht ausstehen und werde ihn nach der Arbeit anrufen. Furchtbar, diese Männer, die einen nach einer Viertelstunde zum Essen einladen, aber ein Riesenproblem damit haben, eine SMS zu beantworten! Mit dem Ergebnis, dass mein Interesse an ihm exponentiell steigt, weil er sich womöglich nicht mehr für mich interessiert. Dabei ist mein Interesse gar nicht mehr *solcher* Art, immerhin sind die Mädels davon überzeugt, dass er schwul ist, und ein Teil von mir vielleicht auch. Aber es wäre ja bescheuert, deshalb nicht mehr mit ihm zu reden. Er soll mir gefälligst sagen, dass er schwul ist. Das Klingeln des Handys reißt mich aus meinen Gedanken. Gauti!

»Hi.«

»Hi, hi«, flöte ich.

»Ich wollte schon längst auf deine SMS antworten, aber es ist besser, wenn du nichts Schriftliches von mir hast«, sagt er mit seltsamer Stimme.

»Wie bitte?« Ich bin total überrascht. »Was meinst du?«, frage ich halb lachend.

»Es ist viel besser, miteinander zu telefonieren.«

»Arbeitest du beim FBI und hast es mir nur noch nicht erzählt?«, versuche ich, witzig zu sein, aber er geht gar nicht darauf ein.

»Tinna …« Ich höre ihm an, dass etwas nicht so ist, wie es sein sollte.

»Ja …«

»Ich, äh, ich kann damit leider nicht weitermachen.« Er klingt betrübt.

»Womit weitermachen?«

»Mit dem, was wir tun.«

»Und was tun wir?«

»Wir treffen uns. Ich kann dich nicht weiter treffen.«

Oh, das kam überraschend. Ist das wirklich seine Art, mir zu sagen, dass er schwul ist? Warum spricht er es nicht offen aus?

»Ja, okay … und warum nicht?«

»Wir stehen uns nicht so nah, dass ich darüber mit dir sprechen kann.«

Das ist das Merkwürdigste, was ich je gehört habe. Hinter ihm herrscht Totenstille. Ob er sich zu Hause in die Abstellkammer eingeschlossen hat? Oder symbolisch in den Schrank, und wenn er mit mir gesprochen hat, kommt er raus?

»Ja, klar, ich … das überrascht mich, äh, ich hatte natürlich schon auf die Hochzeit nächstes Frühjahr gehofft«, versuche ich es noch einmal mit Humor. Er lacht nicht. Ich glaube, er hat den Witz nicht kapiert. Oder sein eiskaltes, peinlich berührtes Schweigen zeugt davon, dass er glaubt, dass ich das todernst meine. Was ist los mit dem Mann?

»Willst du mir das nicht etwas genauer erklären?« Wieder Stille. Ich muss ihn wohl oder übel unter Druck setzen.

»Ich glaube, ich kenne den Grund.« Ich versuche, möglichst überzeugend zu klingen, weiß aber nicht, ob es mir gelingt.

»Da bin ich mir nicht so sicher«, entgegnet er steif.

»Ach? Wir haben das Jahr 2016. Du brauchst keine Angst vor Vorurteilen zu haben«, kontere ich sarkastisch.

»Was meinst du?« In Gautis Stimme am anderen Ende der Leitung schwingt ein neuer Ton mit.

»Ich meine nur, dass ich dich deshalb nicht verurteile.«

»Mich verurteilen? Für was?«, fragt er ehrlich erstaunt.

»Dafür, dass du homosexuell bist.«

Langes Schweigen.

»Ich bin nicht homosexuell.«

Ich bin völlig perplex.

»Und … äh … warum kannst du mich dann nicht weiter treffen?«, frage ich nervös. Das ist das seltsamste Telefonat, das ich je geführt habe.

»Wir sind uns nicht so nah, dass wir darüber reden können.«

»Spinnst du? Was ist los mit dir?«

»Ganz ruhig, Tinna.«

»Ich bin ruhig. Das ist doch eine völlig bescheuerte Show, die du hier abziehst.«

»Entschuldige«, sagt er geknickt.

»Entschuldige? Sag mir die Wahrheit, das ist das Einfachste!«

»Ja … also …«

»Mein Gott, bist du erst dreizehn oder was?!?«

»Ach, Tinna.«

»Was? Ist es etwa zu viel verlangt, dass ich wissen will, warum du mich zum Essen und Übernachten eingeladen hast, mich aber unmöglich noch mal treffen kannst?«

»Nein, natürlich nicht.«

»Dann erklär's mir gefälligst!«

»Du bist eben …« Er bringt den Satz nicht zu Ende.

»… ich bin was?«, werfe ich ein.

»Du bist eben …« Er hält inne. »Ein bisschen too much.«

»Too much?« Ich kichere und begreife nicht, was er da sagt. »Was meinst du?«

»Ich hätte mich niemals mit einer Frau wie dir treffen sollen.«

»Hä?«

»Ja, du bist so aufgedreht und hast so aufgedrehte Freundinnen …«

»Aufgedrehte Freundinnen? Meinst du Regina? Die war doch betrunken, als du sie am Freitag kennengelernt hast.«

»Ja, zum Beispiel. Sie sind eben nicht so … kultiviert.«

»Okay, du eröffnest mir also, dass du mich nicht mehr treffen willst, weil ich too much bin und weil meine Freundinnen nicht kultiviert genug sind?« Schweigen. Ich bin total baff angesichts dieser Eröffnung.

»Ich lege jetzt auf.«

»Du spinnst doch!«

»Nein.«

»Hörst du nicht, wie bescheuert das klingt? Alles, was du gesagt hast?« Tränen laufen mir übers Gesicht und tropfen auf den Schreibtisch.

»Tinna, ich lege jetzt auf.«

»Was ist los mit dir?«

»Tinna. Tschüss.«

Ich kann ihm nicht mehr sagen, was ich davon halte. Er hat aufgelegt. Bestimmt eine Stunde sitze ich da und starre auf das Telefon. Aufgequollen und verheult. Wie soll man so etwas begreifen?

REGINA

HALBINSEL SELTJARNARNES. KEIN CAPTAIN IM ANGEBOT.

Ich starre ziemlich lange aufs Display. Kneife die Augen zusammen und buchstabiere jedes Wort einzeln. Nein, nein, nein, nein. Das kann nicht sein. Was soll ich antworten? Am liebsten würde ich im Boden versinken. Für wen ist das jetzt peinlicher? Ich beurteile meine Lage. In der Flasche selbst ist die Lage schlecht, denn ich habe die Hälfte des Gesöffs, das noch drin war, getrunken. Ich muss ihn anrufen.

»Friðfinnur?«

»Ja, hallo.«

Ich höre ihm an, dass er genau weiß, wer in der Leitung ist. Er versucht einen Hauch von Würde zu bewahren, klingt aber ziemlich betrunken.

»Hallo, hör mal, ich hab ein Problem«, lalle ich, bemühe mich aber, deutlich zu sprechen.

»Hast du die Flasche?«

»Äh, ich hab einfach die nächstbeste Flasche mitgenommen …«

»Ist es der Captain Morgan?«

»Äh … ja.« Wie peinlich.

»Das ist meine Flasche. Ich wollte was davon trinken, und da war sie weg«, entgegnet er gereizt.

»Sorry.« Ich kann mich nicht beherrschen und muss lachen.

Friðfinnur findet das nicht witzig. Es ist ihm todernst.

»Ich brauche die Flasche zurück. Wo bist du?«

»Ich bin schon in der Stadt!«, brülle ich fast.

»Regina, das geht nicht. Du musst die Flasche zurück nach Seltjarnarnes bringen.«

»Gibt's keine Freigetränke mehr?« Ich bin inzwischen total betrunken und entnervt. Der Mann hat jede Menge Alkohol umsonst vor sich stehen und möchte, dass ich mit einer armseligen Captain-Morgan-Flasche an den Arsch der Welt komme.

»Sie haben keinen Captain Morgan!«

Friðfinnur hat mich noch nie zuvor angebrüllt. Schon erstaunlich, dass er es erst tut, wenn irgendwelche Deppen an der Bar keinen Captain Morgan im Angebot haben!

»Das ist doch nicht mein Problem!«, brülle ich zurück und merke im selben Moment, dass ich dieses Gespräch mit meinem Chef wohl besser nicht führen sollte.

»Klar ist das dein Problem! Du hast die Flasche geklaut!«

»Nein! Ich bin schon in der Stadt!«

»Bring sie zurück.« Es liegt eine gewisse Härte in der Stimme dieses Mannes, der normalerweise sehr besonnen ist und in der Bank an der Wand entlangschleicht. Er kann also doch tough sein.

»Du machst Witze!«

»Nein!!!«

»O Gott …«

»Regina! Willst du deinen Job behalten?«

»Jetzt mach aber mal 'nen Punkt!«

»Nein, das ist mein gutes Recht. Würdest du bitte sofort herkommen.«

»Meinst du das ernst?«

»Völlig ernst!«

Wütend lege ich auf und bitte den Taxifahrer, umzukehren. Meine Handflächen sind schon ganz schwitzig. Als wir vor dem Saal vorfahren, steht Friðfinnur draußen und raucht. Ich habe ihn noch nie rauchen sehen! Er signalisiert dem Taxifahrer, zu ihm zu kommen, und gibt ihm, wenn mich nicht alles täuscht, zehntausend Kronen. Ich kurbele die Fensterscheibe runter und halte ihm die Flasche hin, ohne ihn eines Blickes zu würdigen. Er nimmt sie nicht entgegen.

»Regina, bitte steig mal kurz aus.«

Ich wage es nicht zu widersprechen, falle halb aus dem Wagen und stolpere auf meinen Chef zu. Er gibt dem Taxifahrer ein Zeichen, dass er fahren soll. Die verdammte Flasche ist immer noch halbleer oder halbvoll, je nachdem, wie man es betrachtet. Was für eine Scheiße. Ich bin feuerrot im Gesicht.

»Du bist mir ja eine.«

Friðfinnurs Wangen sind ebenfalls gerötet, was sehr gesund aussieht. Zum ersten Mal finde ich ihn ein bisschen attraktiv.

»Hast du etwa die halbe Flasche leer getrunken? Dann schuldest du mir zumindest ein Gespräch, während ich die Zigarette zu Ende rauche.« Er ist freundlicher, als er am Telefon geklungen hat, und ich bin wirklich erleichtert.

»Ich habe mich mit deiner Kollegin Sigfríður Thoroddsen unterhalten, während du weg warst.«

»Ja, hab ich gesehen«, sage ich und versuche zu überspielen, dass ich deswegen ein bisschen eingeschnappt bin. Friðfinnur beugt sich zu meinem Ohr und flüstert: »Die ist irgendwie so … uninteressant.«

Ich pruste los. Er hat das Offensichtliche zugegeben: Reese ist furchtbar langweilig, und er fand ihre Anmache dämlich.

»Warum trägt sie eigentlich immer diese Westen?«, flüstert er mir weiter ins rechte Ohr.

»Darüber habe ich auch schon oft nachgedacht. Ist dir schon mal die Weste mit dem Glitzerfaden aufgefallen? Das ist ihre Lieblingsweste.«

»Mich hat eigentlich mehr diese Fellmatte geschockt, die sie am Dienstag anhatte. Hast du die gesehen?«

Friðfinnur und ich unterhalten uns angeregt über Sigfríðurs grottenhässliche Westensammlung, und ich köpfe den Captain. Friðfinnur trinkt einen großen Schluck direkt aus der Flasche und gibt sie mir zurück.

»Darf ich das so interpretieren, dass du mir den Flaschenraub verziehen hast?«

Friðfinnur gibt mir mit einer Handbewegung zu verstehen, dass ich weiter aus seiner Flasche trinken darf. Mir fällt ein Stein vom Herzen. Der Montag auf der Arbeit hätte ganz schön unangenehm werden können, wenn ich ihn nicht noch einmal getroffen hätte.

»Warum bist du denn nicht ans Telefon gegangen, als ich eben angerufen habe?« Er zieht gierig an seiner Zigarette und bläst den Rauch aus. »Ich hab's bestimmt vier- oder fünfmal versucht.«

Auf diese Frage gibt es keine Antwort. Und ich weiß auch nicht, wie zum Teufel das passieren konnte, aber innerhalb weniger Sekunden lecke ich mit meiner Zunge über Friðfinnurs Zähne und stelle dann den Captain ab. Er ist nicht abgeneigt und umarmt mich. Ich höre mit halbem Ohr, wie die Flasche auf den Bürgersteig knallt und zerbricht. Es war noch ziemlich viel drin. Uns ist das völlig egal. Mittendrin überlege ich noch, ob ich auch so aus dem Mund rieche wie er. Wobei mir auch das völlig egal ist. Nach einem leidenschaftlichen Kuss hört Friðfinnur plötzlich auf.

»Entschuldige«, setzt er an und nimmt die Hände von meinem Körper.

Er hat mich nicht betatscht, nur in den Arm genommen, als wäre ich seine Tochter, was ich in der Tat sein könnte. Ich komme zu mir und fasse einen einzigen klaren Gedanken: Ich habe Friðfinnur Ólafsson geküsst! Das reicht, um schlagartig nüchtern zu werden. Als ein Taxi vorfährt, mache ich ein paar Schritte darauf zu.

»Regina!«

Friðfinnurs Stimme klingt verzweifelt, aber ich werde mich nicht umdrehen. Das war zu viel. Als ich hinter den getönten Scheiben auf der Rückbank sitze, traue ich mich endlich rauszuschauen und sehe, wie Friðfinnur das Taxi anstarrt. Reglos steht er da. Ich drehe meinen Kopf nach rechts zum Saal und sehe ein anderes Gesicht, das mich anstarrt. Ein vertrautes Gesicht. Ein Gesicht, das weiß, dass ich hinter der getönten Scheibe sitze. Ein Gesicht, das garantiert gesehen hat, wie ich mit meinem Chef geknutscht habe. Das Gesicht von Reese ist durch das Saalfenster deutlich zu erkennen.

TINNA

IMMER NOCH AUF DER ARBEIT. ALLEINE. AM TELEFON.

»Aber ich fühle mich so gedemütigt!«

»Doch! Dieser Idiot! Was meint er eigentlich damit, ich wäre too much?«

Mama tröstet mich am anderen Ende der Leitung und sagt mir, dass er natürlich gemeint habe, ich sei am schönsten, klügsten, coolsten und besten. Sie lacht laut und erklärt mir, dass nur wahrhaft große Männer mit klugen Frauen zurechtkämen. Das habe ich sie schon hundertmal sagen hören.

»Ist das der Grund, warum du Single bist?«

»Nein, na gut.«

»Trotzdem würde ich ihm am liebsten in den Arsch treten und ihm sagen, dass wir davon überzeugt waren, dass er schwul ist.«

»Um seinem Selbstbewusstsein einen Dämpfer zu geben.«

»Ach … es ist nur so nervig, den Kürzeren zu ziehen.«

»Nein, der doch nicht!«

»Ach, Mama …«

»Sei doch nicht immer so furchtbar schlau.«

»Aber dir ist schon klar, dass du nichts von dem, was du mir da sagst, selbst in die Tat umsetzt? Wenn Widerspruch und Ablehnung so gut für uns sind, warum bringst du dich dann nie in eine Situation, in der du abgelehnt werden könntest?«

»Ich meine in der Liebe.«

»Dass er es überhaupt wagt, mir zu sagen, ich sei ›zu viel‹. Er ist eben zu wenig! Und Regina da mit reinzuziehen, von wegen unkultiviert, das ist doch absurd!«

»Doch.«

»Aber ich weiß sie noch.«

Mama lacht darüber, dass ich mir Gautis Nummer gemerkt habe.

»Es nervt mich nur, dass er mir zuvorgekommen ist.«

»Doch, ich hatte schon beschlossen, ihn nicht mehr zu treffen, als er mir diesen Quatsch an den Kopf geworfen hat.«

»Als er mir mit seinen Brusthaarstoppeln den Rücken zerkratzt hat.«

Ich starre vor mich hin und warte darauf, dass sie aufhört zu lachen. Ich würde ihr gerne von der Kaffibarinn, von meiner Gemeinheit damals in dem rosa Sport-Top und von dem Telefonat mit Sigfús erzählen, bringe es aber nicht fertig. Ich sollte es eigentlich tun, kann es aber nicht. Das ist das Erste und Einzige, was ich jemals vor meiner Mutter geheim gehalten habe. Und so wird es auch bleiben.

REGINA

LEIFSGATA. AM NÄCHSTEN TAG.

»Ich hab noch nie, nie, nie so einen Mist gebaut.«

Bryndís kommt in mein Zimmer und setzt sich auf mein Bett. Es ist schon fast Abend, und ich bin immer noch nicht aufgestanden.

»Was ist denn passiert?«

»Ach ...«

»Regina!? Ich bin's nur!«

»Bitte lass mich.«

»Du liegst hier stundenlang wie eine Todkranke im Bett. Jetzt erzähl mir endlich, was passiert ist!«

»Na gut. Ich hab gestern mit drei Typen geknutscht.«

»Drei???« Bryndís wird langsam der Ernst der Sache bewusst. »Mit wem denn alles?«

»Zuerst mit meinem Chef ...« Meine Stimme erstickt in dem Kissen, das ich mir aufs Gesicht drücke, während ich mich vornüber aufs Bett fallen lasse.

»NEIN! Doch nicht etwa Friðfinnur?« Bryndís versucht, das Lachen zu unterdrücken. »Du bringst mich noch um, Regina! Wie kam das denn? Und wer waren die anderen?«

»Anschließend bin ich in eine Kneipe gegangen und hab mir den Nächstbesten geschnappt. Der war fast noch ein Kind und hätte zu dieser Uhrzeit garantiert nicht da sein dürfen. Aber ich musste den Zigarettengeschmack von Friðfinnur aus dem Mund kriegen.«

»O mein Gott. Nummer eins war also Friðfinnur. Wir reden doch über den Mann, der deinen Chat mit Inga mitgelesen hat, oder?«

Bryndís hält mir ihren gereckten Daumen vor die Nase und fängt an, meine Knutschpartner gewissenhaft an den Fingern zu abzuzählen.

»Ja.«

Bryndís holt tief Luft und begreift allmählich das Ausmaß der nächtlichen Katastrophe.

»Nummer zwei war also ein ›Kind‹. Reden wir von einem 97er Modell, oder was?« Sie reckt den zweiten Finger.

»Das möchte ich gar nicht wissen. Er hatte so eine Waschmaschinen-Technik drauf und hat mich irgendwann so fest gebissen, dass ich Blut geschmeckt habe. Da hat's mir dann gereicht.«

»Scheiiiiiiße.«

»Deine Reaktion ist nicht gerade hilfreich.«

»Entschuldige, sorry. Aber das ist echt zu viel. Wer war Nummer drei?«

Nun tritt eine lange Pause ein. Ich kämpfe mit meinen Nerven und würde am liebsten losheulen, aber ich heule ja nie.

»Ein Taxifahrer …«

Ich lasse mich kraftlos auf den Rücken fallen und denke über den ganzen Mist nach, den ich mir eingebrockt habe. Bryndís schweigt, und ich traue mich nicht, sie anzuschauen. Als sie anfängt zu reden, höre ich, dass sie krampfhaft versucht, das Lachen zu unterdrücken. Ich will ihren Gesichtsausdruck gar nicht sehen.

»Okay.«

Mehr bringt sie fürs Erste nicht heraus, steckt sich den Finger in den Mund und kaut eifrig an ihrem Nagel. Ich höre, wie sie sich mit der anderen Hand am Kopf kratzt, und wage es, aufzuschauen. Ihr Gesicht ist ein einziges Fragezeichen, und ihr Mund bildet lautlos das Wort »drei?«. Sie sieht verwirrt aus.

»Also, Regina, ich muss dich das fragen ...«

»Hmm ...«, murmele ich lethargisch.

»Reden wir von einem Taxifahrer, der frei hatte und den du zufällig in der Stadt getroffen hast, oder von einem Taxifahrer, der dich heute Morgen nach Hause gefahren hat?«

Meine Mitbewohnerin spricht ganz langsam im Bestreben, das Unwichtige vom Wichtigen zu trennen.

»Von einem Taxifahrer, der mich nach Hause gefahren hat.«

Bryndís prustet los, versucht, sich den Mund zuzuhalten, und greift nach meiner Bettdecke, um das Lachen zu ersticken. Sie windet sich, während mir überhaupt nicht nach Lachen zumute ist. Ich fühle mich wie ein verwesender Kadaver. Warum tue ich mir so was an?

»Warum bist du nicht zu Fuß nach Hause gegangen?«, ist das Erste, was sie zwischen den Lachsalven hervorstößt.

»Findest du das jetzt noch wichtig?«, entgegne ich ernst.

»Wo ist es passiert?«, lautet ihre nächste Frage.

»Auf dem Vordersitz«, antworte ich immer noch ernst.

»Moment mal, Regina, darf man das denn? Ist das nicht sexuelle Belästigung?«

»Wieso?«

»Na ja, wenn ein Taxifahrer versucht, eine Kundin zu küssen ... Oder war der Typ so unwiderstehlich?«

»Nein, äh, nein, nein, ich habe die Initiative ergriffen. Es war also, wenn überhaupt, eine Belästigung meinerseits.« Ich halte kurz inne. »Tja, und das ist noch nicht alles. Ich habe ihn an dem Pizzaladen in der Lækjargata anhalten lassen. Ich bin reingegangen – ich konnte mich gerade noch auf den Beinen halten – und habe vier Stücke gekauft. Zwei für mich und zwei für ihn. Ich fand das eine super Idee, den Taxifahrer für den Nachhauseweg mit Pizza zu versorgen. Dann wollte ich noch

Knoblauchöl auf die Pizzastücke träufeln. Und tja, ich weiß auch nicht, wie das passieren konnte, aber die Flasche mit den Öl war furchtbar glitschig und ist mir aus der Hand gerutscht, sodass – ICH VERSTEHE WIRKLICH NICHT, WIE – ich der Bedienung massenweise Knoblauchöl ins Gesicht gespritzt habe.«

Wir schweigen beide. Ich schaue Bryndís matt an, die offenbar versucht, sich die Situation bildlich vorzustellen.

»Du hast doch eben gesagt, du hättest die Initiative ergriffen …«

»Ja, ich …«

»Wie denn?«, fragt sie zögernd.

»Als der Taxifahrer heute Morgen um zehn nach sechs in der Leifsgata anhielt, habe ich ihn gefragt, ob er mich nicht küssen will. Bevor er antworten konnte, war ich schon halb über der Handbremse und spürte seine Bartstoppeln im Gesicht. Er musste mich wegstoßen.«

»Großartig«, sagt sie trocken, und ich weiß, dass mein Drei-Küsse-Abend in Zukunft Anlass für sehr viele Witze sein wird. In ein paar Tagen werde ich vermutlich auch darüber lachen können.

»Aber Regina …« Bryndís zögert erneut, und ich murmele etwas, um ihr zu bedeuten, dass sie weiterreden soll.

»Was ist aus der Pizza geworden? Waren es wirklich vier große Stücke?«, fragt sie interessiert.

Ich seufze laut und antworte leise:

»Ich hab sie mit reingenommen und in der Nacht noch gegessen. Alle vier.«

INGA

IN GRAFARHOLT. KURZ VORM ZUSAMMENBRUCH.

Ich bin ein durchsichtiges Gefäß, das beim nächsten Tropfen voll ist. Wenn dieser Tropfen auf die Oberfläche fällt, läuft das Wasser über, und ich habe keine Kontrolle mehr, wohin es fließt. Es fühlt sich an wie Ersticken. Ich habe keine Kontrolle mehr über mein Leben. Kontrolle, die ich unbedingt brauche. Ich habe einen falschen Weg eingeschlagen, der in einem langen, dunklen Graben endete. Wie dumm, zu glauben, dass alles, was von einem erwartet wird, für einen auch das Richtige ist. Jetzt weiß ich, dass das nichts bringt, wenn man es nicht wirklich will. Ich wollte mal Medizin studieren! Warum habe ich das nicht gemacht? Und Polizistin werden! Warum habe ich das nicht gemacht? Ich glaube ernsthaft, dass Ally McBeal Einfluss auf meine Entscheidung für Jura hatte. Damals kam es mir verlockend vor, ein Kostüm zu tragen und Geld zu scheffeln. Heute bedeutet Arbeit für mich, dass ich mich ein- und ausstemple und die Stunden zähle, bis ich wieder nach Hause gehen darf, es sei denn, ich arbeite an einem wichtigen Fall, dann vergesse ich die Zeit. Dieser Job bedeutet mir nicht viel, und ich beneide alle Leute um mich herum. Alle machen etwas Besseres als ich. Etwas Sinnvolleres. Ich bin ein durchsichtiges Gefäß, fast voll mit Wasser. Ich fühle mich dumpf und möchte nicht aufstehen. Möchte nicht aufs Gaspedal des Autos treten, das mit meinen Initialen versehen ist. Möchte diesen abstoßenden Klotz aus Glas und Beton nicht betreten, nur um ihn nach acht, elf oder zwölf Stunden wieder zu verlassen. In mir ist ein Jucken, aber ich kann mich nicht kratzen, weil ich ein Gefäß voller Wasser bin. In mir ist Unruhe. Angst.

Stress. All dies ist zu einem großen Klumpen verstrickt, der schwer auf dem Boden des Gefäßes liegt. Trotzdem kann ich mich nicht aufraffen, etwas zu unternehmen. Kann mich nicht aufraffen zu kündigen. Kann mich nicht aufraffen, mit Nói Schluss zu machen. Ich schaffe es nicht, meine Gedanken zu entwirren. Wo soll ich anfangen? Ich kann mich nicht bewegen und stecke fest. Ich habe meine eigenen Interessen hintangestellt, obwohl ich immer dachte, ich würde genau das Gegenteil tun. Am Anfang hielt ich es für einen großen Pluspunkt, dass Nói aus einer wohlhabenden Familie stammt und dass sein Vater gute Connections in der Branche hat, in der ich Fuß fassen wollte. Jetzt fühle ich mich vom Leben betrogen. Stets wurde mir eingebläut, Jura sei toll und nützlich. Oder bin ich in der falschen Kanzlei? Schon möglich. Aber was ist mit all den Versprechungen? Wenn man ein solches Auto besitzt, ist man cool. Muss man nicht glücklich sein, wenn man sein Idealgewicht hat? Und finanzielle Sicherheit? Was ist das Problem?

Ich sehe schon ganz alt aus. Die Dellen unter meinen Augen werden tiefer und sacken immer weiter nach unten, wenn ich an sie denke. Oder an Nói. Oder an seine Eltern. Oder an die Arbeit. Was habe ich eigentlich für Hobbys? Was macht mir Spaß? Keine Ahnung. Was macht mich glücklich? Was bringt mein Herz zum Jubeln? Ich habe meine Bedürfnisse so stark unterdrückt, dass ich es nicht mehr weiß! Ich weiß noch nicht einmal, warum ich morgens aufwachen soll. Ich mache das alles schon so lange, dass ich mich nicht mehr kenne. Dieses Gefäß, das ich bin, ist nicht nur voller Wasser, sondern auch voller Leere. Kein Leben. Das Wasser ist leblos. Keine Luftblasen, keine Gärung, nichts. Schal wie abgestandenes Trinkwasser. Ein deprimierender Zustand. Was sind die Alternativen? Wo ist die Energie geblieben, die ich früher hatte?

BRYNDÍS

LEIFSGATA. KEIN WAXING.

Jetzt, da Gunnar im Anflug ist, wird mir auf einmal schlagartig bewusst, dass ich normalerweise nicht zum Brazilian Waxing gehe. Trotzdem habe ich keinen Urwald zwischen den Beinen und rasiere das Nötigste. Natürlich nur für mich. Aber ich bin nicht komplett enthaart und war es auch noch nie. Das ist eine ganz bewusste Entscheidung. Plötzlich denke ich jedoch darüber nach, ob er es kommentieren wird. Als wir das erste Mal zusammen im Bett waren, hat er nichts gesagt, natürlich nicht. Er war wahrscheinlich viel zu betrunken, um es zu bemerken. Aber jetzt, in einer viel entspannteren Atmosphäre! Schließlich haben wir alle schon von dieser Freundin einer Freundin einer Freundin gehört, die aus einem nicht näher definierten Bett geschmissen wurde, weil sie untenrum nicht wie ein sechsjähriges Mädchen aussah. Ich persönlich habe bewusst die Entscheidung getroffen, dabei nicht mitzumachen, aber über die Einstellung des jungen Ingenieurs bin ich mir nicht sicher. Er ist natürlich jünger als ich. Und ich werde das garantiert nicht ansprechen. Das wäre viel zu peinlich.

»Regina?«

»Ja?« Kurze Pause.

»Schon gut.«

»Was ist?«

»Ach, nichts.«

»Ich höre, dass nicht nichts ist. Was ist los?«

»Tja, also, Gunnar ist ja schon unterwegs, und ich gehe natürlich nicht zum Waxing …«

»Aha. Diese beiden Tatsachen sind mir bekannt. Und was willst du mir damit sagen?«

»Na ja, ich überlege nur. Du weißt schon.«

»Nein, weiß ich nicht.«

»Glaubst du, dass das ein Problem ist?«

»Dass was ein Problem ist?«

»Das, was ich versuche, dir zu sagen!«

»Dann sag's doch!«

Meine Freundin kann wirklich unerträglich sein.

»Glaubst du, dass er es abstoßend findet, dass ich untenrum nicht rasiert bin?«, brülle ich Regina nahezu an und ernte sofort schallendes Gelächter. Sie ist so gemein. Es macht ihr richtig Spaß, mich leiden zu lassen.

»Bryndís, wenn er das abstoßend findet, dann ist er nichts für dich. Sorry.«

Ich sage nichts.

»Wenn er mit deinen Schamhaaren nicht zurechtkommt und sie nicht genauso bedingungslos liebt wie den Rest von dir, dann gibst du ihm einen Tritt in den Hintern.« Regina hält kurz inne. »Aber komm ihm um Himmels willen nicht mit ausführlichen Erklärungen. Das solltest du lieber lassen. Oder zumindest damit warten.«

»Ich muss mir also keine Gedanken darüber machen?«

»NEIN! Natürlich nicht. Weißt du, wie froh der Knabe sein kann, dass er heute Abend mit dir spielen darf? Wenn ihm das nicht klar ist, muss er diese Wohnung sofort wieder verlassen, und falls er Zicken macht, sagst du ihm einfach: ›Hör zu, mein Freund, da ist die Tür.‹ Das funktioniert immer.«

Ich muss immer über Regina lachen, wenn sie so drauf ist.

»Ja, okay. Ich hab ja auch nur darüber nachgedacht.«

»Such dir was anderes, worüber du dir Sorgen machen kannst.«

»Jaaa …«

»Es sei denn, du willst in den nächsten drei Minuten zu einer Haarvernichtungsmission aufbrechen und dich zur Pornodarstellerin umstylen lassen.«

»Mensch, Regina!« Stille. »Ich habe keine drei Minuten mehr, der Mann kann jeden Moment kommen.«

»Dann hör auf damit und schmink dir die Lippen!«

»Aber …«

»Bryndís, du wirst doch wohl nicht wie diese Tussis, die nur mit jemandem ins Bett gehen, wenn sie frisch vom Waxing kommen. Das ist total stressig. Tierisch viel Arbeit. Weißt du, was das bedeutet?«

»Nein.«

»Dass du nur alle vier Wochen Sex haben kannst. Dazwischen müssen die Haare nachwachsen.«

»Ja?«

»Also musst du haargenau wissen, wann du das nächste Mal Sex haben willst.«

»Aha«, murmele ich.

»Und nicht nur das …« Regina kommt langsam in Fahrt und ist schon ganz außer Atmen. »Die meisten wollen am selben Tag Sex haben, an dem sie beim Waxing waren. Und man bekommt natürlich nicht sofort einen Termin. Also muss man im Grunde mehrere Tage im Voraus planen, wann man das nächste Mal Sex haben will, und drei Tage vor dem angepeilten Date einen Termin machen.«

Ich starre meine Freundin ungläubig an.

»Macht das denn irgendjemand?«

»Ja! Total viele! Zum Beispiel die Mädels vom Handelsgymnasium. Aber natürlich nur die Singles.«

»Warum nur die Singles?«

»Wenn sie sich einen festen Typen gekrallt haben, sind Schamhaare nicht mehr so wichtig.«

»Aber das macht doch alles überhaupt keinen Sinn. Dann rasieren sie sich ja gar nicht für sich selbst.«

»Nein, nein, das ist nur so eine Konvention. Eine kulturell bedingte Rasur, die mit dem Balzverhalten zu tun hat.«

Ich lache nervös, und Regina fügt energisch hinzu:

»Hör bloß auf, dir darüber Gedanken zu machen.«

»Ich bin nur ein bisschen angespannt.«

»Du bist verknallt!«

»Nein, bin ich nicht.«

»Doch!«

»Nein! Ich kann nicht in jemanden verknallt sein, den ich erst ein paar Mal getroffen habe! Wobei wir ziemlich viel telefoniert und gechattet haben.«

»Und er hat dir einen USB-Stick mit seinen Lieblingssongs geschenkt. Glaubst du, ich hätte nicht mitgekriegt, wie du sie gehört hast? Schreckliche Kaufhausmusik, aber wer bin ich schon, dass ich darüber urteilen sollte?«

»Magst du die Musik nicht?«

»Nein! Furchtbar, diese jammernden Typen.«

»Du bezeichnest Bob Dylan als jammernden Typen?«

»Ähhh ... ja!« Stille. »Und noch was. Findest du es nicht bedenklich, dass Gunnar dir diesen USB-Stick geschenkt hat?«

»Wieso?«

»Na ja, ist das nicht ein bisschen früh?«

»Findest du?«

»Du hast immerhin erst einen Abend und eine Nacht mit ihm verbracht. Und natürlich den Morgen in Árbær.« Regina lacht. »Du weißt doch, dass Mix-Kassetten und Musikgeschenke ein eindeutiges Anzeichen sind ...«

Ich schaue Regina ungläubig an und merke erst jetzt, dass die halbe Hand in meinem Mund steckt. Ich kaue immer an den Fingernägeln, wenn ich nervös bin.

»He's in love.«

»Echt?«

»Klar, bei ihm war es Liebe auf den ersten Blick. Diese Geschichte könnt ihr später mal euren Enkelkindern erzählen!«

»Nie im Leben!«

»Doch. Ich glaube, du solltest dir schnellstens Gedanken darüber machen. Der Mann kommt bestimmt nicht nur, um Sex zu haben. Er meint es ernst.«

»Bist du dir sicher?«

»Jepp.«

Ich kann dieses selbstgefällige »Jepp« nicht mehr hören, das Regina immer von sich gibt, wenn sie meint, sich auszukennen.

»Willst du denn einen festen Freund?«

»Nein.« Ich komme ins Stocken. »Jedenfalls nicht diesen.«

»Warum nicht?«

»Weil ich ihn erstens überhaupt nicht kenne«, schreie ich fast vor Nervosität, während Regina ein fieses Grinsen im Gesicht hat. »Und außerdem ist er jünger als ich.«

»Aha!«

»Und du weißt genau, dass ich noch nicht richtig über meine letzte Beziehung hinweg bin.«

»Ja, die ist ja auch erst ein Jahr her«, entgegnet Regina mit geheucheltem Verständnis.

»Ich muss das noch verarbeiten.«

»Dann beeil dich damit, bevor Gunnar reinkommt und dir einen Heiratsantrag macht. Wie wäre es denn mit einer Hochzeit im Winter?«

»Halt die Klappe, Regina! Was soll ich deiner Meinung nach tun?«

»Dir darüber klarwerden, was du von dem Mann willst!«

»Ich weiß nicht, was ich von ihm will«, schreie ich sie weiter an.

»Immerhin hast du den USB-Stick angenommen«, erwidert sie mit herablassendem Tonfall.

»Na und?«

»Das ist der erste Schritt. Du hättest niemals mit ihm ausgehen sollen, wenn du nur Sex mit haben willst.«

»Warum nicht?«

»Weil du ihn damit zum Narren hältst. Denn wie du selbst sagst, hast du diese chaotische Beziehung zu Guðmundur noch nicht verarbeitet und bist nicht bereit für einen vernünftigen Mann wie den, der wahrscheinlich gerade vor unserem Haus parkt. Denk mal darüber nach!«

»Das kann ich jetzt nicht!«

»Wann dann? Du hattest doch ein gutes Jahr Zeit dafür. Du kannst nicht ewig davor weglaufen. Weißt du noch, wie du damals drauf warst? Du hast dem Typen jeden Morgen die Klamotten rausgelegt! Hast die absurdesten Dinge mit dir machen lassen und fandest das normal!«

Es fällt mir schwer, Regina zuzuhören, denn sie beschönigt nichts. Dabei weiß ich, dass man das gar nicht anders formulieren kann. Ich war in einer Beziehung gefangen, die ich lange Zeit für Liebe hielt, dabei glich sie eher dem gestörten Verhältnis zwischen einer Mutter und ihrem pubertierenden Sohn. Und sie endete, als ich Fotos von ihm im Internet sah, auf denen er auf dem Outdoor-Schachfeld in der Lækjargata Sex mit einem Mädchen hatte, das nicht ich war. Das Schlimme ist, dass ich sogar in Erwägung zog, ihm zu verzeihen. Noch schlimmer ist, dass am Ende er es war, der mit mir Schluss machte.

»Und was soll ich jetzt machen?«

»Ich weiß es nicht«, antwortet Regina auf einmal ganz sanft.

»Soll ich ihm sagen, dass er nicht herkommen soll?«

»Nein, dafür ist es jetzt zu spät!«

»Warum nicht? Es ist doch total dämlich, sich mit ihm zu treffen, wenn ich keine normale Beziehung mit ihm eingehen möchte.«

»Immerhin ist es ein Fortschritt, dass du überhaupt eine normale Beziehung mit einem Mann eingehen kannst. Guðmundur hat dir jedenfalls keinen USB-Stick mit seinen Lieblingssongs geschenkt. Geschweige denn mit deinen. Ich bin mir noch nicht mal sicher, ob er wusste, dass du diese todlangweilige Rockband, in der er gespielt hat, gehasst hast. Hat er dir eigentlich jemals etwas zu Weihnachten geschenkt?«

»Ach, Regina.«

»Sorry, ich hatte ganz vergessen, dass er ausgerechnet an Weihnachten und an deinem Geburtstag immer total pleite war.«

»Hör auf!«

»Wieso denn? Ich erinnere dich nur an deine Vergangenheit. Du kannst nicht ewig davor weglaufen.«

»Ja, ich weiß.«

»Wann willst du dich endlich damit auseinandersetzen? Du weißt doch, dass das alles mit deinem Vater zusammenhängt.«

»Ja, ich weiß.«

Das Schellen der Türklingel zerreißt die Stille zwischen Regina und mir. Sie schaut mir fest in die Augen und verfolgt jeden meiner Schritte zur Tür. Ich drücke auf den Türöffner, und wir hören beide, wie die Haustür aufgestoßen wird. Eine eiskalte Hand krallt sich in meinen Magen, und ich kriege

Angst. Die Haustür fällt ins Schloss. Energische Schritte nähern sich. Ich starre immer noch den Türöffner an und stelle mir vor, wie Männer auf einem Sklavenschiff im Takt mit den Schritten rudern, die jetzt erschreckend nah sind.

INGA

IN GRAFARHOLT. WAS MACHT DIE DENN HIER?

Obwohl ich in einem sogenannten sicheren Vorort wohne, werde ich nervös, wenn es abends an der Tür klingelt, dabei sind es meistens Kinder, die Pfandflaschen sammeln. Aber ich bin natürlich vorsichtig, wie es sich für eine Anwältin gehört, und tippe immer schon die Telefonnummer meiner Nachbarn ein, bevor ich zur Tür gehe. Das tue ich auch jetzt. Manche würden sagen, ich sei paranoid. Aber besser paranoid als von einem Serienmörder verstümmelt. Ich wickle die Fleece-Decke fester um mich, nähere mich der Haustür und spähe vorsichtig hinaus. Ich traue meinen eigenen Augen nicht. Was macht die denn hier? Sie hat mich nicht gesehen und schaut auf den Boden. Ich sehe auf die Uhr, werfe einen kurzen Blick in den Spiegel und wäge die Lage ab. Ich habe schon mal besser ausgesehen, aber es bleibt keine Zeit, mich frisch zu machen. Mein Herz schlägt wie wild. Soll ich so tun, als wäre ich nicht zu Hause? Kann sie meine Anwesenheit durch die Tür spüren? Es ist höchst seltsam, dass sie vor meinem Haus steht. Vor unserem Haus. Die Jurastudentin, die ich letztes Wochenende in dem Club auf dem Schoß meines Schwiegervaters gesehen habe. Soll ich aufmachen? Ich muss aufmachen. Ich öffne die Haustür, sie schaut auf, und ich sehe, dass etwas nicht stimmt.

»Hi. Sorry, tut mir echt leid … ich, äh … ich weiß nicht …«

Ich starre dieses Mädchen, das so zerbrechlich wirkt, von oben herab verwundert an. Ihre blonden Haare sind ganz glatt, und ihr peppiges Anwaltskostümchen sitzt perfekt. Dann fällt mein Blick auf den Daumen ihrer rechten Hand. Der Gelfingernagel ist abgefallen. Oder wurde abgerissen. An allen anderen

Fingern sind Gelnägel. An ihrer Stelle würde ich sie etwas kürzer tragen, nur ein paar Millimeter.

»Ich weiß einfach nicht, was ich machen soll«, sagt sie, drängt in mein Haus und schaut mich mit ratlosem Gesicht an.

»Äh, Mo … Moment mal, wa … was …?«

Ich stottere! Ich habe noch nie gestottert.

»Ich weiß, dass du uns letztes Wochenende gesehen hast.«

»Wen euch?«, frage ich mit geheucheltem Erstaunen.

Was für eine absurde Situation, wenn man bedenkt, wie ereignislos die Abende in der letzten Zeit waren. Sie steht vor mir im Flur. Die Haustür ist immer noch weit geöffnet, und ich bin zu blöd, sie zuzumachen. Plötzlich sackt sie zusammen. Mitten im Flur. Dabei hätte sie böse auf die Fliesen knallen können. Sie sitzt im Schneidersitz auf dem Boden und schlägt sich die Hände vors Gesicht. Jetzt kann ich wieder alle neun Gelnägel sehen. Ich ziehe einen Hocker heran und setze mich vor sie. Ich überlege, ob ich die Fleece-Decke, in die ich immer noch gewickelt bin, über sie breiten soll, lasse es dann aber doch bleiben. Unter der Decke trage ich ein klassisches *Prada*-T-Shirt, das man leider nicht sieht. Plötzlich spüre ich die kühle Herbstluft, recke mich nach der Klinke und schließe die Tür.

»Jóhann und mich«, sagt sie und fängt an zu weinen.

»Mein Schwiegervater«, sage ich und versuche, Ruhe zu bewahren.

»Ja!«, heult sie und reibt sich fahrig mit den Händen durchs Gesicht.

»Eigentlich habe ich nur gesehen, wie ihr euch unterhalten habt …«, setze ich an.

»Du weißt genau, was los ist!«

»Hm …«

Die Puzzlestücke fügen sich langsam zusammen, ergeben

aber noch kein Gesamtbild. Jetzt kommt es darauf an, so wenig wie möglich zu offenbaren, aber so zu tun, als wüsste ich alles. Die Stille füllt den Flur aus. Sie hat etwas in sich hineingefressen und muss dringend jemandem ihr Herz ausschütten.

»Er hat sich schon an mich herangemacht, als ich im ersten Semester war.« Tränen strömen ihr übers Gesicht, und sie wirkt so klein und hilflos auf den weißen Flurfliesen. »Er hat mir immer gesagt, was für eine gute Anwältin ich mal werden würde. Und was für einen geilen Arsch ich hätte.«

Beim letzten Satz zucke ich zusammen. Bei dem davor allerdings auch. Es ist doch offensichtlich, dass diese junge Frau noch weit davon entfernt ist, eine gute Anwältin abzugeben. Und das mit dem geilen Arsch geht wirklich zu weit. Ich höre es Jóhann förmlich sagen, wenn ich mich konzentriere. Das arme Mädchen.

»Natürlich habe ich seine Aufmerksamkeit genossen.«

Sie weint weiter, und es vergehen ein paar Minuten. Sie ist völlig fertig. Ich starre sie an, ohne richtig zu begreifen, was hier eigentlich geschieht. Sie hat immer noch nichts zugegeben, bis auf die Tatsache, dass mein Schwiegervater Jóhann ihr einen geilen Arsch attestiert hat. Das sind zwar ihre Worte, aber ich weiß, dass sie die Wahrheit sagt.

»Ich halte das nicht mehr aus!«, wispert sie unter Tränen, während sie mir das erste Mal direkt in die Augen schaut. »Ich halte das nicht mehr aus, Inga.«

Jetzt pelle ich mich aus der Fleece-Decke und lege sie um ihre Schultern. Sie tut mir so leid. Das kleine Bambi ist in Jóhanns Falle gelaufen.

Wir sitzen eine Weile da, und sie sagt nichts mehr. Jedenfalls fürs Erste. Sie weint lautlos, und ich fange in meinem *Prada*-T-Shirt langsam an zu schwitzen. Meine Gedanken fahren

Karussell. Es ist völlig klar, dass Jóhann ein Verhältnis mit diesem Mädchen hatte. Aber ob Ástrós das weiß? Und ist ihr Verhältnis vorbei oder hat es gerade erst angefangen? Ich bin völlig durcheinander und hoffe, dass mir meine Gedanken nicht gleich aus dem Kopf schießen. Mein Leben läuft im Zeitraffer vor mir ab. Meine Schulzeit, Regina, Tinna und Bryndís, die ich wegen der Jura-Mädels vernachlässigt habe. Meine stolze Mutter, mein abwesender Vater, meine perfekte ältere Schwester, die in Schottland wohnt. Nói. Die Juristerei. Der Betonklotz, in dem ich arbeite. Die Ringe unter meinen Augen, die immer dunkler werden. Der verfluchte Flatscreen. Die Sinnlosigkeit, der Überdruss, die Lethargie, der Zusammenbruch! Kurz bevor mein Kopf platzt, trifft mich die Lösung wie ein Blitz. Plötzlich weiß ich, was ich tun muss, um da wieder rauszukommen. Ich weiß es zum ersten Mal seit vielen, vielen Monaten.

BRYNDÍS

LEIFSGATA. WILLST DU MIT MIR GEHEN? JA ODER NEIN.

Was mache ich eigentlich? Wir knutschen seit ungefähr fünfunddreißig Minuten. Schön? Ja, doch, aber ich weiß nicht, was ich tue, weiß nicht, was ich will, und habe überhaupt keine Lust, darüber nachzudenken. Soll ich Gunnar etwa sagen, dass ich nur ab und zu mal mit ihm kuscheln will? Am besten freitags- und samstagsabends? In meinem momentanen Zustand wäre es wahrlich nicht gut für mich, eine Beziehung mit ihm einzugehen. Ich brauche mehr Zeit, um das Chaos zu entwirren. Dabei hatte ich schon ein ganzes Jahr Zeit dafür – vielleicht könnte er mir ja dabei helfen? Treuherziger Student hilft erwachsener Alkoholikertochter, sich in der komplizierten Welt zurechtzufinden! In einer perfekten Welt wäre Gunnar der perfekte Mann für mich. Wenn ich psychisch in der Lage wäre, mit einem netten Mann zusammen zu sein, gehörte er zu denen, die ich gerne kennenlernen würde. Wie zynisch. Das Problem ist nur, dass ich psychisch keineswegs in der Lage dazu bin. Und er hat auch noch Blumen mitgebracht! Einen Strauß Tulpen. Das ist doch nicht normal. Total lächerlich, der Typ. Ein kleiner Junge, dem das Herz bis zum Hals schlägt. Warum ist es mir eigentlich so unangenehm, dass er mir Blumen mitgebracht hat? Er will doch nur nett sein. Aber ich schaffe das nicht. Ich hatte bisher einfach keinen engeren Umgang mit netten Männern. Den Maßstab haben andere gesetzt. Sie haben meine Einstellung geprägt, dass es lächerlich ist, wenn einen jemand gut behandelt.

Langsam läuft mir die Zeit davon. Ich kann nicht ewig hier im Bad hocken. Er wartet bestimmt schon auf mich. Wenn er etwas dazu sagt, dass ich untenrum nicht rasiert bin, schmeiße ich ihn auf jeden Fall raus. Oder bitte ihn zu gehen.

Der Anblick, der sich mir bietet, als ich in mein Zimmer zurückkomme, überfordert mich völlig. Gunnar hat einen CD-Player und Lautsprecher mitgebracht und auf der Fensterbank aufgestellt. Es läuft dieselbe Musik wie auf dem USB-Stick, den er mir geschenkt hat. Nicht gerade in der allerbesten Tonqualität. *Lay Lady Lay.* Die Deckenbeleuchtung ist ausgeschaltet, aber er hat die Nachttischlampe angeknipst. Und jede Menge Teelichter angezündet, die er mitgebracht hat. Teelichter gibt es in der Leifsgata garantiert nicht. O Gott. Ich kriege einen Herzinfarkt. Ehrlich. Ich bringe es nicht fertig, die Dekoration zu kommentieren. Mein Herz hämmert, und ich weiß nicht, wie ich reagieren soll. Er schaut mich mit begierigen Augen an. Er ist nackt, aber die Bettdecke verhüllt sein bestes Stück. Nicht schlecht, sich komplett auszuziehen, während ich im Bad bin. Ich bin fassungslos. Flüsternd eröffnet er das Gespräch.

»Du darfst erst ins Bett, wenn du drei Kleidungsstücke ausgezogen hast.«

Mir wird klar, dass die ganze Show nach gängigen romantischen Vorstellungen sowie amerikanischen Filmen, die ich wohlgemerkt nicht gesehen habe, furchtbar »richtig« ist. Oder furchtbar lächerlich. Ich tendiere zu Letzterem und lache laut auf, allerdings nicht mit Absicht. Es übersteigt schlicht meine Kräfte, ernst zu bleiben, als mir der Prinz des Bettes befiehlt, meine Klamotten auszuziehen. Für so was habe ich keine Nerven. Dabei ist es bestimmt besser, als sich erst volllaufen zu lassen, bevor man loslegt. Werde ich schon wie Regina? Ich muss mich zusammennehmen, um die Situation nicht zu vermasseln, sonst frustriere ich den Mann völlig. Langsam ziehe ich mein T-Shirt und meinen BH aus. Er starrt mich an, als hätte er noch nie etwas Schöneres gesehen. Verarscht er mich? Oder sehe ich wirklich ganz okay aus? Natürlich weiß ich, dass ich keine Hexe bin, aber ich habe mich immer eher darauf fokussiert, klug und interessant zu sein als hübsch und sexy. In dieser Situation hilft mir Klugheit allerdings wenig. Das ist eine körperliche Herausforderung und ich bewege mich weit außerhalb meines Wohlfühlrahmens. Warum? Nun ja, weil ich erstens trotz meines fortgeschrittenen Alters keine Erfahrung mit Männern habe, die mich anhimmeln. Trotz meiner zweijährigen Beziehung. Und zweitens stürzt meine Schutzmauer – auch bekannt als Chinesische Mauer – schnell ein. In diesem Moment habe ich kein Auffangnetz und kann mich nicht durch Sarkasmus oder respektlose Kommentare retten. Ich habe nichts von all dem, was ich sonst immer anwende, befinde mich in einer Situation, die ich nicht kontrollieren kann, und traue mir auch nicht zu, sie zu kontrollieren. Gunnar starrt mich immer noch verträumt an. Die Augen eines Mannes zeigen, wen er liebt, hieß es schon in den alten Isländersagas. Seine Leidenschaft ist geradezu greifbar. Puh. Und das ist äußerst unangenehm, weil ich selber nicht weiß, wo ich stehe. Ich möchte zwar gerne mit ihm schlafen, bin aber absolut gegen eine baldige Hochzeit. Er hat es eindeutig auf eine feste Beziehung abgesehen. Was mache ich jetzt? Als Nächstes muss ich die Hose ausziehen. Ich bin total nervös. Das ist einfach nicht meine Liga, und ich weiß es. Der nackte Mann im Flammenmeer scheint jedoch ganz anderer Meinung zu sein. Ich knöpfe meine Jeans auf und schiebe sie, so gesittet wie möglich, runter auf den Fußboden. Gunnar lacht laut auf.

»Was ist denn?«, sage ich verschämt.

Er kann es mir doch nicht antun, über mich zu lachen, während ich in Unterhose vor ihm stehe. Das macht mich ganz rappelig.

»Warum trägst du immer diese Oma-Unterhosen?«, fragt

er lachend. Ich starre ihn an und senke dann langsam den Blick auf meine Unterhose, die ganz normal ist.

»Wieso?« Ich lache verlegen. »Findest du, dass das eine Oma-Unterhose ist?«

»Ja!«, antwortet er gespielt schockiert.

»Fändest du einen neonfarbenen String-Tanga besser?«, teste ich meinen Sarkasmus. Er funktioniert.

»Ja«, sagt er immer noch lachend und breitet die Arme aus zum Zeichen, dass ich zu ihm kommen soll.

»Unter uns gesagt finde ich String-Tangas unbequem. Außerdem raten Frauenärzte davon ab, sie zu tragen. Es gibt also sowohl einen persönlichen als auch einen medizinischen Grund«, erkläre ich hastig und bereite mich auf eine längere Diskussion vor.

Gunnar kichert. Ihm ist es offenbar völlig egal, was für eine Unterhose ich trage. Wir fangen heftig an zu fummeln, und ich merke ihm an, welche Mühe er sich gibt.

»Wenn es dir gefällt, dann gefällt es mir auch. Ich will, dass du es genießt«, flüstert er schnell zum Takt unserer Körper. Ich weiß nicht, was ich sagen soll, und lächle nur.

»Bryndís …« Er verstummt.

»Ja?«, sage ich leise und muss daran denken, dass Regina zu Hause ist und uns womöglich hören könnte. Wahrscheinlich überdeckt die Musik aus der Konfirmationsanlage die meisten Geräusche, aber bei Regina kann man nie vorsichtig genug sein.

»Du bist doch ein ehrlicher Typ …«

Worauf will der Mann hinaus?

»Ja …«

»Äh …« Es scheint ihm peinlich zu sein, das auszusprechen, was er sich vorgenommen hat. »Hattest du beim letzten Mal einen Orgasmus?«

Ich versuche, mich an die Nacht im Bett von Gunnars Eltern zu erinnern. Das Einzige, was mir auf Anhieb einfällt, ist, wie schlimm meine Augen brannten, als ich aufgewacht bin. Ich muss gestehen, dass ich mich nicht erinnern kann, einen Orgasmus gehabt zu haben. Das würde ich bestimmt noch wissen.

»Ja«, antworte ich möglichst überzeugend und hoffe, dass die Antwort weitere Fragen zu dem Thema im Keim erstickt. Das ist weder der richtige Ort noch die richtige Zeit, um darüber zu sprechen. Gunnar wird von meiner Antwort beflügelt und erhöht den Takt. Es vergehen kaum ein paar Sekunden, bis er wieder anfängt zu reden.

»Bryndís?«

»Ja?«, keuche ich, während ich versuche, mich auf andere Dinge zu konzentrieren.

»Woran denkst du?«

Die Frage erwischt mich eiskalt. Immerhin befindet sich der Mann gerade in mir und ist noch längst nicht fertig.

»Was?« Mein Körper bewegt sich unter ihm auf und ab.

»Äh, du weißt schon, hättest du gerne einen festen Freund?«

Es ist ihm todernst.

»Sollen wir nicht darüber reden, wenn wir fertig sind?«

Obwohl ich es nicht möchte, klinge ich genervt. Wer fragt denn so was, während man gerade miteinander schläft?

»Nein.« Gunnar klingt auf einmal ganz anders. Er will das unbedingt klären, bevor er kommt.

»Du fragst mich jetzt, ob ich einen festen Freund will?«, presse ich hervor.

»Ja. Ich weiß nämlich genau, was ich will.«

»Okay …«, stöhne ich und warte darauf, dass er weiterspricht. Was er nicht tut.

»Und was ist das?«, füge ich entnervt hinzu. Ich begreife nicht, was hier gerade passiert. Die Teelichter brennen immer noch, und die Gitarre plärrt im Hintergrund.

»Ich will nicht nur jemanden fürs Bett.«

»Aha, okay.«

»Und du?«

»Ob ich jemanden fürs Bett will?«, frage ich zurück.

»Ja.«

»Nein, nicht unbedingt, oder du weißt schon, nein. Ich glaube nicht …«

Die Frage bringt mich noch mehr durcheinander, als ich ohnehin schon bin. Ich habe die Situation nicht mehr im Griff, seit ich aus dem Badezimmer gekommen bin und den nackten Mann gesehen habe.

»Weißt du denn, was du willst?«, fragt er und versucht dabei eindeutig, sich zurückzuhalten. Er scheint sich die Sache gründlich überlegt zu haben.

»Allgemein im Leben oder was?«

Natürlich weiß ich, worauf er hinauswill, beschließe aber, ihn auflaufen zu lassen und mich dafür zu rächen, dass er so unpräzise Fragen stellt. Er bewegt sich immer noch rein und raus.

»Nein, ich meine, ob du einen festen Freund willst oder nur jemanden für ab und zu.«

»Darüber hab ich eigentlich noch nicht nachgedacht.«

Ich möchte raus aus dieser Situation. Das ist zu viel.

»Und wenn du jetzt darüber nachdenkst?«

»Ich soll jetzt darüber nachdenken, während wir miteinander schlafen?«

»Ja!«, antwortet er trotzig, und ich starre ihn an. Wir schweigen beide.

»Äh … ich glaube, das kriege ich jetzt nicht hin.«

»Prahlt ihr Frauen nicht immer damit, multitaskingfähig zu sein?«

»Du verlangst von mir, dass ich gleichzeitig komme und darüber nachdenke, ob ich einen festen Freund will?«

»Ja!«

»Das kann ich nicht.«

»Willst du denn einen Freund? Ja oder nein?«

»Das beantworte ich jetzt nicht.«

»Aber ich bitte dich darum. Ich möchte, dass wir es probieren.« Sein Tonfall ist auf einmal nicht mehr fordernd, sondern flehend.

»Was genau?«

»Ob wir ein Paar sein können! Ich will wissen, ob ich hier meine Zeit verschwende. Ich bin nicht auf der Suche nach was fürs Bett.«

»Wie schön, dass dir das alles so klar ist. Ich finde es jedenfalls absurd, jetzt darüber zu reden.«

»Ich nicht. Willst du mit mir zusammen sein? Ja oder nein?«, stößt er hervor, und ich muss laut auflachen.

»Gibt es keine dritte Möglichkeit?«, frage ich grinsend.

»Nein.« Er verzieht keine Miene. Ich werde wieder ernst und begreife, dass ich gezwungen bin, deutlicher zu werden.

»Dann nein«, sage ich so vorsichtig wie möglich und schaue Gunnar direkt ins Gesicht. Ich fühle mich wie an die Wand gestellt. Er starrt mich an und hört auf. Ich sehe, wie seine Augen feucht werden. O Gott, lass es vorbeigehen. Eine Träne rinnt über seine Wange und tropft auf mein Gesicht. Dann springt er blitzartig auf und zieht sich an. Ich traue mich nicht, etwas zu sagen, und taste nach meinem Nachthemd und der »Oma-Unterhose«. Die Nacktheit ist auf einmal furchtbar unangenehm. Gunnar packt die Anlage und zieht umständlich die Kabel heraus. Es ist eine Katastrophe.

»Willst du nicht noch bleiben?«

»Nein«, antwortet er knapp.

Ich würde gerne so vieles sagen. Ihm sagen, dass es mir leidtut, dass ich nicht weiß, was ich will, ihm erklären, warum er froh sein kann, dass er jetzt geht, aber ich bringe es nicht fertig. Wie soll ich ihm klarmachen, dass ich psychisch und emotional ein Wrack bin, womit er selbstverständlich nichts zu tun hat?

»Melde dich bloß nicht noch mal bei mir.« Er ist sauer. Und genervt. Vielleicht auch enttäuscht. Die Teelichter brennen immer noch.

»Okay …«

»Und schon gar nicht, wenn du was getrunken hast!«

»Nein … okay …«

Ich schäme mich und will die Stimmung ein bisschen auflockern.

»Willst du die Teelichter nicht mitnehmen?«, frage ich so unschuldig wie möglich.

Der tödliche Blick, den er mir zuwirft, ist Antwort genug. Gunnar ist schon aus dem Zimmer gestürmt, bevor ich meine Unterhose wieder anhabe. Ich höre, wie die Wohnungstür zuknallt, bleibe wie vom Donner gerührt sitzen und starre die offene Zimmertür an. Dann höre ich Geräusche aus dem Flur, und plötzlich steht Regina in der Tür.

»Oha!«

Ich kann mich nicht erinnern, jemals ein so breites Grinsen auf ihrem Gesicht gesehen zu haben. Sie blinzelt mir zu.

»Es ist nicht so, wie du denkst.« In meinem Kopf dreht sich immer noch alles.

»Bist du dir sicher? Mich wundert aber schon, wie schnell es ging!«

»Hier wurde ja auch nichts vollendet. Er ist beleidigt weggerannt!«, sage ich, während ich versuche zu rekapitulieren, was eigentlich passiert ist.

»Moment, Moment, Moment, wovon sprechen wir? Wollte er nur rasiert und brasilianisch?«

»Nee.«

»Ach? Der Mann hat Geschmack?«

»Mensch, Regina, das Problem war, dass er unbedingt wissen wollte, ob ich eine Beziehung möchte.«

»Aha!«

»Während er in mir drin war …«

»Was?«

»Ja!«

»Wow!«

»Ja, und ich war natürlich … Er hat mich unter Druck gesetzt, und ich hatte überhaupt nichts mehr im Griff.«

»Und dann?«

»Ich hab nein gesagt … und dann … hat er geweint.«

»NEIN!«

»Doch, während er noch zugange war, verstehst du?«

»WAS?«

»Ich wünschte, ich würde übertreiben, aber ich tue es nicht.«

»Wer ist die COOLSTE?«

»Bitte, Regina.«

Sie dreht total auf, und ihr Lachen dröhnt durch den Raum.

»Willst du mir sagen, dass der Mann geweint hat, während er in dir war, weil du nichts Ernstes mit ihm anfangen wolltest?«

»Ich glaube schon.«

»Und was dann?«

»Na, er hat ihn rausgezogen und ist beleidigt abgehauen.«

»Scheiße, Bryndís. Du darfst dich nicht immer so anziehen wie eine Frau, die eine feste Beziehung sucht! Du vermittelst die falsche Message«, sagt Regina lachend.

»Und wie unterscheidet sich die Kleidung einer Frau, die eine feste Beziehung sucht, von der einer Frau, die es nicht tut?«

»Wer eine feste Beziehung sucht, kleidet sich seriöser ... mehr so wie du.« Regina grinst immer noch.

»Ach, und noch was! Er hat sich über meine Unterhose lustig gemacht!«

»Wahnsinn! Trägst du *Sloggi*, oder was?«

»Nein! Eine ganz normale.« Ich hebe mein Nachthemd hoch, damit Regina meine Unterhose sehen kann. Sie lacht weiter.

»Tja, er ist natürlich jünger.«

»Na und?«

»Generation Porno.«

»Was für Unterwäsche trägt denn die Generation Porno?«, frage ich ehrlich interessiert.

»Ich glaube, gar keine.«

Wir schaffen es noch nicht einmal, darüber zu lachen, weil Reginas Handy uns unterbricht. Sie tastet danach und bildet mit den Lippen das Wort »Inga«, bevor sie rangeht.

»Hallo.«

»Zu Hause.«

»Jepp, beide.«

»Jetzt?«

»Was?«

»Shit. Ja, natürlich. Wenn du willst.«

»Okay. Tschüss.« Regina legt auf und macht ein merkwürdiges Gesicht. Dann verwandelt sie sich wieder in die Handballtrainerin bei der Teamansprache und gibt schnelle Anweisungen.

»Inga ist draußen. Wir sollen mit ihr nach Arnarnes fahren.«

»WAS?«

»Ja.«

»Jetzt?«

»Ich weiß auch nicht genau, was los ist. Sie sagt, sie bräuchte Zeugen.«

»Scheiße. Ich muss unter die Dusche.«

»Das schaffst du nicht mehr, Bryndís«, erwidert Regina barsch, wirft mir eine Fleece-Jacke zu und öffnet die Wohnungstür.

»Regina! Ich hab gerade noch …«

»Ja, aber das schaffst du nicht mehr.« Sie steht schon im Hausflur und schaut mir in die Augen. »Inga würde das auch für dich tun. Für uns alle.«

Ich überlege fieberhaft. Obwohl ich weiß, dass sie recht hat, zögere ich noch einen Moment.

»Bryndís! Du kommst doch sowieso mit!«

INGA

AUF DEM WEG NACH ARNARNES. NACKTE BEINE UND FLEECE-JACKE.

Die Stimmung ist sehr angespannt, seit das Mädchen bei mir geklingelt hat. Aber die gute Nachricht ist, dass ich wieder stark bin, nachdem ich ewig lange schwach, in mich gekehrt und wie gelähmt war. Viele Jahre. Endlich weiß ich, was ich tun muss, und ich werde mit der Sache abschließen. Ein für alle Mal.

»Kannst du die Heizung ein bisschen aufdrehen?«

Bambi, die auf dem Beifahrersitz hockt, ist am Boden zerstört und hat den ganzen Weg von Grafarholt bis zu dem Mehrfamilienhaus in der Leifsgata geschnieft. Immer noch in meine Fleece-Decke gehüllt. In Nóis und meine Fleece-Decke. Ich trage nur das *Prada*-T-Shirt, und es ist mir völlig egal, dass ich Schweißflecken unter den Achseln habe. Das wäre der alten Inga nie passiert. Der neuen Inga ist es wurscht. Ich drehe für das Häuflein Elend, das neben mir sitzt, die Heizung auf. Im selben Moment kommen die Bewohnerinnen der Leifsgata aus dem Haus. Tinna, die ich zuerst abgeholt habe und die auf der Rückbank sitzt, prustet los. Bisher war sie die ganze Zeit damit beschäftigt, Bambi zu trösten, was sie natürlich vorbildlich gemacht hat.

Wie soll man den Anblick beschreiben? Jedenfalls bin ich total stolz darauf, dass Regina und Bryndís meine Freundinnen sind. Meine besten Freundinnen. Und Tinna natürlich auch. Die Drei sind immer für mich da, wenn ich sie brauche. Zuverlässig. Loyal. Echte Freundinnen. Schon immer gewesen.

Na gut, ich versuche es mal: Sie stürmen aus der Tür, angriffslustig. Die Rechte, Regina, trägt Badeschlappen ohne Socken, eine schwarze Jogginghose mit einer ausgeleierten »13« auf dem rechten Oberschenkel und eine abgetragene Sweatshirt-Jacke. Ihre Haare stehen wild in alle Richtungen, und sie sieht aus, als wäre sie auf dem Weg zum Sportplatz, um einen Gegner niederzumetzeln. Die Linke, Bryndís, ist noch unkonventioneller gekleidet. Sie trägt weiße *Nike Free Run*-Laufschuhe und hat nackte Beine. Im Oktober. Ihre Beine harmonieren farblich perfekt mit dem Weiß ihrer Turnschuhe. Ich habe ihre Waden länger nicht mehr gesehen, und sie sehen kräftiger aus, als ich sie in Erinnerung hatte. Da ich sie kenne, weiß ich, dass sie ein Nachthemd anhat, das sie schon seit der Schulzeit besitzt. Oder sogar länger. Auf der Vorderseite prangt ein süßes Kaninchen mit einer Schlafmütze und einer dampfenden Teetasse. Das Nachthemd ist ausgeblichen, denn es wurde in seinem langen Dienstleben bestimmt schon an die tausend Mal gewaschen. Muss ich erwähnen, dass ich sie schon mehrmals darum gebeten habe, das Teil zu entsorgen? Ich habe ihr sogar ein fesches Nachthemd von *Victoria's Secret* geschenkt, aber sie hat nicht auf mich gehört. Das Kaninchen blitzt unter der grellroten *66ºNorth*-Fleece-Jacke hervor, die Regina gehört. Die Jacke ist Bryndís zu klein und sitzt spack an den Oberarmen. Sie hat gerötete Wangen und ihre Haare stehen ebenfalls in alle Richtungen ab. Ein unbezahlbarer Anblick.

TINNA

IM AUTO. WIR HÄTTEN NIEMALS NEIN GESAGT.

Auf das Szenario, das sich mir bot, als ich vor wenigen Minuten in Ingas Wagen stieg, hätte ich mich niemals vorbereiten können. Wir schafften es, diesem hübschen, verzweifelten Mädchen, das eine Zeitlang ein Verhältnis mit Ingas Schwiegervater hatte, nach und nach einzelne Puzzlestücke aus der Nase zu ziehen. Ich würde natürlich nie versuchen, Einfluss auf die Ereignisse zu nehmen. Diesmal bestimmt Inga, wo es langgeht. Und sie sagt, sie sei sich zum ersten Mal seit Jahren ganz sicher, was sie zu tun hat. Ich unterstütze sie dabei und tue alles, was ich kann, um es ihr zu erleichtern.

»Bryndís, ich will dir ja nicht zu nahe treten, aber warum trägst du ein Kaninchennachthemd und Turnschuhe und hast nackte Beine?«, fragt Inga, und Bambi lacht. Regina und ich drehen uns auf der engen Rückbank zu Bryndís.

»Regina, würdest du bitte die Sachlage erläutern?«, sagt Bryndís.

»Selbstverständlich.« Regina macht eine Kunstpause. »Nun, es ist so, dass vor wenigen Minuten – ihr wisst gar nicht, vor wie wenigen – ein Mann in heller Aufregung aus der Leifsgata entfloh. Er hatte mit Bryndís geschlafen.«

»Der Ingenieur?«, kommt es vom Fahrersitz.

»Jepp«, antwortet die Frau im Kaninchennachthemd.

»Tja und, wie soll ich es formulieren?«

Ich glotze Regina grinsend an.

»Nun ja … Er schaffte es nicht, die Sache zu Ende zu bringen … also den Verkehr, weil er Bryndís mittendrin fragte, ob sie eine Beziehung mit ihm eingehen will!«

»WAS?«

»Ja, und sie hat natürlich abgelehnt. Sie will nichts mit einem jüngeren Mann anfangen. Und das hat der Typ nicht allzu gut aufgenommen und Tränen auf ihr Gesicht vergossen.«

Ein Raunen geht durch den Wagen, und ich muss lachen. Ebenso wie Inga. Und die Geliebte von der Uni.

»Das geschah ebenfalls mittendrin. Also das Weinen. Bevor er seinen Penis rauszog und aus der Leifsgata stürmte«, erzählt Regina lachend. »Ach ja, und noch was. Er hat gefragt, warum sie keinen neonfarbenen String-Tanga trägt.«

»Jetzt übertreibst du aber. Er hat gefragt, warum ich immer diese Oma-Unterhosen anhabe«, ergänzt Bryndís kichernd. Ich schüttele mich vor Lachen. Ich kann mir zwar noch keinen Reim auf das alles machen, aber ich bekomme bestimmt noch eine ausführliche Version der Geschichte zu hören, wenn wir uns das nächste Mal treffen.

»Und deshalb trägt Bryndís das Kaninchennachthemd und meine alte Fleece-Jacke. Weil die Pflicht ruft. Wir wollen ja nicht, dass man uns nachsagt, wir würden Inga Briem unsere Unterstützung verweigern, wenn sie anruft und vor der Tür steht. Das ist nun mal nicht unser Stil.«

INGA

VOR DEM HAUS. EINE NEPALESISCHE LÄRCHE WIRD PLATTGEFAHREN. UND ES IST MIR EGAL.

Ich kann nicht behaupten, dass die Fahrt von Grafarholt zu meinen Schwiegereltern normal war. Ich rekapituliere mal. Ich sitze in einem hellblauen klassischen *Prada*-T-Shirt mit großen Schweißflecken unter den Armen am Steuer. Das wäre vor zwei Tagen noch genug gewesen, um mich wahnsinnig zu machen. Neben mir auf dem Beifahrersitz sitzt eine Frau, die etwa zwei Jahre jünger ist als ich. Sie hat den Schwanz meines Schwiegervaters in sich eindringen sehen. Und zwar oft. Jetzt ist sie in eine Fleece-Decke gehüllt, die Nói und mir gehört. Ich glaube, Ástrós hat sie mal für uns gekauft. Mit *Burberry*-Muster. Doch, sie hat sie uns geschenkt. Sehr schick. Auf der Rückbank sitzt erstens Bryndís, ungeduscht, nach einem der abgefahrensten Sex-Erlebnisse nördlich der Alpen, zweitens Tinna, die sich hervorragend als Seelsorgerin betätigt hat, seit sie in den Wagen gestiegen ist, und drittens Regina, die aussieht wie ein schwer erziehbarer englischer Teenager, der den nächstbesten alten Mann niederschlagen wird.

Endlich taucht der Schwarzfliesen-Palast in Arnarnes vor uns auf. Ich weiß nicht, ob den Mädels der Ernst der Lage bewusst ist. Spielt aber auch keine Rolle. Hauptsache, sie können alles bezeugen. Ich fahre ganz nah ans Haus heran, viel zu schnell und viel zu dicht. Direkt in ein Blumenbeet mit einer speziellen Lärchenart, die nur in Nepal wächst und über die meine Schwiegermutter ständig redet. Die nepalesische Lärche knackt unter den Rädern meines Wagens. Ich höre, wie sie abknickt, und es könnte mir gar nicht gleichgültiger sein.

REGINA

IM SCHWARZFLIESEN-PALAST. WEISSE BEINE AUF SCHWARZEN FLIESEN.

»Alle aussteigen!«, ruft die Fahrerin streng.

Als Inga einen potthässlichen Baum, der fast im Haus steht, niedermetzelt, halte ich lieber den Mund. Sie ist zugegebenermaßen ziemlich nah an die geschmacklose Villa dieser Idioten rangefahren. Inzwischen habe ich mitgekriegt, dass sich Jóhanns blutjunge Geliebte auf dem Beifahrersitz befindet und dass Inga ihre Schwiegereltern überrumpeln will. Das gefällt mir. Sie haben es ja herausgefordert. Wobei ich nicht verstehe, wie sie das Mädel überreden konnte, mitzukommen. Aber Inga kann ziemlich überzeugend sein, wenn sie etwas durchsetzen will. Bevor ich ausgestiegen bin, steht sie schon vor der Haustür.

»Willst du nicht mit reinkommen?«, frage ich die Kleine auf dem Beifahrersitz brüsk. Sie sagt nichts und schmiegt sich tiefer in die Decke. Inga stürmt zurück zum Wagen und reißt die Beifahrertür auf, während Tinna und Bryndís wie bestellt und nicht abgeholt vor dem Haus stehen.

»Karmen? Willst du warten?«

Inga fixiert die Geliebte, die sich nicht rührt und nur niedergeschlagen nickt. Inga knallt die Tür wieder zu und gibt mir ein Zeichen, ihr zu folgen. Ich gehorche, und wir vier stehen vor der Haustür. Inga überrascht mich erneut, als sie einen Hausschlüssel herausholt, anstatt zu klingeln oder zu klopfen. Mein Gefühl sagt mir, dass gleich etwas Historisches geschehen wird.

»Hallo!«

Ich sehe, wie Bryndís durch die Tür schlüpft. Die schwarzen Fliesen im Flur bilden einen perfekten Gegensatz zu ihren weißen Beinen. Sie müsste wirklich mal wieder auf die Sonnenbank!

BRYNDÍS

IMMER NOCH IM SCHWARZFLIESEN-PALAST.
NICHT WILLKOMMEN IM FEINDESGEBIET.

Ich war noch nie in einem so schicken Haus. Schick ist vielleicht nicht das richtige Wort. Ein Haus, in dem alles furchtbar teuer aussieht! Diese schwarzen, glänzenden Fliesen haben bestimmt ein Vermögen gekostet. Ich weiß nicht genau, wie ich mich fühle, und lasse mich einfach durch den Abend treiben. Die letzte Stunde war vermutlich die skurrilste in meinem Leben, und allem Anschein nach scheint es noch skurriler zu werden. Das Einzige, woran ich denke, ist, dass ich für Inga da sein will. Das ist jetzt das Wichtigste. Auch wenn ich nach dem Verkehr noch nicht geduscht habe. Manche Dinge haben eben Vorrang.

»Was willst du hier? Und ihr?«, sagt Ástrós missbilligend und schnieft nach dem letzten Satz kräftig. Sie ist uns entgegengeeilt wie eine kleine Rakete. Ich habe sie erst einmal getroffen. Bei Nóis Abschlussfeier. Sie ist noch genau wie damals und wie Inga sie immer beschreibt. Jetzt trägt sie einen bequemen, teuren Hausanzug.

»Hallo«, sagt Inga resolut, und in ihrem Tonfall entdecke ich die Botschaft: »Jetzt hörst du mir zu!« Vielleicht bilde ich mir das aber auch nur ein.

Ástrós' Augen wandern von einer zur anderen, bleiben erst an Inga hängen, dann an mir und an meinen Waden, dann an Tinna und schließlich an Regina. Sie mustert Regina von oben bis unten. Ihr Gesicht ist genauso missbilligend wie ihre Stimme. Wir sind in einen Bereich eingedrungen, in dem wir nichts verloren haben.

Ich werde ein bisschen nervös. Meine Hände sind schon ganz feucht, und ich würde am liebsten die enge Fleece-Jacke ausziehen, weiß aber nicht, ob ich mich traue, weil ich keinen BH anhabe. Leider kann ich den Reißverschluss nicht zuziehen. Die Jacke ist eine Nummer zu klein.

In diesem Moment betritt Jóhann den Flur. Er bewegt sich schnell, bleibt aber abrupt stehen, als er den Trupp sieht, der die nepalesische Lärche seiner Frau vor wenigen Sekunden über den Haufen gefahren hat. Ein dümmliches Grinsen tritt auf sein Gesicht.

»Hi, Mädels«, sagt er anbiedernd und glotzt ebenfalls auf meine nackten Waden. Ich habe das Gefühl, als wüsste er, was ich vorhin gemacht habe, und als errege ihn das. Ich werde noch röter. Dieser Mann kann in mich hineinsehen.

TINNA

IM SCHWARZFLIESEN-PALAST. WER IST DAS MÄDCHEN?

Inga starrt ihre Schwiegereltern eindringlich an.

»Ich bin hergekommen ... oder wir ... um Nói abzuholen. Er kann nicht länger hierbleiben. Außerdem sitzt jemand im Auto, den du kennst, Jóhann, aber sie traut sich nicht rein«, sagt Inga sehr förmlich mit ihrer Richterstimme.

»Was für eine Unverschämtheit!«

Ástrós ist offensichtlich alles andere als begeistert. Sie ist stinksauer. Schnieft heftig und schaut ihre Schwiegertochter mit hasserfüllten Augen an. Jóhann sagt nichts und stürzt an uns vorbei auf den Bürgersteig. Ástrós rennt ihm nach, wobei sie Regina anrempelt. Ich drehe mich um und sehe, wie das Ehepaar vor dem Auto stehenbleibt, das mit Ingas Initialen gekennzeichnet ist und das sie bezahlt haben.

»Sie hat die nepalesische Lärche ruiniert!«

Jóhann sagt nichts, sondern starrt nur Karmen auf dem Beifahrersitz an. Sie lässt den Kopf hängen, und ich weiß nicht, ob sie weiß, dass er sie gesehen hat.

»Jóhann! Wer ist das?«

Er sagt immer noch nichts, und Ástrós redet weiter auf ihn ein. Dann stürmt sie zurück ins Haus, und Jóhann folgt ihr auf den Fersen.

»Wer ist das, Inga?«, zetert Ástrós mit abweisendem Gesicht und kommt ganz nah an Inga heran. Zu nah.

»Das ist ...«

»Nein, Inga«, fällt Jóhann ihr ins Wort. »Tu uns das nicht an.« Der Tonfall des Anwalts klingt flehend und unterwürfig.

»Euch das antun? Was tue ich euch denn an?«, entgegnet Inga immer noch voller Energie und Selbstsicherheit.

»Nicht, Inga«, sagt Jóhann etwas fordernder. Er trägt ein pastellgelbes *Ralph Lauren*-Poloshirt und ist immer noch gebräunt. Inga trägt ein pastellblaues T-Shirt, und dieser Partnerlook sieht ziemlich bizarr aus.

»Soll das ein Witz sein?« Inga lacht ihm ins Gesicht und tritt einen Schritt näher. Ich weiß überhaupt nicht, was ich tun soll, und bleibe einfach hinter ihr stehen, wie die anderen auch.

»Inga, bitte ...«

»Ich verlange eine Erklärung!«, tönt Ástrós, und ihre Nase kämpft weiter mit dem Luftholen. Sie steht immer noch ganz dicht bei Inga. »Wer ist das, Inga?«

»Du kannst uns das nicht antun«, fährt Jóhann halb lachend fort.

»Was tue ich euch denn an? Ich fordere nur, dass du die Verantwortung für deinen eigenen Mist übernimmst!« Ingas Stimme wird immer lauter.

»Versuch das bloß nicht«, sagt Jóhann, dreht sich um und will in die Küche gehen.

»Stehenbleiben!«, schreit Ástrós ihn hysterisch an. »Wer ist das?«

»Du sagst mir nicht, was ich tun soll, du blöde Kuh«, hört man den Anwalt aus der Küche rufen. Mir ist nicht klar, ob er Ástrós oder Inga meint.

»Nun sag es ihr schon, Inga.« Jóhanns Stimme aus der Küche klingt jetzt wütend, und ich höre etwas zerbrechen. Inga wartet ein paar Sekunden, bevor sie anfängt zu reden. Ástrós hat die Arme fest um ihren kleinen, schlanken Körper geschlungen.

»Ástrós, das ist Karmen.«

»UND WER IST KARMEN?« Sie schnieft noch hektischer als vorher und redet wahnsinnig schnell.

»Jóhanns Geliebte. Sie steht kurz vorm Examen. In Jura.«

Ich sehe, wie Ástrós' Gesicht entgleitet. Es fällt buchstäblich auf den Boden wie eine Maske und zerfällt in tausend Stücke. Aus der Küche dringen laute, klirrende Geräusche. Jóhann zerschlägt Porzellan, das wahrscheinlich sehr teuer war.

»Ich konnte dieses verdammte Porzellan noch nie ausstehen!«, brüllt er rasend vor Wut, und das Klirren hört nicht auf. Da dringt eine andere Stimme aus dem Haus zu uns. Gedämpft hinter einer geschlossenen Tür.

»Mama?«

Ich höre Verzweiflung in der Stimme und weiß, dass es Nóis ist.

INGA

IMMER NOCH IM SCHWARZFLIESEN-PALAST. WER IST HIER DAS MIESE SCHWEIN?

Ich kann das alles nicht in Worte fassen – das, was in meinem Inneren geschieht, nachdem ich Karmens Namen laut ausgesprochen habe. Es ist, als hätte ich monatelang einen unsichtbaren, mit Steinen gefüllten Rucksack auf den Schultern getragen, der mir endlich abgenommen wurde. Was natürlich herzlich wenig mit Karmen zu tun hat. Das Wichtigste ist, dass ich mich endlich traue, diesen Leuten, die unsere Liebesbeziehung zerstört haben, meine Meinung zu sagen. Ástrós bringt kein Wort heraus, aber ich sehe ihr an, dass sie rasend vor Wut ist. Ein paar Sekunden lang sagt niemand etwas.

»Mama?«, höre ich Nóis gedämpfte Stimme und gehe in sein Zimmer, wobei ich Ástrós weiter anstarre. Sie ist tief gekränkt und gleicht einem Vulkan, in dem die Wut hochkocht und schließlich hervorbricht:

»DU SCHWEIN! DU MIESES SCHWEIN!«

Der zweite Satz ist an mich gerichtet. Meint sie Jóhann oder mich oder uns beide? In der Küche geht das Klirren weiter.

»Guck dich doch selber mal an, du Irre!«, ruft er aus der Küche. »Oder siehst du nur noch dieses sauteure Silikon?«

Mir war gar nicht klar, dass meine Schwiegermutter Silikonbrüste hat. Unabsichtlich starre ich auf ihren Busen. Ástrós hechtet in die Küche, und als Nächstes hört man Folgendes:

»NICHT DEN! JÓHANN! HÖR AUF MIT DEM SCHEISS!«

Es hört sich so an, als würde sie ihm an die Gurgel gehen, und ich werde nichts tun, um sie davon abzuhalten. Blitzschnell schießt mir durch den Kopf, ob sie wohl Schusswaffen im Haus haben, aber das kann ich mir wirklich nicht vorstellen.

BRYNDÍS

IN DER KÜCHE. EIN PASTELLFARBENES POLO-SHIRT UND ROTE MARMELADE AN DER WEISSEN WAND.

Ich sehe Inga hinterher, als sie zu Nói ins Schlafzimmer geht. Das Szenario ist vollkommen verrückt. Tinna folgt ihr mit festen Schritten. Ich würde unheimlich gerne einen Blick in die Küche werfen und sehe an Reginas Grinsen, dass sie genau dasselbe denkt.

In der Küche erblicke ich einen völlig ausrastenden Mann in einem pastellgelben Polo-Shirt und seine wutschnaubende, kreischende Ehefrau, die nun auch begonnen hat, Gegenstände zu zerschlagen. Als wir hereinkommen, kämpft sie gerade damit, den Stecker einer türkisblauen Kaffeemaschine aus der Steckdose zu ziehen, wobei sie nicht gerade pfleglich mit ihr umgeht. Auf dem Küchenfußboden liegen Porzellanscherben und diverse andere Dinge. Ástrós zerrt an der Kaffeemaschine und stürmt dann schreiend zum Kühlschrank. Jóhann schreit ebenfalls. Sie reißt Sachen aus dem Kühlschrank und schleudert ein Marmeladenglas in Richtung ihres Mannes. Das Marmeladenglas saust knapp an seinem Kopf vorbei und zerschellt an der weißen Küchenwand in tausend Stücke. Jóhann wirft Ástrós einen kurzen Blick zu, und sie glotzt zurück. Vier Augen, hasserfüllt und blind vor Wut.

Als mein Blick durch das Küchenfenster auf die Einfahrt fällt, muss ich unwillkürlich lachen. Da kauert die Geliebte immer noch niedergeschmettert im Auto.

INGA

IM GÄSTEZIMMER. WIE EIN GREIS IN EINEM MÄRCHEN.

Als ich in Nóis Zimmer trete, bin ich erschrocken, wie schläfrig, entkräftet und zerbrechlich er aussieht.

»Was ist eigentlich los?«

Er liegt im Bett und sein blasses Gesicht zuckt irritiert. Ich bin völlig durcheinander und versuche gar nicht erst, mich zu beherrschen. Ich habe keine Lust, es ihm auf die sanfte Tour beizubringen. Diese Zeiten sind vorbei.

»Nói! Ich halte das nicht mehr aus! Ich fühle mich innerlich so leer und kann einfach nicht mehr. Du musst hier raus. Wir dürfen deine Eltern nicht länger über unser Leben bestimmen lassen.«

Mir ist klar, dass Nói mich noch nie in diesem Zustand gesehen hat, da ich ihn normalerweise gut verberge. Meine Augen sind weit aufgerissen und voller Tatendrang. Keine Spur von Besonnenheit. Ich rede viel zu schnell und bin außer Atem, aber es ist mir völlig egal. Ich kann Nói ansehen, dass er überhaupt nichts versteht. Dann spüre ich Tinna neben mir, was sich gut anfühlt. Nói versucht unter großer Anstrengung, aus dem Bett hochzukommen.

»Inga, Schatz, beruhige dich. Wovon sprichst du?«

Er klingt ein bisschen gereizt und fühlt sich verständlicherweise unwohl. Natürlich begreift er nicht, was los ist. Aus der Küche dringen weitere Schreie und Klirren zu uns, aber ich kann kein Wort verstehen, weil eine Laufbahn von hundert Metern zwischen uns liegt.

»Ich kapiere überhaupt nichts. Was ist los?«

»Aber ich kapiere es endlich, Nói. Ich kann das nicht länger ertragen. Das alles! Dieses Haus, diese schrecklichen schwarzen Fliesen, dieses hässliche Nachthemd, das du anhast, weil deine Mutter es so will. Ich bin nicht glücklich, wenn deine Eltern mir so nah sind! Aber ich wäre es gerne. Und ich weiß, dass das nie so sein wird, wenn sie sich immer in alles einmischen!«

Nói wirft nur ein paar Mal »was?« in meinen übersprudelnden Wortschwall ein.

»Inga, Inga, ich liebe dich. Ich begreife nicht, was du da sagst«, entgegnet er verwundert und auch ein bisschen ängstlich.

»Ich ertrage das nicht mehr.«

»Nein …«

»Ich halte das nicht mehr aus.«

»Aber, Inga, meine geliebte Inga. Tu mir das nicht an. Beruhige dich.«

»Ich tue *dir* nichts an! Ich tue *mir* das alles an. Damit ich endlich das machen kann, was ich muss und will.«

»Aber was ist das denn, Schatz?«

Er wird immer verzweifelter und sieht in diesem hässlichen Nachthemd aus wie ein siebzigjähriger Greis in einem Märchenfilm. Fehlt nur noch eine Schlafmütze mit Bommel. Ich denke an meine drei Freundinnen, die mit mir hergekommen sind, und mir wird ganz warm ums Herz. Als ich mir vorstelle, wie die Jura-Mädels sich in dieser Situation verhalten würden, muss ich laut auflachen. So weit wäre es nie gekommen.

REGINA

IM GÄSTEZIMMER. DIE OMA-UNTERHOSE. SCHON WIEDER.

Inzwischen macht mir die Sache richtig Spaß! Es ist großes Kino, den entfesselten Millionären aus Arnarnes dabei zuzusehen, wie sie sich mit teuren Designergegenständen bewerfen. Von denen die meisten allerdings auf dem Boden landen. Plötzlich hält Ástrós inne und rennt aus der Küche. Jóhann fegt weiter Gegenstände aus den Regalen auf die schwarzen Fliesen. Ich werfe Bryndís, die breit grinst, einen Blick zu, und wir folgen Ástrós. Bryndís joggt in ihren weißen Laufschuhen vor mir her, und ich muss lächeln.

»Du musst dich zwischen uns entscheiden. Es gibt keine andere Möglichkeit«, sagt Inga ernst und schaut Nói eindringlich an. Ástrós und sie sind in Nóis Krankenzimmer. Er steht schwankend vor dem Bett, mit einem schweren Gips am Bein. Warum setzt er sich nicht? Tinna steht einsatzbereit auf der anderen Seite des Zimmers und nickt uns verschwörerisch zu, als wir hineingestürmt kommen.

»Ich, ich …«, stammelt Nói. Wie dürr und lächerlich er in diesem hässlichen Nachthemd aussieht! »Inga, ich kann mich nicht entscheiden. Ich muss mich nicht entscheiden … Ich brauche euch beide.«

Nóis Stimme klingt leicht gestresst, aber vor allem zerknirscht. Ástrós lächelt ihm schwach zu. Sie sieht schrecklich aus. Ich werfe einen verstohlenen Blick auf ihre Brüste. Sind die wirklich aus Silikon?

»Doch, du musst dich entscheiden. Ich hätte das schon längst von dir verlangen sollen«, entgegnet Inga. Die Situation ist völlig surreal.

»Ich kann nicht den Kontakt zu meinen Eltern abbrechen, weil meine Freundin das von mir verlangt. Das ist doch absurd.«

»Ich will nur, dass sie nicht mehr über unser Leben bestimmen!«

»Aber …«

»Jetzt reicht's! Wir sind eine Familie, und Nói ist krank!«, wirft Ástrós mit pampiger Stimme ein und schnieft. Inga starrt Nói an. Nói starrt Inga an, und Ástrós starrt Nói an. Wir drei starren die drei anderen an. Ansonsten passiert eine Weile nichts.

»Natürlich entscheide ich mich für dich, mein Schatz. Und für uns. Ich meine es ernst. Ich möchte mein Leben mit dir verbringen. Aber sie bleiben immer meine Eltern.«

Als Nói das sagt, können wir alle beobachten, wie Ástrós sich verändert. Sie dreht durch, wendet sich blitzschnell zu Inga und gibt ihr eine schallende Ohrfeige. Inga fasst sich ins Gesicht. Ist die Frau von allen guten Geistern verlassen? Ich habe mich nicht mehr unter Kontrolle und stürze auf sie zu.

»Mama!«, ruft Nói entsetzt.

»Wie kannst du es wagen?«, sagt sie aufgebracht und starrt Inga immer noch an.

»Sind Sie verrückt geworden?«, frage ich langsam und sehr laut, als ich direkt neben ihr stehe. Nói starrt uns beide an. Bryndís und Tinna nehmen Inga in den Arm.

»Bezeichnen Sie mich als verrückt? Sehen Sie sich doch mal selber an, in diesem Sportpullover mit ungekämmten Haaren! In meinem Haus!«

»Sie spinnen doch! Begreifen Sie nicht, worum es hier geht? Ihr Sohn hat sich für seine Freundin entschieden, und Sie geben ihr eine Ohrfeige und beschweren sich dann über meine ungekämmten Haare? Wen interessiert denn das?«, entgegne ich sehr laut.

»Regina«, flüstert Bryndís.

Inga hat angefangen zu weinen. Ein befreiendes Weinen. Ich sehe es ihr an, dass sie nicht damit gerechnet hat, dass Nói sich für sie entscheiden würde. Nói erscheint kurz in meinem Augenwinkel und ist im nächsten Moment verschwunden. Er knallt auf den Boden und fällt auf sein Steißbein. Das Nachthemd verhüllt nicht mehr das, was es verhüllen soll. Ástrós ist hin- und hergerissen, ob sie ihrem Sohn helfen oder sich weiter mit mir streiten soll.

»Für seine Freundin entschieden? NÓI! ENTSCHEIDEST DU DICH FÜR INGA ODER FÜR MICH?«

»Mama ...«, fleht Nói, während er entkräftet auf dem Boden liegt.

»ANTWORTE, JUNGE!«

Unglaublich, wie dreist die Frau ist, aber Nói gehorcht ihr nicht. Schließlich hat er die Frage schon beantwortet. Inga hockt plötzlich neben ihm auf den Fußboden.

»Inga. Ich liebe dich.«

Sie sind echt süß, wie sie dasitzen und sich verliebt in die Augen schauen. Wenn ich das sehe, könnte ich mir doch vorstellen, irgendwann mal einen Freund zu haben. Später. Nói flüstert noch einmal, dass er sie liebe, und streicht ihr übers Haar. Es ist mir peinlich, dabei zuzuschauen. Inga heult Rotz und Wasser, und Nói wie mir scheint auch.

»Ich liebe dich auch«, sagt sie leise, während Ástrós mich weiter mit hasserfüllten Augen anstarrt. Ich verstehe nicht ganz, warum ich hier auf einmal der Sündenbock bin, aber dafür amüsiere ich mich köstlich.

»Sie sind doch total durchgeknallt!«, sage ich ironisch und triumphierend, weil wir vier das Spiel gewonnen haben.

»Ihre Welt stürzt gerade zusammen, und Sie machen sich Gedanken über meine Kleidung?«

»GESCHMACKVOLLE KLEIDUNG IST EINES DER WICHTIGSTEN …«

»Das ist doch krank!«

»Verlassen Sie sofort mein Haus! Ihr alle! Raus!«

»Nö, wieso denn?«, provoziere ich sie und lache ihr ins Gesicht.

»DU SCHLAMPE!«, brüllt sie mich an.

Dann umklammert sie plötzlich mit beiden Händen meinen Hals. Damit habe ich nicht gerechnet. Bryndís pellt sich aus der roten Fleece-Jacke und hechtet mit Kriegsgeheul auf uns zu. Inga schreit uns an, wir sollen aufhören, aber das ist leider nicht möglich. Ástrós' scharfe Nägel graben sich in meine Haut, und ich versuche verzweifelt, sie abzuschütteln. Bryndís umfasst ihre Taille, aber sie ist stark, und ich sehe Schweißperlen auf Bryndís' Stirn und höre mein eigenes Röcheln. Will sie mich umbringen? Ich schreie um mein Leben, und wir ringen miteinander. Überall höre ich Schluchzen, dann stößt Ástrós einen Schmerzensschrei aus, weil ich gegen ihr Schienbein getreten bin. Ich bin leider nicht richtig angezogen für eine Prügelei! Stehe hier in diesen blöden Adidas-Schlappen.

»Hört auf!«, schreit Nói und versucht angestrengt, auf die Beine zu kommen.

Bryndís gerät durch meinen Tritt ins Straucheln und stürzt auf den Boden, wobei ich schon wieder ihre Unterhose sehe. Das ist das Unglaublichste, was ich jemals erlebt habe. Ich trete noch einmal zu, diesmal ohne Schlappen und mit dem Knie in Ástrós' Bauch. Sie verstärkt ihren Griff um meinen Hals. Ich bin bestimmt schon ganz blau im Gesicht, schaffe es aber irgendwie, mich umzudrehen. Inga ist aufgestanden und zerrt an Ástrós' Händen, die immer noch meinen Hals umklammern. Im selben Moment stoße ich die Irre weg. Ihr Körper ist weder groß noch schwer und fliegt durch den ganzen Raum. Direkt gegen eine Anrichte aus Mahagoni. Mit dem Kopf voran. Alles steht still und alle verstummen.

Ich traue meinen eigenen Augen nicht. Ástrós' regloser Körper auf dem Boden. Ingas entsetztes Gesicht, das mich anstarrt. Ich massiere meinen Hals und bin froh, dass ich Sportklamotten anhabe.

BRYNDÍS

IM GÄSTEZIMMER. JETZT ENTSORGE ICH DAS KANINCHENNACHTHEMD.

Ich möchte gar nicht daran denken, wie peinlich es war, in diesem gottverdammten Kaninchennachthemd hinzufallen, und schwöre mir, es wegzuwerfen, wenn ich nach Hause komme. Aber ich glaube, dass nur Regina meine Unterhose gesehen hat. Schon zum zweiten Mal heute Abend. Sie ist ganz blau im Gesicht, in ihren bunten Sportklamotten, und massiert ihren knallroten Hals. An ihrer Haut sind Fingerabdrücke. In der Türöffnung sind noch mehr Gesichter aufgetaucht. Tinna hat Jóhann geholt, der grinst. Oder sogar lacht. Irre lacht.

»Na? Habt ihr sie schon für mich umgebracht?«

BRYNDÍS

SPAZIERGANG IN SELTJARNARNES.

Die letzten Tage waren völlig absurd. Ich glaube, die Vorfälle in Arnarnes werden nachhaltigen Einfluss auf uns haben. Jóhann brachte Karmen noch nach Hause, und wir nahmen Nói in Ingas Wagen mit. Es stellte sich heraus, dass er sich bei dem Sturz im Gästezimmer das Steißbein gebrochen hatte. Der Arme. Aber er muss sich daran gewöhnen, dass er für die Liebe einige Opfer bringen muss. So wie jeder andere auch.

Soweit ich weiß, machen Ástrós und Jóhann eine Paartherapie wegen seines wiederholten Ehebruchs. Karmen war nämlich nicht die Erste. Ich kann das einfach nicht verstehen. Es muss wahnsinnig anstrengend sein, sieht aber nach außen hin besser aus als Scheidung. Jedenfalls in ihrer Welt. Ástrós hat gedroht, Regina wegen Körperverletzung anzuzeigen, aber Jóhann hat sie davon abgehalten. Sie werden wohl weiterhin unglücklich verheiratet sein.

»Hast du denn wirklich Bock auf diesen Job?«, fragt Regina Inga mit skeptischem Gesicht. Sie trägt eine ziemlich lustige Handballtrainerjacke, die sie garantiert geklaut hat.

»Sollen wir zum Leuchtturm laufen?«, schlägt Tinna vor, und wir biegen nach rechts ab.

»Ich will da aber nicht festsitzen, wenn die Flut kommt«, wirft Regina ein.

»Es ist Ebbe, Regina!«, entgegnet Tinna lachend.

»Ja, es ist wundervoll. Ich helfe den Leuten wirklich und tue etwas Sinnvolles«, beantwortet Inga Reginas Frage.

»Bekommst du eigentlich Geld dafür?«, fragt Regina misstrauisch weiter.

»Nein.«

»Wie heißt das noch mal? Familienhilfe?«, fragt Tinna.

»Stígamót«, antworten Inga und ich gleichzeitig.

»Okay, ich begreife das trotzdem nicht ganz«, erwidert Regina halb lachend.

»Du musst das auch gar nicht begreifen, Regina«, sagt Inga mit einem breiten Lächeln, während sie sich bei ihr unterhakt. Die beiden gehen vor Tinna und mir, und es ist schön, sie so eng beieinander zu sehen.

Die Farben der Berge und das Blau des Meeres sind unbeschreiblich. Ich glaube, wir haben alle dasselbe Gefühl: Glück.

»Warst du schon bei einem Al-Anon-Meeting für Angehörige von Alkoholikern?«, fragt Tinna neugierig, während sie ihren Arm unter meinen schiebt. Heute ist sie die herbstlich gekleidete Lara aus *Doktor Schiwago* in einer hübschen Jacke mit einer schneeweißen Fellkapuze. Ich weiß, dass ich darin völlig idiotisch aussehen würde.

»Nein«, antworte ich leise und etwas unsicher, ob ich ihr mehr erzählen soll.

»Okay«, entgegnet Tinna. Ich weiß, dass sie gerne noch etwas hören würde, aber nicht nachfragen möchte. Ich lasse einen Moment verstreichen und überlege.

»Aber ich werde hingehen«, sage ich dann entschieden, und sie sieht mich kurz an. Sie lächelt zufrieden, während sie meinen Arm drückt. Wie hübsch sie ist. Geradezu unangenehm. Wir nähern uns allmählich dem Leuchtturm.

»Ich weiß … dass es nur besser werden kann«, sage ich und stocke. »Und dass ich selber etwas dafür tun muss, damit es besser wird.«

»Ja, das ist genau der Punkt. Ich bin stolz auf dich.« Sie hält inne. »Soll ich dich begleiten?«

Ich denke ein paar Sekunden nach. Es wäre verlockend, Tinna mit zu dem Meeting zu nehmen.

»Wenn du Lust hast …«

»Bryndís!«, sagt sie lachend, und ich schaue sie wieder an. Ein bisschen schüchtern stehe ich immer noch dicht neben ihr. »Natürlich habe ich Lust. Ich würde alles für dich tun. Für euch alle.«

Regina und Inga sind stehengeblieben, und wir haben sie eingeholt. Wir stehen zu viert in einem Gemälde von dem schönsten Teil der Halbinsel Seltjarnarnes. Dem schönsten Teil der Welt, wie ich jetzt finde. Ich weiß, dass es besser wird. Ich weiß auch, dass sich nichts ändert, wenn ich nichts unternehme. Und so ein Typ möchte ich nicht sein.

›Sex and the City‹ auf Isländisch

Am liebsten verbringen die vier jungen Frauen ihre Tage im Café und ihre Nächte auf Partys und in Kneipen, denn Reykjavik im Winter ist dunkel und kalt, ihr Alltag turbulent und chaotisch. Karen, die bei ihren Großeltern lebt, trinkt zu viel und wacht immer wieder in fremden Betten auf. Hervör, nach abgebrochenem Studium, jobbt im Café und wird von ihrem Gelegenheitslover hingehalten. Mia, die von ihrem Freund verlassen wurde, sitzt seither zwischen Umzugskartons. Silja, die Ärztin, erwischt ihren Ehemann mit einem »blonden Flittchen«. Das Leben ist ein großes Drama, in dem auch Liam, der kleine (charmante) Engländer, und Georg, der zuverlässige, aber schüchterne Barista, eine Rolle spielen. Die tragende Rolle? (Schließlich sind es vier Männer, die vier Frauen zusammenbringen.)

Ein erfrischender Roman über die Liebe, das Leben und die Einsicht, dass ein glückliches Single-Dasein viel wichtiger ist als der Traum von der großen Liebe.

Sólveig Jónsdóttir, Ganze Tage im Café. Roman. Aus dem Isländischen von Sabine Leskopf. insel taschenbuch 4281. 415 Seiten

NF 319/1/2.16

NF 320/1/2.16

Eine Familie wie aus dem Bilderbuch. Wäre da nicht ...

Auf den ersten Blick erscheinen die Silolas wie die ideale Familie. Vater Launo ist Dirigent und Komponist. Mutter Katrina perfektioniert als Innenarchitektin die Häuser der Reichen. Auch ihre Familie könnte perfekt sein, wenn die 22-jährige Tochter nicht auf dem Selbstfindungstrip wäre und ungeniert ihre Sexualität ausprobieren müsste, inklusive Bondage und anderer Spielchen. Wenn sich der 18-jährige Sohn nicht in den Kopf gesetzt hätte, seinen pummeligen Körper durch Bodybuilding und gefährliche Substanzen zu trimmen. Zum Glück gibt es da noch die 4-jährige Pelagia, Nesthäkchen und Sonnenschein der Familie, die aber weder Vater noch Mutter ähnlich sieht. Was ist damals passiert bei dem Tauchlehrgang am Roten Meer? Und was will dieser Tauchlehrer, der an Launos fünfzigstem Geburtstag plötzlich zwischen den Gästen steht?
Bald weiß die halbe Stadt, dass auch bei den Silolas nicht alles perfekt ist, und die Silolas begreifen, dass Glück und Harmonie nicht von Perfektion abhängen ...

Miina Supinen, Endlich zu fünft. Roman einer fast perfekten Familie. Aus dem Finnischen von Stefan Moster. insel taschenbuch 4429. 357 Seiten

NF 321/1/2.16

Eine *Menage à trois*, bei der keiner zu viel ist

Bevor Victor Allcock ins Jenseits hinübertritt, muss er von seiner Liebe, seiner Amour fou zu Stella, der Strahlenden, berichten. Wie vom Blitz war er getroffen, als er sie bei Ausgrabungen in Griechenland kennenlernte.
Als seine alte Studienfreundin Voula ihn zu Grabungen nach Finnland einlädt, bedingt er sich Stella als Assistentin aus. Die charismatische Voula ist von einer bunten Schar von Jüngern umgeben, die ihr Faible für finnische Mythologie, finnische Urgötter und New Age teilen. Und Stella lässt sich auf Voulas Vorlieben ein, ohne den Blick auf Victor oder auf ihren Freund Antti, einen Computerfreak, zu verlieren. Und etwas Seltenes stellt sich ein: eine *Menage à trois*, bei der keiner zu viel ist. Bis Victor stirbt …
Drei ist keiner zu viel ist ein außergewöhnliches Dreiecksdrama, in dem Wissenschaft und Glauben, Liebe und Sex zusammenprallen – unkonventionell, intelligent, amüsant und voller Witz, spannend bis zur letzten Seite.

Miina Supinen, Drei ist keiner zu viel. Roman. Aus dem Finnischen von Anke Michler-Janhunen. suhrkamp taschenbuch 4551. 299 Seiten

NF 287/1/11.15

»Messerscharf … Dieses psychologische Katz-und-Maus-Spiel gehört im Regal direkt neben Patricia Highsmith und Georges Simenon.«
The New York Times Book Review

Du erinnerst dich nicht an sie –
aber sie hat dich nicht vergessen.

Nina und Emma – zwei Frauen, wie sie unterschiedlicher nicht sein können. Die eine ist eine erfolgreiche Künstlerin, elegant, weltgewandt und unabhängig. Die andere dagegen ist nahe daran, im Familienchaos mit zwei kleinen Kindern, Geldsorgen und einer strapazierten Beziehung unterzugehen. Aus einer scheinbar zufälligen Begegnung heraus freunden die beiden sich an – für Emma eine willkommene Abwechslung. Doch für Nina geht es um etwas ganz anderes. Denn sie verfolgt einen perfiden Plan …

Harriet Lane, Denn nichts bleibt vergessen. Roman. insel taschenbuch 4416. 276 Seiten.

NF 290/1/1.16

Solange die Geister der Vergangenheit nicht ruhen

Ein Anruf – und Almas Leben in Seattle gerät aus den Fugen: Ihre Schwester Vicky ist tot, erfroren in einer klirrend kalten Januarnacht. Alma muss zurück zu ihrer Familie nach Montana, an den Ort, dem sie vor langer Zeit den Rücken gekehrt hat, das ist sie Vicky schuldig. Früher waren die Berge, die urwüchsigen Wälder und weitläufigen Täler ihre Heimat, jetzt lösen der eiserne Griff des Winters und die abweisende Art der Menschen Beklommenheit in ihr aus. Und während die Erinnerungen an ihr früheres Leben, an ihre Schwester und an schmerzhafte Erlebnisse wieder ans Licht drängen, erscheinen auch die Umstände von Vickys Tod zunehmend rätselhaft und werfen immer mehr Fragen auf …

Denn wir waren Schwestern erzählt von einer jungen Frau, die sich auf die Suche macht, nach ihren Wurzeln, nach sich selbst – und nach dem Mörder ihrer Schwester: der Kälte trotzend, getragen vom Geist indianischer Mythen und der Kraft der mächtigen Landschaft Montanas. Und nicht zuletzt von der Liebe zu einem Ort, den man Heimat nennt.

Carrie La Seur, Denn wir waren Schwestern. Roman. Aus dem Amerikanischen von Christel Dormagen und Brigitte Heinrich. insel taschenbuch 4343. 330 Seiten.

NF 238/1/11.14

Die perfekte Lektüre für den Liegestuhl – voller Witz und Herz, mit sympathischen Heldinnen und vor traumhafter Kulisse

Durch Zufall hat es die beiden jungen Frauen Leah und Quinn gleichzeitig in das Küstenstädtchen Menamon in Maine verschlagen: Die frisch verheiratete Leah will mit ihrem Mann Henry hier, am Ort seiner Kindheit, eine Familie gründen. Quinn dagegen ist auf der Suche nach ihrem Vater, den sie nie kennengelernt hat, einem ehemaligen Folksänger, der sich in Menamon zur Ruhe gesetzt hat. Beide hoffen, hier ein neues Zuhause zu finden – doch sie müssen feststellen, dass die beschauliche Küstenidylle nicht hält, was sie verspricht, und das Glück schwerer zu fassen ist als erhofft. Da beschließen die Freundinnen, den Herausforderungen ihres neuen Lebens gemeinsam entgegenzutreten …

Mit viel Gefühl, Herz und Humor erzählt *Dieser eine Sommer* von neugefundenen Freundschaften, wiedergefundenen Vätern und zueinanderfindenden Herzen – und vom Glück, das sich meist dann auftut, wenn man es am wenigsten erwartet.

CJ Hauser, Dieser eine Sommer. Roman. Aus dem Amerikanischen von Katja Bendels. insel taschenbuch 4381. 406 Seiten

NF 263/1/7.15

»Wunderbar für einen verregneten Sommertag.« *Lena Dunham*

Jeden Sommer verbringen die drei Freundinnen Anna, Kamila und Justyna herrliche Nachmittage am See, teilen Klamotten und Jungsgeschichten, Träume und Sehnsüchte. Die Welt jenseits ihrer polnischen Heimat ist eine einzige große Verheißung. Doch jetzt, mit Anfang dreißig, kämpfen sie jede für sich auf verschiedenen Kontinenten mit dem schwierigen Alltag. Bis ein Ereignis schlagartig alles verändert – und die Freundinnen wissen: Wir kommen da durch, durchs Leben – aber nur, wenn wir zusammenhalten.

Dagmara Dominczyks Debüt ist wie ein lebenspraller Sommertag, durchzogen vom Duft nach frischem Gras, ein großes Leuchten auf einem kühlen See …

Dagmara Dominczyk, Wir träumten jeden Sommer. Roman. Aus dem amerikanischen Englisch von Isabel Bogdan. insel taschenbuch 4369. 287 Seiten.

NF 250/1/4.15

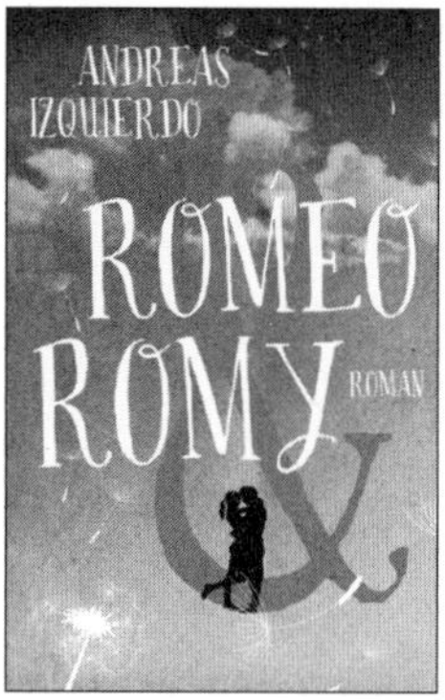

Willkommen im Theater der Träume!

Keinen Job, keinen Freund, keine Perspektive – das ist die nicht gerade erfreuliche Bilanz, als Romy in ihr winziges Dorf im schönsten Nirgendwo heimkehrt. Als Schauspielerin gescheitert, umgeben von schrulligen Alten, fasst sie einen tollkühnen Plan: Sie wird aus ihrer Scheune ein elisabethanisches Theater bauen. Und *Romeo & Julia* aufführen. Mit den Alten aus ihrem Dorf. Sie haben kein Geld, keine Erfahrung, aber einen Star: Ben, Herzensbrecher und liebenswerter Dilettant, dessen größter Erfolg ein Waschmittelspot war …

Andreas Izquierdo, Romeo & Romy. Roman. insel taschenbuch 4441. 490 Seiten

NF 311/1/1.16

NF 297/1/1.16